U0012991

The Night Stalker

暗夜殺手

Robert Bryndza

羅伯・布林澤 ——著　趙丕慧 ——譯

獻給揚、瑞奇和蘿拉

白天的好事開始萎頓了，瞌睡了，
黑夜的黑爪子起來要撲食生物了。

——莎士比亞，《馬克白》

1

這是六月下旬一個悶熱的夏夜。一名黑衣人奔跑輕盈，迅疾穿過黑夜，在狹窄的泥土小徑上幾乎沒發出腳步聲，不時低頭扭腰，避開周遭濃密的樹木與灌木，就彷彿是一條陰影悄然掃過葉梢。

夜空在高高的樹冠層只剩下一條縫，城市的光害讓林下植被蒙上了暗黑的色調。瘦小的、影子一般的人物跑到了右邊林木植物中的一道開口，猛地打住：蓄勢待發，喘息不定，心跳如雷。

藍色閃光燈照亮了周遭，是晚上九點三十九分開往倫敦橋的火車——已經不再使用柴油，而是靠車頂的金屬臂伸向上方通電的供電線。空洞發亮的車廂隆隆駛過，黑衣人往下躲。再閃了兩次燈，火車就消失了，狹長的林下植被又被拋入黑暗。

黑衣人再度拔足急奔，小徑微彎，與鐵軌岔開，他無聲地滑行。左邊的樹木逐漸稀疏，露出了一排透天厝。各家的後花園一座一座掠過：整齊的黑色長條，散置著庭院桌椅、工具棚、一架鞦韆——全都在濃濃的黑夜中靜止不動。

接著一棟房屋映入眼簾，是維多利亞式透天厝，與這一長排的樓房一樣——三層樓、淡色磚頭——但是屋主在屋後加裝了一大片的玻璃擴建，從一樓向外凸出。瘦小的黑衣人對屋主瞭如指掌。這棟屋子的格局。屋主的作息。最重要的是，他幾時獨自在家。

黑衣人在花園盡頭停了下來。一株大樹挨著鐵絲網籬笆，籬笆背對著泥土小徑。樹幹繞過了一段籬笆生長，木頭的褶皺咬進了生鏽的柱子裡，像一張沒有嘴唇的嘴巴。茂密的樹葉向四面八方生長，遮住了火車鐵軌。幾晚之前，黑衣人也踩過同樣的路線，乾淨俐落地剪開了鐵絲網的邊緣，鬆鬆地固定住，現在籬笆輕鬆就能拉開，黑衣人蹲下來，從開口處爬進去。草摸起來乾燥，腳下的土壤也因為幾週無雨而龜裂。黑衣人在樹下站直，一溜煙就穿過了草皮。

房子後牆上架著冷氣機，大聲運轉著，玻璃擴建和隔壁屋子之間的碎石窄徑上的腳步聲因而被遮掩了。黑衣人來到一扇位置低的上下滑窗，藏身在寬窗台下。光線照射出來，在隔壁磚屋上投射出一個黃色方塊。黑衣人將慢跑裝的兜帽戴上，一吋吋向上挪，隔著寬窗台往屋裡看。

屋內的男人四十四、五歲，高大結實，古銅色長褲，白襯衫的袖子捲了起來。他在開放式大廚房裡移動，從櫥櫃拿了一只酒杯，倒進紅酒，喝了一大口，再倒滿。流理台上擺了一份即食餐，他拿了起來，拆掉厚紙板包裝，拿開瓶器撬開塑膠蓋。

黑衣人恨意陡生。看著裡頭的人，知道即將發生什麼事，令人迷醉。

廚房裡的男人設定了微波爐，把即食餐放進去。嗶的一聲響，數字鐘開始倒數。

六分鐘。

男人又喝了一大口紅酒，離開了廚房。幾分鐘後，黑衣人蹲伏之處正上方的浴室窗亮了，窗子打開了幾吋，蓮蓬頭打開來，嘩嘩作響。

窗外的黑衣人心跳如雷，行動加速：拉開小腰包的拉鍊，掏出一把平頭螺絲起子，插入窗框與窗台之間的縫隙，微一使力，就把窗子撬開了。上下滑窗滑順地移動，黑衣人鑽了進去。成了。辛苦的計畫，這些年的煩憂和痛苦……

四分鐘。

黑衣人往下跨進了廚房裡，敏捷移動，抽出一支小塑膠針筒，將其中的清澄液體注射到那杯紅酒中，拿起杯子晃了晃，再輕輕放回黑色大理石流理台上。

黑衣人站了片刻，側耳傾聽，享受著冷氣機吹出的陣陣涼風。黑色大理石流理台面在燈光下閃爍著光芒。

三分鐘。

黑衣人在廚房中輕捷穿行，經過了樓梯的木欄杆，溜入客廳門後的一池黑暗之中。過了一會兒，屋主下樓來，只圍著毛巾。微波爐發出三聲響亮的嗶聲，宣告加熱結束。屋主光腳走過去，乾淨皮膚的味道飄過來。黑衣人聽見屋主拉開抽屜拿刀叉，再拉開一張高腳凳，坐下來用餐。

黑衣人吐出一口長氣，從暗處現身，寂然無聲上樓。

去監視。

去等待。

去執行等候多年的報復。

2

四天後

安靜的南倫敦街夜晚的空氣濕熱沉重，飛蛾鼓翅，撞入街燈投射出的橙色弧光中，街燈照亮了一排透天厝。愛絲黛拉．蒙羅在人行道上拖著腳步前進，關節炎拖慢了她的速度。接近街燈時，她走上馬路，單是從路緣石跨下來就害她痛得呻吟，但是她對飛蛾的恐懼更勝於關節炎的膝蓋。

愛絲黛拉從兩輛停著的汽車之間穿過，跟街燈拉開一段距離，感覺到白日的熱氣從柏油路面輻射而出。這波熱浪進入第二週了，倫敦以及英格蘭東南部的居民飽受肆虐，而愛絲黛拉也和其他數千位老年人一樣，心臟也在抗議了。遠處救護車的警笛聲大作，似乎是在回應她的想法。她看見下兩盞街燈破了，不由得鬆了口氣，於是緩緩地、痛苦地，從兩輛汽車間穿過，又走上人行道。

她提議要在兒子葛瑞格利不在家時幫他餵貓。她不喜歡貓，她會如此提議完全是因為她可以有機會在屋子裡到處晃，查看他兒子自從他太太潘妮帶著他們五歲大的兒子彼得離開之後過得如何。

愛絲黛拉氣喘如牛，全身是汗，終於快到葛瑞格利的漂亮透天厝的柵門前了。依她看來，這是整條街上最時髦的一棟房子。她從胸罩肩帶下抽出一條大手帕，擦掉臉上的汗。

愛絲黛拉掏摸鑰匙時，橙色街燈的光芒在玻璃前門上波動。她打開了門，迎面就是一堵令人窒息的高溫牆，她不情願地進屋去，一腳踩中了散落在擦鞋墊上的郵件。她打開門邊的電燈開關，但是門廳仍是一片漆黑。

「可惡，別又來了。」她嘟囔著說，把身後的門拉上。四處摸索，收集郵件，忽然想到這是葛瑞格利出門之後第三次跳電了。水族箱的燈造成一次跳電，第二次是潘妮沒關浴室燈，燈泡燒壞了。

愛絲黛拉從手提包裡摸出手機來，指節扭曲的手指笨拙地摸索了一下，螢幕解鎖。手機的光圈照亮了面前幾呎，照出淡色的地毯和狹窄的牆壁，左手邊的大鏡子照出了鬼魂一樣的她，嚇了她自己一跳。半明半暗的光線讓她的無袖上衣上的百合花多了一種墨黑的、有毒的感覺。她用手機的光照著地毯，朝客廳門前進，摸索著牆壁找開關，檢查是否只是門廳的燈泡燒壞了。她開了又關關了又開，燈就是不亮。

接著她的手機螢幕暗掉了，她立刻被徹底的黑暗包圍住。一片寂靜之中只聽見她自己粗重的喘氣聲。她驚慌了起來，摸索著要解鎖手機。起初關節炎的手指不肯快一點，但她總算是成功了，光線又回來了，在客廳中投射出一圈藍色微光。

屋裡頭悶死人了：熱氣壓迫著她，她的耳朵閉鎖了，活像是在水裡。細小的塵埃在空中旋轉，咖啡桌上的一只大瓷盤上裝著褐色的木球，有一小群蒼蠅在上頭默默飄飛。

「只不過是停電了！」她厲聲說，聲音被鐵壁爐彈了回來，十分清晰。她氣惱自己居然驚慌失措。只不過是斷電器的關係，沒啥事。為了證明沒有什麼好怕的，她會先來杯冰水，然後再把電路修好。她轉身，刻意拖著腳往廚房走，拿著手機的手伸得老長。

玻璃廚房似乎被手機的光照得像洞穴，伸入到花園裡。愛絲黛拉覺得脆弱暴露。遠處有呼嘯聲及鏘鎯聲，是火車經過了花園外的鐵軌。愛絲黛拉走向櫥櫃，拿下了一只平底玻璃酒杯。汗珠流進她的眼睛，刺痛了她，她用胳臂擦臉。她走向洗碗槽，裝了杯水，喝下溫溫的水，瑟縮了一下。

手機的光又滅了，樓上突然響起撞擊聲。愛絲黛拉手上的酒杯應聲落地，砸了個粉碎，玻璃碎片噴在木地板上。她的脈搏加速，心臟咚咚地敲；她在黑暗中豎耳聆聽，樓上又傳出扭打聲。她從流理台上的一堆廚房用具中抓起了一支擀麵棍就往樓梯走。

「誰在那裡？我有防狼噴劑，而且我在打電話報警！」她對著黑暗的樓上吼。

一片沉靜。高溫讓人招架不住。在兒子屋子裡窺探的想法已經煙消雲散，愛絲黛拉只想要回家去，在舒適明亮的屋子裡看溫布頓網球錦標賽精華。

不知是什麼東西從陰影中竄出來，從樓上直接往她身上撞來。愛絲黛拉吃了一驚，急忙後退，手機險些落地。然後她看見了是那隻貓，牠停下來，開始磨蹭她的腿。

「混蛋東西，你嚇了我好一跳！」她說，放下了心，如雷的心跳也慢了下來。上頭的平台飄下來惡臭。「真會找麻煩。你是不是在上頭拉屎了？你明明有貓砂和活動門的。」

貓不在乎地抬頭看著愛絲黛拉。這一次，她很高興有牠在。「來吧，我來餵你。」

貓跟著她走向樓梯下的櫃子，她覺得安慰；她讓牠磨蹭她的腿，同時找到了配電箱。打開了小塑膠蓋，看到總開關關掉了。怪了。她把開關打開，門廳立刻就亮了。模糊的一聲嗶之後，冷氣機也恢復運轉。

她又走進廚房裡，打開了燈。房間以及她的倒影從大片玻璃窗上躍入眼簾，貓跳上了流理台，怪異地盯著她打掃地上的碎玻璃。打掃完之後，愛絲黛拉打開了一小袋貓食。冷氣機降溫的速度很快。她站著一會兒，讓涼風輕拂，看著貓粉紅色的小舌頭起勁地舔食，啃著那一塊膠凍狀的食物。

空調將空氣吸入，貫穿了房屋，臭味更濃了，湧入了廚房，貓把最後一口舔光，空盤鏘的一聲，然後貓立刻就衝向玻璃牆，從活動門鑽了出去。

「吃了就跑，丟給我整理。」愛絲黛拉說，抓起一條抹布和一份舊報紙就上樓去了；她的腳步緩慢，膝蓋不靈光。越往上高熱和臭味就越嚴重。她上了樓，沿著光亮的平台走動，有條理地檢查了空浴室、客房、小辦公室的書桌底下。到處都不見貓咪的蹤影。

來到主臥室的門口時，臭味強烈得不得了，嗆得她乾嘔起來。所有的臭味之中，貓屎是最噁心的了，她心裡想。

她進入臥室，打開了燈。蒼蠅嗡嗡響，在空中飛舞。雙人床上深藍色的鴨絨被拉開來，一個赤裸的男人仰天而躺，頭上緊緊套著塑膠袋，雙手被綁在床頭板上。他雙眼圓睜，眼球鼓起，抵著塑膠袋。她愣了愣才明白這是誰。

是葛瑞格利。

她的兒子。

然後愛絲黛拉做了多年不曾做過的事。

她放聲尖叫。

3

這場晚宴是長久以來愛芮卡・佛斯特偵緝總督察參加過最沉悶無聊的一次了。晚宴的主人艾塞克・史壯打開洗碗機，把盤子和刀叉放進去，氣氛沉默得彆扭，只有角落的一架電風扇呼呼送風的聲音打破了寂靜。但是怎麼吹都不涼，只是把一波波的暖空氣送過廚房。

「謝謝你，千層麵很好吃。」她說，艾塞克伸長手臂來接她的盤子。

「我用半對半鮮奶油來做白醬。」他說。「妳吃得出來嗎？」

「吃不出來。」

艾塞克回去忙洗碗機，愛芮卡的眼珠子在廚房裡打轉。風格高雅，帶著法國鄉村主題：手工上漆的白色櫥櫃，工作平台是淡色木頭，厚重的白陶方形水槽。愛芮卡不由得好奇，艾塞克這位鑑識病理學家是否刻意避開不鏽鋼產品。她的視線落到了艾塞克的前男友身上，史蒂芬・林利坐在她的對面，抿著嘴唇，懷疑地盯著她。他比愛芮卡和艾塞克年輕，她猜是三十五歲。他是一個像希臘神祇阿多尼斯❶的男人，高大魁梧，長了一張俊臉，但是他的神情卻透著狡猾，愛芮卡很不喜歡。她逼著自己掛上笑容化解他的態度，喝了口酒，命令自己說點什麼。沉默漸漸讓人不舒服了。

她和艾塞克共進晚餐通常是不會有這種情況的。一年來兩人在他溫馨的法式廚房裡吃過幾次飯，說說笑笑，透露一點秘密，愛芮卡覺得友誼之花盛開了。她在艾塞克面前可以無話不說，不像她跟別的人，她可以談她先生馬克的死，那是不到兩年前的事。而艾塞克也談他失去畢生最愛史蒂芬的痛。

不過呢，馬克是在警方的突襲行動中殉職的，史蒂芬卻粉碎了艾塞克的心，為了別的男人離開了他。

所以稍早她一進門就看見史蒂芬時才會那麼驚訝。其實，不能說是驚訝——感覺比較像是被突襲了。

儘管愛芮卡在英國住了超過二十五年，她還是希望這頓飯是在她的祖國斯洛伐克發生的。在斯洛伐克，大家都很直接。

這是怎麼回事？你怎麼沒有事先告訴我？你為什麼不說你的白痴前男友會來？你是瘋了嗎，他那樣子對不起你，你還讓他又回到你的人生來？

她走進廚房看到史蒂芬穿著短褲T恤懶洋洋地坐在那裡，真巴不得像這樣子吼叫，但是她覺得彆扭，而禮貌的英式傳統逼得他們全都得當成沒事一樣，假裝一切正常。

「有人要喝咖啡嗎？」艾塞克問，關上了洗碗機，轉過來面對他們。他是個瘦高英俊的男人，額頭高，一頭濃密的黑髮向後梳，大大的棕色眼睛，兩條眉毛修成了柳葉眉，時而拱起，

❶ 阿多尼斯（Adonis）是掌管每年植物死而復生的神，相貌極俊美。

時而耷下，傳達出各式的譏誚情緒。不過今晚他只是一臉尷尬。

史蒂芬拿著酒杯旋轉杯中的白酒，看看愛芮卡又看看艾塞克。「現在就喝咖啡？還不到八點欸，艾塞克，而且天氣熱死了。再開一瓶酒來。」

「不，咖啡就好，謝謝。」愛芮卡說。

「如果妳非喝咖啡不可，那起碼用機器煮，」史蒂芬說，又像保護地盤似地說：「他有跟妳說嗎？我幫他買了雀巢咖啡機，花了不少錢。動用了我上一本書的預付款。」

愛芮卡冷淡地笑了笑，從桌子中央的碗裡拿了一顆烤杏仁，丟進嘴裡，咀嚼聲好像穿透了寂靜。在彆扭的晚餐中，說話的人主要是史蒂芬，詳盡地告訴他們他正在寫的那本犯罪小說。他也覺得有必要把所有的鑑識分析一五一十告訴他們，愛芮卡覺得有點多餘，畢竟艾塞克是國內頂尖的鑑識病理學家，而愛芮卡自己也是倫敦警察廳的偵緝總督察，在真實世界中偵破過一連串的命案。

艾塞克開始煮咖啡，打開了收音機。瑪丹娜的〈宛如祈禱者〉（*Like a Prayer*）刺穿了寂靜。

「大聲一點！我喜歡來點娜姐。」史蒂芬說。

「我們聽一點柔和的吧。」艾塞克說，轉換頻道，最後優美的小提琴聲取代了瑪丹娜的尖銳嗓音。

「據說他還是同志呢。」史蒂芬說，還翻了白眼。

「我只是覺得現在適合柔和一點的音樂，小史。」艾塞克說。

「要命。我們又不是七老八十了。我們來找點樂子。妳想做什麼，愛芮卡？妳都玩什麼？」在愛芮卡看來，史蒂芬是個充滿了矛盾的人。他的穿著像異性戀，彷彿是美國常春藤聯盟的運動員，但是他的動作卻女性化。他現在就雙腿交疊，抿著嘴等她回答。

「我覺得……我要出去抽菸。」她說，伸手拿皮包。

「樓上的門沒鎖。」艾塞克說，以道歉的眼神看著她。她裝出笑臉，離開了廚房。

艾塞克住的連棟屋是在格林威治附近的布萊克希斯，樓上的空房有小小的陽台。愛芮卡打開了玻璃門，走到戶外去點燃了一根菸。她對著漆黑的天空吐煙，感覺到晚上的熱氣。夏日的夜空清澈，但是因為光害，星辰都模糊不清。她順著格林威治天文台的雷射光看過去，伸長脖子看著光束在高高的蒼穹之中消失。她又深吸了一口菸，聽見底下的後花園裡有蟋蟀在叫，融合了後方馬路上繁重的車流聲。

她對於艾塞克允許史蒂芬回到他的人生來一事是否太嚴厲了？難道是因為她單身的朋友不再單身了所以她在嫉妒？不——她要艾塞克幸福，但是史蒂芬．林利這個人卻有毒。她傷感地沉吟著，或許艾塞克的生活中容不下她和史蒂芬兩個人。

她想到了那間家具稀少的小公寓，她實在沒辦法稱那兒是家，還有她在床上瞪著黑暗的寂寞夜晚。愛芮卡和馬克的生活並不僅限於夫妻，他們也是同事，二十出頭就加入了大曼徹斯特區警隊。愛芮卡在警隊中是閃亮的明日之星，沒多久就升上了偵緝總督察，在階級上比馬克高。而馬克一點也不吃味，反而更以她為榮。

然後，將近兩年前，愛芮卡帶隊查緝毒品，卻不幸導致馬克以及四名同事死亡。事後，既傷心又內疚，有時她幾乎扛不起這個擔子，她跌跌撞撞在世上孤單一人找到她的定位。在倫敦重新開始並不容易，但是她在倫敦警察廳的凶案暨重案組的工作是她唯一能夠傾注心血的事情。但曾經的明日之星，現在卻揹上了污點，她的職業生涯也停滯不前了。她是一個直來直往、鍥而不捨、精明能幹的警官，最受不了笨蛋——但是她沒空玩警隊政治，還不停衝撞上司，給自己找了不少有力的敵人。

愛芮卡又點燃了一支菸，正決定要找個藉口離開，背後的玻璃門就打開了。艾塞克探出頭來，也走進了陽台。

「我也需要來一根。」他說，關上了門，移向她站的欄杆旁。她微笑著把香菸遞給他。他用修長的手指拿了一根，俯身讓她幫他點菸。

「對不起，我今晚真是搞砸了。」他說，挺直腰，吐了口煙。

「這是你的人生，」愛芮卡說。「不過你大可給我一點頭緒的。」

「事情發生得太快了。他今天早上跑過來，我們花了一整天在談……我就不細說了。要取消晚餐也來不及了，可不是我不想取消。」

愛芮卡能看出他臉上閃過的煩惱憂慮。「艾塞克，你用不著跟我解釋。不過，如果我是你，我會挑情慾當理由。你被情慾沖昏了頭，這樣比較容易原諒。」

「我知道他是個複雜的人，可是我們單獨在一起的時候他完全不一樣。他很脆弱。妳覺得我的方法對嗎？要是我設下適當的限制，這次會成功嗎？」

「有可能……至少他不能再把你賜死。」愛芮卡說。

史蒂芬以艾塞克為原型在一本小說中創作了一位鑑識病理學家，後來把這個角色寫進一場相當血腥的恐同攻擊之中，賜死了他。

「我不是在開玩笑。妳覺得我應該怎麼辦？」艾塞克問，眼裡裝滿了焦慮。

愛芮卡嘆口氣，握住了他的手。「你不會想知道我的看法的。我喜歡跟你做朋友。」

「我很看重妳的意見，愛芮卡。拜託，告訴我應該怎麼辦……」

玻璃門打開，吱呀一聲。史蒂芬光著腳出現，端著滿滿一杯威士忌加冰塊。「告訴他該怎麼辦？什麼事啊？」他辛辣地說。

彆扭的沉默被愛芮卡皮包深處的簡訊鈴聲打破了。她掏出手機，讀了訊息，眉頭一皺。

「沒事吧？」艾塞克問。

「榮譽橡樹公園那邊的月桂路有棟屋子裡發現了一具白人男性屍體。看來很可疑。」愛芮卡說，隨即又說：「糟了，我沒開車來。我是搭計程車來的。」

「妳會需要鑑識病理學家。我開車載妳去吧？」艾塞克問。

「你今晚不是休假？」史蒂芬忿忿地質問。

「我隨時都得出勤，小史。」艾塞克說，一臉急著離開的表情。

「那好，我們走吧，」愛芮卡說，忍不住又對史蒂芬說：「看來用你的咖啡機煮的咖啡得改天再喝了。」

4

半小時後愛芮卡和艾塞克抵達了月桂路，彆扭的晚餐迅速被遺忘了。警戒線已經封鎖了馬路兩頭，支援的車輛也停在警戒線外：一輛廂型警車、四輛警備車、一輛救護車。車輛的藍燈閃動，照在一長排的連棟屋上。好幾扇前窗和門口都站著鄰居，張大眼睛看著現場。

他們的汽車停在警戒線外一百碼處，愛芮卡最信任的同事之一摩斯偵緝督察迎向了他們的汽車。她是位矮小結實的女性，雖然穿著及膝裙和薄上衣，仍因為高溫而全身是汗。她的紅髮綁在腦後，露出了滿臉的雀斑——有一小叢聚集在她的眼睛下，呈現淚滴形狀，不過她卻是一個樂觀的人。愛芮卡和艾塞克下車時她給了兩人譏誚的一笑。

「晚上好，老大，史壯醫師。」

「晚上好，摩斯。」艾塞克說。

「晚安。這些人是誰？」愛芮卡問，接近警戒線時看見有一群面色疲憊的男女站在那兒瞪著現場。

「中倫敦的通勤族，一回家就發現他們的街道成了犯罪現場。」摩斯說。

「我就住在那邊啊。」一個男人在說話，拎著公事包指著兩戶之外的房子。他臉色潮紅，神情疲倦，稀疏的頭髮貼著頭皮。摩斯、愛芮卡、艾塞克走到他旁邊時，他看著他們，希望他們是帶著不同的消息來的。

「我是佛斯特偵緝總督察，資深刑警，這位是我們的鑑識病理學家史壯醫師。」愛芮卡說，同時向制服警員亮出了警徽。「去聯絡議會，安排地方給這些人過夜。」

「是，長官。」警員說，示意他們通過。三人鑽過警戒線，趕在通勤族聽到他們今晚得睡行軍床而群起抗議之前避開。

月桂路十四號的前門開著，門廳的燈光亮到戶外來，鑑識科人員套著深藍色工作服戴著面罩在忙著採證。愛芮卡、艾塞克和摩斯也接下了連身服，就在小小的前院的一處簷下著裝。

「屍體在樓上，前臥室。」摩斯說。「被害人的母親過來餵貓，以為他去南法度假還沒回來，不過，你們會發現他連機場都沒去成。」

「那位母親呢？」愛芮卡問，一腳套入了薄薄的連身服。

「她因為震驚和高熱昏倒了。警員陪同她到路易申的大學醫院了，等她恢復過來我們會需要去錄她的證詞。」摩斯說，一面拉上了連身服的拉鍊。

「給我幾分鐘檢查現場。」艾塞克說，戴上連身服的兜帽。愛芮卡點頭，他就走進屋子了。

高溫、人群和明亮的燈光讓樓上臥室的溫度一下子升破了四十度，艾塞克帶著他的三名助手以及犯罪現場攝影師以高效率和莊重的心態沉默地工作著。

被害人赤裸地仰躺在雙人床上，體格高大結實，像運動員。他的兩條手臂被往上拉，以細繩綁在床頭板上，繩子咬入了手腕肌肉裡。他的兩腿張開，兩腳向外。頭上套著一個透明塑膠袋，面部五官扭曲。

愛芮卡總覺得赤裸的屍體更難處理。死亡已經夠沒有尊嚴了，不需要再如此暴露。她抗拒著用床單蓋住屍體下半身的衝動。

「死者是葛瑞格利．蒙羅醫生，四十六歲。」摩斯說。兩人站在床邊。死者的褐眸圓睜，雖隔著塑膠袋卻異常清晰，但是他的舌頭開始腫脹，從牙齒間伸出來。

「什麼醫生？」愛芮卡問。

「他是本地的全科醫生，在科洛夫敦公園路上開了一家山頂診所。」摩斯答道。愛芮卡看著站在床對面查看屍體的艾塞克。

「能告訴我死因嗎？」愛芮卡問。「我猜是窒息，不過……」

艾塞克放開了死者的頭，他的下巴落在裸裎的胸膛上。「證據指向窒息，但是我需要查證塑膠袋是否是在他死後才套上的。」

「性愛遊戲出了岔子？窒息式性愛？」摩斯問。

「假設上，是的。但是我們不能排除是謀殺。」

「死亡時間？」愛芮卡抱著希望問。她這時在連身服底下已經汗流浹背了。

「別心急，」艾塞克說。「等我更仔細檢查過，把他解剖開查驗，我才能給妳死亡時間。極度的高溫或低溫會減緩腐化的時間：依照這個房間的溫度來看，屍體快烘乾了。肌膚的顏色開始變了。」他指著腹部的皮膚上出現不同深淺的綠色之處。「一個可能是他在這裡幾天了，不過，我說了，我需要解剖檢驗。」

愛芮卡看了看四周。門邊的牆上是一長排厚重的木衣櫃，廣角窗的凹處有同色的附鏡梳妝台。窗子左邊有兩個高五斗櫃。每樣家具的表面都很乾淨：沒有書或是小飾品，也沒有臥室裡一般會有的東西。這裡非常整潔，幾乎是太過整潔了。

「他結婚了嗎？」愛芮卡問。

「是的，不過妻子離開了，兩人分居幾個月了。」摩斯說。

「對一個剛恢復單身的男人來說，這裡非常整潔。」愛芮卡說。「除非是凶手打掃過了。」她又補充一句。

「什麼？在他溜走以前還先吸塵？」摩斯說。「他怎麼不到我家來呢。妳真應該看看我那個豬窩。」

儘管很熱，愛芮卡仍能看見兩個繞著屍體採證的鑑識人員露出了笑臉。

「摩斯，現在不是開玩笑的時候。」

「對不起，老大。」

「我認為手臂是在死後才被綁住的，」艾塞克說，戴著乳膠手套的手輕輕指著手腕的部位。腋窩四周的皮膚繃出白色線條，和底下的蠟黃色澤不同。「手腕處只有極少的擦傷。」

「所以攻擊發生時他已經上床了？」愛芮卡問。

「有可能。」艾塞克說。

「沒有亂丟的衣服。他可能是照一般就寢的習慣把衣服收拾起來了。」摩斯說。

「所以可能是有人躲在床底下或是在衣櫃裡，也可能是爬窗進來的？」愛芮卡問，汗水流進了眼睛裡，忙著把它眨掉。

「那就是妳要調查的事情了。」艾塞克說。

「對，沒錯。我真走運。」愛芮卡說。

愛芮卡和摩斯下樓到開放式的起居空間，有一隊鑑識人員正在屋子裡的其他地方採證。有一個人走過來，愛芮卡沒見過他。他三十出頭，一張俊臉，北歐人一樣的高額頭，金髮閃著汗光。他走向愛芮卡面前，這才明白她有多高，比六呎多一點點，所以他抬頭往上看。

「佛斯特總督察？我是尼爾斯．阿克曼，犯罪現場負責人。」他說。字正腔圓的英語中隱約透著瑞典口音。

「你是新來的？」愛芮卡問。

「倫敦嗎？對。凶殺和混亂，不是。」尼爾斯有一張討喜英俊的臉孔，就跟許多每天都會處理死亡與慘狀的人一樣，似乎能夠保持一種莊嚴的疏離態度，帶著一種黑色幽默。

「幸會。」愛芮卡說。兩人握手，乳膠手套吱吱響。

「妳有什麼頭緒了嗎？」他問。

「從頭開始說吧。」愛芮卡說。

「好的。死者的母親大約七點半來餵貓，自己有鑰匙。她抵達時，電力被切斷了，而且看來有幾天的時間了。冰箱裡的東西已經開始腐敗了。」

愛芮卡看著那台大型不鏽鋼冰箱，門上的磁鐵壓著幾張孩子的指印畫，色彩鮮明。

「網路和電話也被切斷了。」尼爾斯又說。

「是因為沒繳費嗎？」愛芮卡問。

「不是，網路的電纜被割斷了。」尼爾斯說，移向廚房流理台，拿起了一只透明證物袋，裡面裝著兩截電纜線，有一截接著一台小數據機。他舉起另一個袋子。「這是死者的手機。SIM卡和電池都不見了。」

「手機是在哪裡找到的？」愛芮卡問。

「在床頭几上，仍然接著充電器在充電。」

「屋子裡沒有別的電話了？」

「只有樓下的家用電話。」

「所以是手機放在床頭几上充電之後凶手才把SIM卡和電池拿出來的？」摩斯問。

尼爾斯點頭。「有可能。」

「等等，等等，」愛芮卡說。「床頭几上還有別的東西嗎？臥室看起來什麼也沒有。」

「除了手機之外就沒有別的了，」尼爾斯說。「不過，我們在床頭几的抽屜裡找到了這些。」他拿起另一個證物袋，裡頭是幾本同志色情雜誌：《黑吋》、《烏木》和《拉丁美男》。

「他是同志？」愛芮卡問。

「還結過婚。」摩斯補充道。

「妳說他幾歲？」

「四十六。」摩斯回答。「他跟太太分居了。可是這些雜誌是舊的。嘿，是二〇〇一年出版的。他幹嘛要留著？」

「這些是藏起來的，所以他並沒有出櫃？」愛芮卡問。

「說不定是藏起來很多年了。說不定他是在婚姻破裂之後才從閣樓裡拿出來的。」尼爾斯說。

「太多說不定了，我不喜歡。」愛芮卡說。

「我們在廚房中島上找到了一個一人份的微波千層麵，擺在盤子裡，旁邊有一只空酒杯，和一瓶半滿的紅酒。我們正要送去實驗室。」尼爾斯說。「妳們也應該看看這個。」

他帶她們穿過大廚房，經過了一張凹陷的大沙發，表面佈滿了麥克筆的塗鴉和很大一塊茶漬。大沙發的邊緣和面臨著花園的玻璃牆之間有一箱玩具，多得都溢出來了。玻璃門打開了，讓他們三人步入木露台上。愛芮卡享受著降低的溫度。後花園裡已經架設了泛光燈，愛芮卡發覺一路延伸到一處泥濘的樹叢，幾個穿工作服的人蹲在那兒查看草皮。

他們從一條狹窄的碎石路沿著玻璃牆外面往回走，來到了一扇上下滑窗前，窗子和廚房的洗碗槽等高。底下的排水溝散發出一種嘔吐物的氣味。

「我們採樣了窗子、排水管、隔壁房子的窗戶，」尼爾斯說。「什麼也沒找到。不過卻發現了這個。」他把她們的注意力導向漆成白色的滑窗底部。「看見了沒，在木頭上？」他戴著乳膠手套的一根手指懸在透明漆的一小塊壓痕上，不超過一公分寬。「窗子是用一把扁平的工具撬開的，可能是螺絲起子。」

「你們抵達現場時這扇窗是關著的？」愛芮卡問。

「是的。」

「做得好。」她說，回頭看著油漆上的小壓痕。「你們能從這裡的碎石路上採到腳印嗎？」

「只有一些模糊的腳印，可能是一副小腳，卻沒辦法取模子。好，再進到屋子裡。」尼爾斯說。她們跟著他從玻璃門又繞回屋子裡，進入滑窗另一邊的廚房。

「妳們看這裡，應該有窗鎖止擋。」尼爾斯說，指著窗框兩側兩個四方形的小洞。

「窗鎖止擋是什麼？」摩斯問。

「兩個小塑膠鉤子，鉤住從上層的窗框內部凸出來的彈簧，可以防止下層框被硬往上推。但是不見了。」

「有沒有可能是葛瑞格利．蒙羅自己拆掉的？」愛芮卡問。

「除非他是不擔心竊賊，但是我不認為。房子有高階的保全系統，後花園有感應式燈光。電力被切斷的話應該會觸動警報器，系統的設計就是這樣的——但是卻全部停擺了。」

「所以闖入者拆除了滑窗的止擋，而且還知道警報器的密碼？」愛芮卡問。

「是的，這是一種推論。」尼爾斯說。「還有一件事。」他帶她們又從玻璃門穿出來，來到花園底時，三人矮身看著樹下，找到了鐵絲網籬笆被剪開的那段。

「花園背對著火車鐵軌以及榮譽橡樹自然保護區，」尼爾斯說。「我認為這裡就是進入點，籬笆是用剪線器剪斷的。」

「靠，」摩斯說。「你覺得會是誰？」

「我們需要更深入調查這位葛瑞格利・蒙羅醫生，」愛芮卡說，瞪著屋子。「答案就在那裡。」

5

這是一部舊桌上型電腦，擺在有輪子的金屬架上，塞在一棟普通房屋的樓梯底下。聊天室的首頁跳了出來，很陽春，沒有什麼漂亮的圖片。主流的聊天室都不偏激，但是這一個卻佔據了網路的死水灣，綠藻層可以在這裡繁盛茁壯。

螢幕嗶了一聲，一個叫「公爵」的使用者名稱閃現，開始打字。

公爵：有人在家嗎？

手指在鍵盤上飛舞，急著聊天。

夜貓子：我隨時都在，公爵。

公爵：夜貓子，都幹啥了？

夜貓子：忙。我一連三天沒睡。快破紀錄了。

公爵：我的紀錄是四天。嗑藥的瘋狂幻覺幾乎值了。光溜溜的女生。好真實***咬指節***

夜貓子：哈！我的幻覺這麼香豔就好了。我受不了開燈，害我好痛……可是影子好像活過來了。我從眼角看到有張漆黑的沒有眼睛的臉盯著我。然後我看到他了。

公爵：嚇到了嗎？

夜貓子：我習慣了……知道吧。

公爵：我瞭。

公爵：那？你做了嗎？

夜貓子：對。

公爵：真的假的？

夜貓子：真的。

公爵：你用自殺袋了？

夜貓子：對。

公爵：多久時間？

夜貓子：差不多四分鐘。下了藥，他還是有抵抗。

暫時停頓。一個對話方塊跳出來，顯示「公爵在打……」然後螢幕沉寂了一會兒。

夜貓子：你還在嗎？

公爵：在。我沒想到你會做。

夜貓子：你以為我只會放屁，像網上大多數的人？

公爵：不是。

夜貓子：你覺得我不夠強？

公爵：不是！

夜貓子：好，因為我是認真的。我被別人小看太多年了，覺得我很弱。把我踩在腳底下，欺負我。我**不**弱，我有**力量**。心理上的和生理上的**力量**，而且被我釋放了。

公爵：我沒懷疑你。

夜貓子：你敢就試試。

公爵：對不起。我從來沒有懷疑你。絕對。

公爵：感覺如何？

夜貓子：像上帝。

公爵：我們不相信上帝。

夜貓子：如果我就是呢？

幾分鐘過去了，沒有下文，然後公爵寫道：

公爵：那現在呢？

夜貓子：這才是剛開始。醫生只是名單上的第一個。我眼前還有另一個。

6

翌晨八點之前愛芮卡就把車子停進了路易申街警局的停車場。她在犯罪現場一直忙到凌晨，只睡了幾小時，洗個澡就來上班了。她下了車，熱空氣混合著濃濃的廢氣味，環狀道路上大卡車慢慢爬行經過，換檔聲吱嘎響。周遭開發區的摩天大樓工程傳來模糊的施工聲，相較之下，車站的水泥建築就矮了許多。愛芮卡鎖好汽車，向警局大門走去，因為睡眠不足而脾氣暴躁，而且已經出了一身汗，急需來杯冷飲了。

值勤台比較涼，可是溫度再加上噁心的嘔吐物和消毒水的氣味，實在對氣氛沒有幫助。沃夫巡佐拱肩駝背據案而坐，在填表格。他的肚子凸出在長褲上方，圓圓的臉孔紅通通的，閃爍著汗珠。附近有個穿著骯髒運動服的高瘦小子在等候，打量著桌上那個塑膠容器裡裝的他的個人物品：一支嶄新的 iPhone、兩包仍未拆封的香菸。小伙子憔悴飢餓的面容跟他所等待的昂貴物品並不搭配，愛芮卡有種感覺他再回籠的時間不會太長。

「早。有沒有機會讓餐廳供應冰咖啡？」愛芮卡問。

「沒，」沃夫說，用毛茸茸的前臂擦臉。「不過要他們挖出又冰又硬的食物好像一點問題也沒有；真不懂咖啡為什麼就做不到。」

愛芮卡咧嘴笑。瘦小子翻白眼。「對，聊天嘛，反正我哪兒也去不了。我只想要回我的手機，那是我的。」

「這是在四個月前的犯罪現場查獲的，你可以再等個十分鐘。」沃夫說，瞪了他一眼。放下了筆，按鈕開門讓愛芮卡通過，進入警局的主區。「馬許已經來了，說妳一進來就去見他。」

「好。」愛芮卡說。穿過了門，門在她身後關上，嗡嗡聲也隨之停止。她走在悶熱的走廊上，經過了空蕩的辦公室。現在時間還早，但是大多數的警員都去度假了，氣氛好像是鬆懈了一級。

她搭電梯到上司的頂樓辦公室去，敲了門，聽見模糊的回應，就開門進去。馬許總警司站在窗前，背對著她，俯瞰一片起重機和車流。他身高膀闊，小平頭是椒鹽色的。他一轉過身來，愛芮卡就看見他的嘴巴咬著一支鮮綠色吸管，吸管插在星巴克大杯冰咖啡中。他長相英俊，就是滿臉疲憊。他揚起眉毛，把咖啡嚥下去。

「早，長官。」她說。

「早，愛芮卡。來，就想妳也需要一杯。」馬許走向雜亂的辦公桌，拿起了另一杯冰咖啡，遞給她，還附上未拆封的吸管。杯子在葛瑞格利．蒙羅命案的初步報告上留下了很大一圈水漬，報告是愛芮卡在凌晨發電郵傳過來的。

「謝謝你，長官。」愛芮卡接過杯子，忙著把吸管拆開，同時眼神瞟向他的辦公室四周。亂七八糟的；她老是跟自己說這裡是高階權威和十幾歲少年的臥室的混合體。牆上掛著證書，一組架子，架上塞滿了參差不齊的檔案，抽屜也塞得滿滿的，邊緣還有紙張探出頭來。垃圾桶都滿出來了，但是馬許也不清理，反倒是把幾個三明治盒和空咖啡杯堆在垃圾的頂端，堆了有一呎高。窗台上散置著枯死的植物，一面牆下擺著同一個衣架的幾個零件。愛芮卡不確定是因為衣架承受的重量太大所以折斷了，抑或是馬許在盛怒之下把衣架折斷的，是的話，幸好她不在場。

她拆掉了綠色吸管的薄紙包裝，插進杯蓋孔裡，吸了一口，享受冰咖啡的怡人清涼。

「好吧，長官，這是什麼意思，請喝咖啡？是因為你要去度假嗎？」

他咧嘴笑，坐了下來，示意她也坐下。「對，到南法去兩星期，我已經等不及了。好，嗯，我看了妳的報告。昨晚的恐同暴行，下流的玩意。」

「我不確定是不是恐同暴行，長官……」

「明擺著就是：男性被害人，同志色情書刊，窒息式性愛。他是醫生，薪水很高。我猜他是雇了一個男妓，兩人玩起了變態遊戲。男妓好好地修理了他一頓。有什麼東西不見嗎？」

「沒有，長官，我說了，我不認為是簡單的恐同暴行。我並沒有在我的初步報告中歸納出這種推論來。」她看見了馬許疑惑的表情。「長官，你看過我的報告了嗎？」

「當然看了啊！」他不客氣地說。

愛芮卡拿起了他桌上的報告，墨水被水漬弄糊了。她看到只有一頁，就站起來走向馬許的印表機，打開了紙匣，抽出一疊紙，放進印表機，合上紙匣。

「妳在幹嘛？」馬許問。嗒的一聲，再響起低沉的呼嚕聲，然後第二頁的報告就列印出來了，她把紙張交給他，又坐了下來。他讀了，一臉死灰。

「長官，各種跡象都顯示這是預謀犯案。警報器失靈，電話線被割斷，我們還沒找到被害人以外的指紋或是體液。」

「他媽的，真是找麻煩。我還以為只是反同志的暴行呢。」

「只是反同志暴行？」

「妳知道我的意思。恐同暴行——哎，媒體不會那麼注意。」馬許又研究報告。「可惡，葛瑞格利．蒙羅是本地的醫生，有家室的人。地址是哪裡？」

「榮譽橡樹公園月桂路。」

「那裡也是精華地段。抱歉，愛芮卡，這一週很漫長……妳應該要標頁碼的。」

「我標了啊，長官。我正在等艾塞克．史壯的驗屍報告。我們會查看被害人的電腦硬碟和手機，我現在就要去跟小組做簡報了。」

「好，隨時通知我。有什麼進展的話，我都要知道。我有不好的預感，愛芮卡。我們越快抓到這個王八蛋越好。」

7

路易申街警局的事件室是一間空氣沉悶的共用辦公室，條形日光燈以強烈的燈光照耀著裡頭的警員，兩側的玻璃隔板面對著走廊，沿著一面玻璃隔板擺了一排印表機和影印機。愛芮卡站在一台印表機前，讀著傳送過來的葛瑞格利·蒙羅的初步驗屍報告，感覺到一股熟悉的輕顫，是期待、恐懼與興奮的加總。報告一頁頁出現，紙張拿在手上仍是熱的。

她的小組已經在埋頭苦幹了，許多警員從犯罪現場回來只睡了幾個小時。柯廉巡佐——金髮，事件室中孜孜不倦的發動機——在辦公桌間移動，拿著一疊列印文件為簡報準備。摩斯正和辛警員在接電話，辛警員個子嬌小，長得漂亮，卻心思機敏。小組的新成員華倫警員在後面牆上的大白板上釘上目前蒐集到的證據。他是一名有熱忱、長相好看的青年。

彼得森偵緝督察進來了，注視著忙碌的事件室。他是一名高個子的英俊黑人警察，頂著一頭短短的雷鬼頭。他也和摩斯一樣成為愛芮卡最信任的同事。他冷靜機伶，世故通達，正好和摩斯的腳踏實地、直來直往形成很好的平衡。

「假期過得很好吧，彼得森？」愛芮卡問，抬起了頭來。

「嗯，巴貝多。平靜、安寧，沙灘……跟這裡完全相反。」他戀戀不捨地說，但是愛芮卡的注意力已經回到報告上了。彼得森回座位坐下，環顧事件室的寒酸環境。

摩斯一手摀著話筒。「你確定有去度假？看起來好像沒曬到多少太陽……」

「哈哈。我今天早晨吃的麥片粥顏色都比妳還深。」彼得森嘻皮笑臉地說。

「有你回來真好。」她眨眨眼，又回頭接電話。

「好了，各位早安。」愛芮卡說，移向房間前部，掏出一摞犯罪現場照片，一張張釘到白板上。

「死者是四十六歲的葛瑞格利．蒙羅。本地的全科醫生。」事件室一片安靜，人人都忙著看照片。「我知道有人昨晚去過現場，不過為了讓沒去過的人了解，我會把事發經過說一遍。」

愛芮卡複述昨晚的經過，警員們都保持安靜。「鑑識科剛把藥物檢驗和初步解剖報告送過來。死者的血液中有少量酒精，卻有非常高濃度的氟硝西泮：每公升九十八微克。氟硝西泮是羅眠樂這類學名藥的成分。」

「也是大家最愛的約會強姦藥。」彼得森冷淡地挖苦道。

「對。犯案現場的一只酒杯裡找到了藥物的殘留，廚房裡。」愛芮卡說。

「他的酒裡一定是被下了藥。除非是他自己想自殺？身為醫生，他應該知道這麼高的劑量是會死人的。」摩斯說。

「對，但是他並沒有被毒死，而是死於窒息。你們能看見那個透明塑膠袋被緊緊套在他的頭上，用一條細白繩綁住。」愛芮卡指著葛瑞格利．蒙羅透過塑膠袋茫然瞪著大眼的照片。

「他的手是在死後被綁的。他的床頭几抽屜裡找到了同志色情雜誌。所以，雜誌、以塑膠袋窒息，再加上約會強姦藥，我們需要排除一切的性交因素。他沒有被強暴的跡象，除了他自己的體毛和體液之外，找不到其他人的……」愛芮卡停頓一下，注視著回望著她的警員。「所以，我要你們假設是有人闖入，然後給葛瑞格利．蒙羅下藥，然後再讓他窒息而死。我也認為這並不是隨機犯案。屋內的東西都沒有損失，金錢或有價物品都還在。電話線和電力被切斷了，也就是說這件案子經過一定程度的預謀，無論凶手是誰都需要在切斷電力之前先讓警報系統失靈。」

「好，按照一般的程序進行：挨家挨戶調查月桂路以及附近街道。警員已經開始了，但是我要你們詢問每一個住在那條街上的人，或是在那個地區的人。調出葛瑞格利．蒙羅的所有資料：銀行、電話、電郵、社群網路、朋友和家人。他和妻子分居，所以我猜他也有律師：找出來。查出他是否上過什麼同志約會網站。另外，拿到他的手機硬碟，調查是否有同志的約會應用程式。他可能雇了男妓。他同時也是本地的全科醫生，查出他工作上的所有事情——和同事或是病人是否有過齟齬？」

愛芮卡走向白板，指著在花園拍的照片。

「凶手是鑽過籬笆進屋的，籬笆對著火車鐵道和一處小型自然保護區。調出你們能找到的所有鐵道上的監視畫面，還有最近的火車站和附近街道的。柯廉，由你在事件室中協調。」

「是，老大。」柯廉說。

「我認為葛瑞格利．蒙羅認識凶手，挖掘他的個人生活可以幫助我們查出凶手的下落。好了，大夥幹活吧。六點我們再會合，分享大家的發現。」

事件室的警察都動了起來。

「葛瑞格利・蒙羅的母親有什麼消息嗎？」愛芮卡問，走向摩斯和彼得森。

「她仍然在醫院裡，恢復得很好，不過他們在等醫生讓她出院。」摩斯說。

「好。我們去拜訪她吧——你也去，彼得森。」

「妳不會以為她是嫌犯吧？」摩斯問。

「不，不過當母親的通常都是情報庫。」愛芮卡說。

「我懂妳的意思。我媽就是什麼人的事情都要管。」彼得森說，站了起來，抓起外套。

「那我們就希望愛絲黛拉・蒙羅也一樣吧。」愛芮卡說。

8

路易中大學醫院是棟舊建築，磚頭加上未來派玻璃帷幕，向四面八方延伸，新的側翼則是藍色和黃色的塑膠結構。停車場沒多少空位，救護車不斷地停進急診室。愛芮卡、摩斯和彼得森停好了車，步行到醫院大門，就在急診室的對面，是一個玻璃加鋼鐵大盒子。接近時，他們看見一名老婦人坐在輪椅上，對著蹲在她旁邊的護士大吼大叫。

「太沒道理了！」她在說，一隻扭曲的手指對著護士猛戳，指甲還搽著紅色指甲油。「你們讓我一直等，等你們終於讓我出院了，又叫我在大太陽底下坐了超過一個小時！我的手提包不見了，我的手機也不見了，你們卻什麼事也不做！」

幾個從大門出來的人都注意到了，但是一群往裡走的護士卻連眼皮都不眨一下。

「就是她──愛絲黛拉・蒙羅，葛瑞格利・蒙羅的母親。」摩斯說。三人走到她面前，護士注意到了，站了起來。她是個快五十歲的人，表情親切卻疲倦。愛芮卡、摩斯和彼得森自我介紹，舉起了警徽。

「有什麼問題嗎？」愛芮卡問。愛絲黛拉瞇眼看著他們。她像是六十四、五歲，穿著上滿講究的，但是在醫院裡住了一夜，淺色的休閒褲和花朵上衣都皺巴巴的，臉上的妝也被汗水弄花了，赤褐色短髮也一束束地倒豎著。她的膝上放著一個塑膠袋，裡頭裝了一雙黑色漆皮船型高跟鞋。

「對，這裡的問題大了……」愛絲黛拉開口說。

護士雙手按著寬臀，打斷了她：「今天早晨來為愛絲黛拉錄證詞的警察提議送她回家，可是她拒絕了。」

「我當然要拒絕！我可不要坐著警車回我家！我寧可搭計程車……我知道這種事。我有權搭計程車。你們這些人就是想貪便宜圖省事……」

依照愛芮卡的經驗，每個人受哀傷和震驚的影響各自不同。有的哭成淚人，有的整個麻木，說不出話來，也有的人會生氣。她看得出愛絲黛拉．蒙羅是屬於最後的這一類。

「我在那個像地獄一樣的急診室裡被關了一晚。我只不過是有點不適，就這樣。可是，哼——我得排隊等，而那些酒鬼和嗑藥的卻可以先看！」愛絲黛拉轉而注意愛芮卡、摩斯和彼得森。「然後你們這些人問我沒完沒了的問題。你們以為我是犯人！對了，你們三個來幹什麼？我兒子死了……他被人殺了！」

在這個階段，愛絲黛拉崩潰了，緊抓著輪椅的椅臂，咬緊牙關。「你們這些人，少挖苦我！」她大喊。

「我們的車子沒有標誌，我們可以現在就帶妳回家，蒙羅太太。」彼得森和顏悅色地說，蹲下來，從口袋掏出一包面紙，抽了一張給她。

她抬頭看，眼中含淚。「你們可以嗎？」

彼得森點頭。

「那拜託，帶我回家。我只想回家，一個人。」她說，抽了一張面紙，摀著臉。

謝謝，護士以嘴型說。

彼得森解除了輪椅的煞車，開始把愛絲黛拉往停車場推。

「她入院時的狀況很糟，極度缺水，過度震驚，」護士對摩斯和愛芮卡說。「也不想打電話給別人。我不知道她有沒有鄰居，或是女兒？她回家後需要保持平靜，多多休息。」

「彼得森會發揮魅力的，他對老人家很有一套。」摩斯說，看著他把輪椅從人行道弄上馬路，過街到停車場去。護士微笑，回身進了醫院大門。

「哎呀，車鑰匙在我這邊，快走！」愛芮卡說。兩人匆匆忙忙過街去追上彼得森。

「喔，這麼熱……」愛絲黛拉說，語氣絕望。這時四個人都坐進了烤箱似的車子裡。「已經熱了好多天了！」她坐在前座，愛芮卡駕車，摩斯和彼得森坐在後面。

愛芮卡探過身去幫愛絲黛拉繫上安全帶，然後才發動引擎。「馬上就會涼了。」

「妳在這裡停多久了？」愛絲黛拉問。愛芮卡向計費亭的人亮出警徽，他就揮手要他們過去。

「十五分鐘。」愛芮卡說。

「要不是你們是警察，就得付一鎊五十便士。就算不到一小時也一樣。我一直問葛瑞格利能不能想點辦法改一改這個病人得付錢的缺點。他說他會寫信給我們區的國會議員。他見過她，知道吧，好幾次——在正式的午宴上……」愛絲黛拉的聲音越來越小，又在腿上找面紙，拿起來擦拭眼睛。

「妳要喝點水嗎，愛絲黛拉？」摩斯問，她在路易申街警局的販賣機裡買了幾瓶水。

「喔，好。不介意的話，叫我蒙羅太太。」

「好的，蒙羅太太。」摩斯說，從座位的縫隙間遞過去滴著水珠的一小瓶礦泉水。愛絲黛拉轉開了瓶蓋，喝了一大口。他們穿過了雷第維，經過醫院旁的大公園，有一群小孩子頂著早晨的大太陽在踢足球。

「謝天謝地，好多了。」愛絲黛拉說，靠著椅背，空調也開始吹送冷風了。

「我可以請問妳幾個問題嗎？」愛芮卡說。

「可以等一下嗎？」

「稍後我們需要妳錄正式的證詞，不過我是想問妳幾個問題……拜託，蒙羅太太，這很重要。」

「那就問吧。」

「葛瑞格利應該是去度假了是嗎？」

「對，去法國。他要在BMA上演講，英國醫學學會。」

「他沒打電話說他到了。」

「顯然沒有。」

「他一向都這樣嗎？」

「對。我們不是很親密。我知道他會在旅程中的某個時間打電話給我。」

「葛瑞格利和他太太分居了？」

「對，潘妮。」愛絲黛拉說，嘴唇往下一撇。

「我可以請教是為了什麼嗎？」

「我可以請教是為了什麼……妳不就在問了嗎？是潘妮要求的。她去申請的。哼，要說誰才該去申請的話，那就應該是葛瑞格利。」愛絲黛拉說，一面搖頭。

「為什麼？」

「她把他整慘了。我兒子為她做了那麼多，給了她高質量的生活。在他們結婚前，潘妮還是跟她那個討厭的母親住在一塊，都三十五歲的人了。她沒有什麼前途，只是葛瑞格利診所的接待員。他們才開始約會，她就懷孕了，逼得他不得不娶她。」

「他為什麼會不得不娶她？」摩斯問。

「我知道這個時代流行私生子，可是我的孫子絕不能是私生子！」

「所以是妳逼他們結婚的？」摩斯問。

愛絲黛拉轉向她。「不，是葛瑞格利。他做了高尚的事情。」

「他之前結過婚嗎？」愛芮卡問。

「當然沒有。」

「潘妮和葛瑞格利結婚四年了，這麼說他是四十二歲結的婚？」摩斯問。

「對。」愛絲黛拉說。

「在他結婚之前他有很多女朋友嗎？」彼得森問。

「有一些。沒有一個是認真的。他很上進，念醫學院，又開業。這些年是有一些不錯的女孩子，他想挑誰都行，結果千挑萬挑卻看上那個貪得無厭的接待員……」

「妳不喜歡她？」彼得森問。

「你覺得呢？」愛絲黛拉說，從後照鏡打量他。「她不愛他，她只是要他的錢。我打一開始就這麼說，他就是不聽。後來，一件接一件事發生了，證明我說的一點也沒錯。」

「發生了什麼事？」愛芮卡問。

「結婚證書上的墨水都還沒乾呢，她就逼著葛瑞格利把一切財產都歸入她的名下。他有——以前有——幾個出租的房地產。他是白手起家的，知道吧，什麼都是他辛辛苦苦賺來的。其中一處是在我的名下，是給我的一點保障，結果她也要改成她的名字！當然，我兒子拒絕了。她還帶上她弟弟……」愛絲黛拉反感地搖頭。「我跟你們說，那句話叫什麼來著……『放養』，簡直就是那一家子的寫照——潘妮，她弟弟蓋瑞，就是個邪惡的光頭黨，一天到晚進警局，可是潘妮還是把他當寶。我真意外你們居然不認識他。蓋瑞．威姆斯洛。」

愛芮卡和摩斯及彼得森互望了一眼。

愛絲黛拉接著說：「去年終於出事了，蓋瑞威脅葛瑞格利。」

「他威脅他什麼？」愛芮卡問。

「是為彼得選學校的事。葛瑞格利想讓他去念寄宿學校，那他就得離開家。潘妮就去找蓋瑞來恐嚇葛瑞格利，可是葛瑞格利沒在怕，可不是有很多人敢挺身對抗蓋瑞・威姆斯洛的。葛瑞格利狠狠教訓了他一頓。」愛絲黛拉得意地說。

「然後呢？」

「然後兩人的梁子就結下了。葛瑞格利不想跟蓋瑞有牽扯，可是潘妮就是不肯跟她弟弟不來往。而且蓋瑞打輸了可不會就乖乖嚥下那口氣。我相信後來話就傳開來了。要是葛瑞格利不在了，一切都會歸潘妮和蓋瑞。她現在就可以繼承一切了。我跟你們說，你們要是直接去逮捕她弟弟蓋瑞・威姆斯洛，就可以幫納稅人省下一大筆錢來。他幹得出殺人這種事來，我敢打包票。他上個星期才又來威脅葛瑞格利。闖進了他的辦公室，就當著滿診所的病人眼前。」

「他為什麼要威脅他？」

「我沒問出來。我只是從診所經理那兒聽說的，我本來是想等葛瑞格利度假回來再問他的，可是……」愛絲黛拉又哭了起來。抬頭看見森林山客棧酒吧出現在街角。「就在左邊，這裡，我的房子在路底。」她說。

愛芮卡在一棟連排屋的盡頭停車，很遺憾路程不夠遠。

「妳要我們陪妳進去嗎？」愛芮卡問。

「不要，我只需要一點時間和空間，謝謝你們。我很不好受，你們一定能體諒……我要是你們，就會直接去逮捕她弟弟。就是蓋瑞幹的，我告訴你們。」愛絲黛拉搖著一隻扭曲的手指。她艱難地解開了安全帶，拿出塑膠袋裡的高跟鞋。

「蒙羅太太，我們會需要派警員過來幫妳錄正式的證詞，我們也需要有人過來指認妳兒子的屍體。」愛芮卡柔聲說。

「我看過他一次，那個樣子……我不想再看第二次。叫她去，叫潘妮去。」愛絲黛拉說。

「好的。」愛芮卡說。

彼得森下了車，繞到乘客座來，接過鞋子，幫她穿上，再攙她下車，走到門前。

「看起來案子是越來越有意思了。」摩斯小聲跟愛芮卡說。「錢、不動產、開戰的家人：向來沒有好結果。」

兩人看著彼得森扶著愛絲黛拉上台階，她打開了前門，消失在屋內。

「說得對。」愛芮卡說。「我要找潘妮談一談。還有我也想見一見這個蓋瑞．威姆斯洛。」

9

潘妮．蒙羅的房子在榭利，倫敦的東南區，距離愛絲黛拉家只有幾哩遠，是一棟現代的公營房屋，暗褐色卵石牆，新的合成塑膠格子窗。前院整齊，有一片修剪得極工整的草皮，儘管缺雨，草皮仍翠綠。一個小水池覆著網子，底下的蓮花怒放。一隻塑膠大蒼鷺縮起一隻腳，獨立在一群面色紅潤的大號地精之中。

他們按了門鈴，響起了〈希望與光榮的土地〉（*Land of Hope and Glory*）的電子樂聲。摩斯朝愛芮卡和彼得森挑高一道眉。等候的時間足以聽完一段歌詞了，然後鈴聲停止。門把搖動，門緩緩打開，只開了幾吋。一個黑髮小男生以害羞的褐色眼睛看著他們。愛芮卡在這張小臉上能看出許多葛瑞格利．蒙羅的五官來——眼睛和高額頭——感覺毛毛的。走廊一扇緊閉的門後傳來電視聲。

「哈囉，你是彼得嗎？」愛芮卡問。小男生點頭。「哈囉，彼得，你媽咪在家嗎？」

「在，她在樓上哭。」他說。

「喔，這樣啊。你能不能去問她我們能不能跟她說幾句話？」

他的眼睛飄向愛芮卡、摩斯，最後落在彼得森身上，點點頭，頭往後縮，大聲喊：「媽咪，門口有人！」

嗒的一聲，然後是馬桶沖水聲，接著一個年輕女人下樓來，雙眼紅腫。她清瘦好看，及肩的頭髮是草莓金色的，還長了一個尖尖的小巧鼻子。

「潘妮．蒙羅嗎？」愛芮卡問。女人點頭。「嗨，我是佛斯特偵緝總督察，這兩位是彼得森偵緝督察和摩斯偵緝督察。我們很遺憾妳先生——」

潘妮慌張地搖頭。「不，他不知道……我還沒……」她低聲說，指著小男孩，他正在嘻嘻笑，因為彼得森吐舌頭，還弄出鬥雞眼。

「我們可以談一談嗎，私底下？」愛芮卡說。

「我已經跟警察談過了。」

「蒙羅太太，這是非常重要的事。」

潘妮擤鼻子，點點頭，高聲喊：「媽！媽！唉，她又把電視開那麼大聲……」她打開了走廊上的門，電視的音量更大了。「今天早晨」（*This Morning*）的主題曲響徹屋內，連門邊牆上的一面小鏡子都跟著震動。幾分鐘後，一名胖大的老婦人出現在客廳門口，她有著一頭濃密的油膩灰髮，鼻梁上的粗框眼鏡幾乎像個諧星，穿著中性的綠毛衣和長褲，兩條褲腿太短了，沒遮住浮腫的腳踝，而她腳上的格紋拖鞋也有點嫌小。婦人從污濁的近視眼鏡往外看。

「**他們又要幹嘛！**」她大聲吼叫，一臉不耐煩。

「**沒事，看著彼得就對了。**」潘妮也吼回去。

老婦人朝警官投去懷疑的一眼，點點頭。「**過來，彼得。**」她說，聲音又高又尖。彼得握住她圓胖的手，溜進客廳，還回頭看了他們一眼。門一關上，震耳欲聾的電視聲就變小了。

「我媽耳背了，活在自己的世界裡。」潘妮說。街上有輛車逆火，嚇了她一大跳，害她全身發抖。她伸長脖子查看整條街，看到一輛舊的飛雅特呼嘯而過，是一個年輕人開的車，戴墨鏡打赤膊。

「怎麼了，蒙羅太太？」愛芮卡問。

「沒什麼……沒什麼。」她說，卻難以令人信服。「來，到廚房來。」

10

他們坐在一間悶熱的小廚房裡，到處都是裝飾品和鑲荷葉邊的茶巾。窗戶俯瞰後花園，裡面的地精比前院還要多。愛芮卡發現它們瘋癲的紅潤臉龐令人毛骨悚然，同時好奇是否為了讓潘妮的母親看清楚哪個是哪個才會選這種超大號的。

「我上次跟他——葛瑞格利——說話是三天前。」潘妮說，仍然站著，靠著洗碗槽，一臉的不敢置信。她點了一根菸，從窗台抓過來一個過滿的菸灰缸。

「你們都談些什麼？」愛芮卡問。

「沒什麼。他要去法國，參加什麼會議。」

「英國醫學學會？」摩斯問。

「他是他們的一個資深會員。」

「他抵達後沒有來電報平安會很奇怪嗎？」愛芮卡問。

「我們正在辦離婚，只有在不得已的時候才會打電話……我打給他是問他是不是還是要去，彼得可以留在我這兒。我們……我們說好孩子星期六晚上會在他爸那兒過夜。」

「他還說了什麼？」

「沒什麼。」

「妳有沒有想到是什麼人可能會殺害妳先生？」

潘妮瞪著花園，把菸灰彈進洗碗槽裡。

「沒有……有些人跟他吵過架，可是大家都會那樣。我想不出有誰會恨他恨到闖進他家，然後……悶死他。」她哭了起來，摩斯從廚房桌上拿了一盒面紙，抽了一張給她。

「謝謝。」潘妮說。

「他的房子有保全設備，是幾時裝的？」愛芮卡問。

「兩年前，在擴建蓋好以後。」

「你們每次都會使用嗎？」

「對，葛瑞格利總是在我們不在家的時候設定警報器。他晚上也會，可是等彼得會走路以後有幾次他半夜下來喝水，觸動了警報器，所以我們就停用了……不過我們在門窗上都加了鎖。」

「妳記得保全公司的名稱嗎？」

「不記得。一切都是葛瑞經手的。怎麼……會是誰……闖進去的？」

「我們目前正在調查。」愛芮卡說。「我可以請問妳和葛瑞格利為什麼分手嗎？」

「他慢慢地怎麼看我都不順眼了：我的穿著，我的說話，我跟別人相處。他說我在商店裡跟男人太輕佻，他覺得我的朋友都不夠好。他想要切斷我跟我母親的關係，可是他母親卻隨時都可以上門來，老是在我們家進進出出的。而且他跟我弟弟蓋瑞也處不來……」

「他有過暴力行為嗎？」

「蓋瑞不暴力。」潘妮立刻就說。

「我說的是葛瑞格利。」愛芮卡糾正她。

彼得森和摩斯互使了個眼色，潘妮也注意到了。「抱歉，我搞糊塗了。不，葛瑞格利不暴力。他是可以很嚇人，可是從來沒打過我……我不笨。我們的關係不是一直那麼壞。他認識我的時候，他覺得我是一股清新的氣息：讓人興奮，有點愛講話，有點好玩。」

愛芮卡看著潘妮，看見了男人會著迷的地方：她漂亮，而且腳踏實地。

潘妮接著說：「可是男人對那種女生只是想要玩玩而已。我們結婚以後，他就要我改變。我是他的太太，他的代表，他是這麼說的。我在社會上是代表他的！可是我不想當那種老婆。我想他是在事後才明白的……」

「那葛瑞格利的母親呢？」

「你們的時間夠嗎？跟他們的母子關係比起來，《伊底帕斯王》[2]簡直就是一齣情境喜劇。她從一開始就討厭我。是她發現他的，是不是？」

愛芮卡點頭。

潘妮的臉罩上了烏雲。「她沒打電話給我。我還得由某個上門來敲門的條子那兒知道。從

---

[2]《伊底帕斯王》（Oedipus Rex）是希臘悲劇中的代表作，戀母情結一詞就是由此劇衍生而來的。

這一點就知道她是什麼樣的人了吧，對不對？」

「通知妳並不是她的責任。再說她因為震驚過度被送到醫院了。」摩斯說。

「她提到葛瑞格利跟妳弟弟蓋瑞之間有點過節？」彼得森問。

一提到蓋瑞，潘妮就態度僵硬。「只是吵架，家務事。」她急急忙忙說。

「她說是打架。」

「對，唉，男生就是男生。」潘妮說。

「可他們是大男人了。妳弟弟之前就犯過法。」彼得森又說。

潘妮的眼睛在三名警官間轉來轉去。她把香菸在菸灰缸裡擰熄，裡頭已經有一堆菸屁股了。「我弟弟因為在新十字攻擊一個人而正在假釋期間，」她說，把煙往天花板上吐。「他在夜店當保鏢。那個人嗑藥嗑昏了，所以是自衛。可是蓋瑞——他沒有適可而止。你們別把他扯進來。我知道我弟弟不是聖人，可是他絕不可能會做出這種事來，聽見了嗎？」

「所以剛才在門口妳才會嚇得跳起來？妳以為是蓋瑞？」愛芮卡問。

「喂，你們來是有什麼事？」潘妮雙臂抱胸，瞇起了眼睛。「已經有條子上門來問過我問題了。你們不是應該到外面去抓這個男的了嗎？」

「我們並沒有說是男的。」摩斯說。

「少來這一套。你們知道大多數的凶手都是男的。」潘妮說。

愛芮卡瞅了摩斯一眼：她看得出來潘妮的口風越來越緊了。「好吧，好吧，蒙羅太太，對不起。我們不是在調查妳弟弟。我們不得不問這些問題，為的是拼湊出一個全貌來，幫助我們抓到犯人。」

潘妮又點了一根菸。「要不要？」她問。摩斯和彼得森都搖頭，但是愛芮卡卻抽了一根，潘妮幫她點菸。

「葛瑞格利想把彼得送到寄宿學校去。」潘妮說。「把他送走，那麼小的孩子！我堅決反對。就在彼得要上本地小學前的那個週末，我發現了葛瑞格利竟然把彼得的註冊取消了，而且還接受了寄宿學校的床位！」

「那是幾時的事？」

「復活節。我打電話給葛瑞格利，可是他跟我說彼得星期一就會去，而且他不會讓我阻擋他受適當教育的機會。那根本就是綁架！所以蓋瑞就過去接彼得。他踢開了門，可是他沒有……他不暴力，好嗎？愛絲黛拉也在，她拿著玻璃菸灰缸追打蓋瑞，然後情況就一發不可收拾。她一定瞞住了這件事沒說吧？」

「這麼說來妳是承認妳跟愛絲黛拉的關係不好嘍？」

潘妮苦澀地大笑。「她很賤，她捏造幻想，幫她兒子的行為找藉口。我們約會的時候，她從第一眼就討厭我……她毀了一切：我們的訂婚派對，還有婚禮。葛瑞格利的父親在他很小的時候就過世了，葛瑞格利是獨生子，所以他們兩個相互依賴，他跟他媽。怎麼說來著？相依為命。剛結婚的時候我還以為我可以把他贏過來，至少也能成為那個跟他比較親密的人，可是她卻處處都讓我變老二。聽起來很可悲吧。我聽著自己跟你們說這些，我都覺得可悲。」

愛芮卡看著摩斯和彼得森，知道還有一個問題非問不可。

「蒙羅太太，很抱歉必須要這麼問，可是妳知不知道妳先生跟男人有沒有來往？」

「妳說什麼？朋友嗎？他沒有多少朋友。」

「我是說跟男人有性關係。」

潘妮看著他們。背景有時鐘滴答聲。廚房門突然打開來，撞上了冰箱。一個短小精壯的光頭男人大步進來，穿著牛仔褲、T恤、一雙綁帶黑靴。他的頭上冒著汗光，腋窩下都汗濕了，胸口也有一片片的汗漬。他全身散發出一種森冷的凶惡氛圍，而他的表情則是迷亂和憤怒交加。

「跟男人有性關係？這是他媽的什麼意思？」他質問道。

「你是蓋瑞．威姆斯洛吧？」愛芮卡問。

「對。妳是誰？」

「先生，我是佛斯特偵緝總督察，這位是摩斯偵緝督察和彼得森偵緝督察。」愛芮卡說。

三人都起身亮出警徽。

「這是怎麼回事，潘妮？」

「他們只是來問我一些葛瑞的問題——例行問話，對吧？」潘妮疲倦地說，彷彿安撫她弟弟是一件固定的苦差事。

「而你們在問他是不是個死玻璃？」蓋瑞說。「你們這些東西就只有這麼一點腦袋？葛瑞雖然是個討厭鬼——」

「蓋瑞！」

「可是他不是死玻璃。聽見了沒有？」蓋瑞說，豎起一根手指戳點，以資強調。

「先生，可以請你先在外面等嗎？」彼得森開口說。

「少叫我『先生』。你根本就瞧不起我！」蓋瑞說，打開冰箱把頭探進去，一面嘀咕著罵：「黑鬼雜種。」

「你說什麼？」彼得森問。愛芮卡看得出他的呼吸加快。

蓋瑞挺直身，拿著一罐窖藏啤酒，關上了冰箱。「我沒說什麼。」

「我聽見了。」愛芮卡說。

「我也聽見了。」摩斯說。「你罵我的同事『黑鬼雜種』。」

「我沒有。就算我有，這裡是我家，我愛說什麼就說什麼。你們要是不愛聽，那就滾……有搜索令再來。」

「威姆斯洛先生，現在是命案調查的例行問話……」愛芮卡說。

「你們這些東西都是他媽的廢物。我們家裡死了人了，你們三個不去查是誰幹的，反而專揀輕鬆的事做，跑來這裡騷擾我們。」

「容我提醒你，對警員種族歧視是犯罪行為。」彼得森說，移向蓋瑞，瞪著他的眼睛。

「殺人也是，可如果你要在我的土地上侵犯我，我就有權自保。」

「蓋瑞！」潘妮大吼。「別鬧了。去看看媽和彼得……快去！」

蓋瑞舉起了啤酒，打開來，啤酒潑到了彼得森的臉上。一時間氣氛緊繃，然後他喝了一大口啤酒，轉身走掉，還用力甩上門。

「對不起，真的很對不起……他不喜歡警察。」潘妮說，扯了幾張紙巾，遞給彼得森，手還在發抖。

「妳還行嗎？我們快問完了。」愛芮卡說，而彼得森擦著臉。潘妮點頭。「我們問這些問題並不是隨便問的。我們在妳先生的床頭几抽屜裡發現了幾本同志色情雜誌。」

「真的？」

「對。我們需要知道為什麼會有這些雜誌。可能沒有什麼，他只是好奇。可是我不得不問妳是否知道葛瑞格利是雙性戀者，或是一時衝動之下才會去找男人？這對我們的調查有幫助。如果妳先生有什麼秘密的生活，跟男人交往，或是邀請男人——」

「好，好，我懂了！」潘妮厲聲說。「我他媽的全懂了！」她又點燃了一根菸，猛吸一口吐出來，哐地一聲把打火機丟在瀝水盤上。看她的表情她似乎不知該如何處理這個消息，她停頓了很久。「我不知道……有一次……只是很少幾次中的一次，我們一起喝醉了，葛瑞格利說到想試試三P。那時我們在希臘度假，玩得很開心……我以為他說的是找個女孩子，可是他想要……他想要找男的。」

「妳覺得驚訝嗎？」愛芮卡問。

「我當然驚訝啊！他是那麼傳統的一個人，傳統的做愛體位那一類的。」

「結果呢？」

「什麼事也沒有。他掩飾過去了，說是在開玩笑，看我有什麼反應。」潘妮雙臂抱胸。

「那他這麼說的時候妳是什麼反應？」

「我不曉得。那是一座好美的島，我們玩得很開心。有一些很酷的希臘帥哥。我覺得應該會很好玩，有點瘋狂之類的。我們從來都不會玩瘋。」

「那麼是他建議的，妳心裡會不舒服嗎？」

「不，我愛他——那時我愛他——而且他又是那麼的古板，他會跟我說這樣的事感覺滿溫馨的……」她語不成聲，哭了起來。

「那，妳覺得妳先生有可能是同志嗎？」

「不，我不覺得。」潘妮說，抬起了頭，嚴厲地瞪著愛芮卡。「問完了嗎？」

「是的，謝謝妳。稍後我們會請警員過來接妳，讓妳去指認妳先生的屍體。」愛芮卡說。

潘妮點頭，眼中含淚，瞪著後花園。「要是你們查到了更多的事，葛瑞的事，他是同志之類的……我不想知道。了解嗎？」

愛芮卡點頭。「了解。」

他們走到停在人行道邊的汽車，車子熱得像烤箱，所以他們就把車門打開一會兒讓空氣流通。愛芮卡在皮包裡掏摸，拿出手機，撥到路易中街警局。

「嗨，柯廉，我是佛斯特總督察。你幫我查個名字好嗎？蓋瑞·威姆斯洛，榭利市希爾佛街十四號。不管查到什麼都要。他是被害人的妻子潘妮·蒙羅的弟弟。還有，你能不能安排愛絲黛拉·蒙羅的正式訊問，再安排一位家庭聯絡官給她和潘妮？」

他們正要坐進汽車裡，就看到蓋瑞從前門出來，牽著彼得的手。

「威姆斯洛先生，」愛芮卡說，又折回前門。「你可以告訴我週三晚間六點到半夜一點之間你在哪裡嗎？」

蓋瑞走向盤在客廳窗下的一條花園水管，開始解開來，把水管交給小男孩。

「我在這裡，陪潘妮和我媽看『權力遊戲』。」他說。

「一整晚嗎？」

「對，一整晚。我們有他媽的一整套。」

彼得拿了水管，用力握緊，對準草皮，抬頭笑，露出了缺牙的牙齒。蓋瑞轉開了水龍頭，彼得把水噴在草皮上。

「那她們能證實嘍？」

「對，」他說，目光如冰。「她們可以證實。」

「謝謝。」

愛芮卡回到停車處，跟摩斯、彼得森都上了車。她發動引擎，打開空調。

「知道嗎，我們可以當下就逮捕他，現在正實施澆花禁令。」彼得森說。

「對，可是拿水管的是那個小男生。」摩斯說。

「他可真是個滑溜的王八蛋，對吧？」彼得森忿忿地說。

「對。」愛芮卡說。三人看著他抽著菸，讓彼得澆草皮。他抬起頭來瞪著他們。

「就暫時別管他，」愛芮卡說。「看他會做什麼。他是個可能的嫌犯，不過我還需要更多證據。」

11

倫敦安妮女王醫院的老人醫學病房裡是將近傍晚時間了。席夢．馬修斯護士坐在病房前頭少數幾間單人房裡，在她身邊的病床上躺著一位叫瑪麗的老婦人，單薄的身軀在藍色的毯子下幾乎看不出來。她的面色憔悴泛黃，鬆弛的嘴巴吐出的呼吸時有時無。

不需要多久了。

安妮女王醫院是一棟搖搖欲墜的紅磚建築，而老人醫學病房可以是一個極富挑戰性的陰鬱地方。看著人們在心理上和生理上逐漸瓦解，對理智會產生很大的負擔。就在兩晚之前，席夢被指派了替一名老者洗澡的任務，他在那之前都是模範病人。不料，他卻打了她的臉一拳。她被送去照X光，幸好，下巴沒有骨裂。修女要她休兩天假，平復一下震驚，但是席夢很堅毅，堅持要回來輪下一班。

工作是席夢的一切，而且她想要陪著瑪麗，坐著陪她到終點。她們兩人一句話都沒說過。瑪麗被送進來十天了，時而昏迷時而清醒。她的器官在衰竭，她的身體緩緩停擺。沒有親友來探望過她，可是席夢從床邊的小置物櫃中的個人物品組合出她的人生樣貌。

瑪麗在超市昏倒，入院時穿著脫線的洋裝和舊園藝鞋。她帶了一個黑色小皮包，裡頭沒有什麼東西，只有一包薄荷糖和一張公車卡。但是襯裡的口袋裡卻有一小張皺褶很多的黑白照片。

照片是在某個陽光普照的公園裡拍攝的。在一棵樹下，一名美麗的年輕女子坐在格紋毯子上，長裙遮著雙腿，白色上衣，纖腰豐胸，是沙漏型身材。即使照片是黑白的，席夢也能猜到瑪麗是一頭紅髮——根據的是陽光照射在她的長鬈髮上的樣子。瑪麗的身邊是一個黑髮男子，五官俊俏，透著一點危險和刺激的氣息。他瞇眼對著太陽，一隻臂膀摟著瑪麗的細腰，保護似地緊緊摟著。照片的背面上寫著：跟我最親愛的喬治，一九六一年夏布羅姆利。

瑪麗還有一張照片，是公車卡上的大頭照，三年前拍的。瑪麗恐懼地瞪著鏡頭，背景是一片白，就像小兔子被汽車大燈照到：軟垂無力的灰髮，臉孔佈滿了皺紋。

在一九六一年到二〇一三年之間瑪麗發生了什麼事？席夢心裡想。喬治人呢？據她所知，他們並沒有從此幸福快樂過一生。從瑪麗的病歷上來看，席夢知道她沒結婚，也沒有子女或是受扶養的家屬。

病床上的瑪麗發出咕嚕聲。她凹陷的嘴巴緩緩張開又閉上，呼吸停頓了一下，這才又恢復了那種深淺不一的節奏。

「沒事的，瑪麗，我在這裡。」席夢說，伸出手去握住她的手。瑪麗的胳臂細瘦，皮膚鬆弛，覆滿了污痕一樣的瘀血，是重複不停地為她找血管接上靜脈注射造成的。

席夢查看了別在制服前襟上的小銀錶，看到她的值班時間快結束了。她從床邊的置物櫃裡拿了梳子，開始幫瑪麗梳頭，先把她高額頭上的頭髮梳開，再扶著她的頭梳其餘的長髮。梳子移動，小窗裡射進來的陽光也照亮了稀疏的銀髮。

席夢一面梳頭一面希望瑪麗是她的母親，希望她會睜開眼睛跟她說她愛她。她愛過喬治，席夢從照片中看得出來，而且她有把握瑪麗也能愛她。當然是不同的愛，是母親對女兒的愛。

席夢母親的臉孔在她心裡閃過，害得她的手抖得太凶，連梳子都握不住。

「**史上最罕見的兒童疏忽案例！**」報紙的頭條如此喧嚷著。十歲大的席夢在她母親出去度假時被鄰居發現用鐵鍊鎖在浴室的散熱器上。鄰居與她聯絡的記者認為他們是救了席夢的命，但是在兒童之家的日子卻更難過。等她母親終於度假回來，她連一聲知會都沒有就闖到兒童之家，院方報了警。席夢的母親在他們能逮捕她之前就逃走了。當天晚上她從塔橋一躍而下，在冰冷的泰晤士河中淹死了。席夢總想認為她母親是出於慚愧才自殺的，但是她無法肯定。

席夢撿起梳子，強迫發抖的手放鬆下來。「好了，妳的樣子好可愛，瑪麗。」她說，退後一步欣賞成果。瑪麗稀疏的頭髮整齊了，銀髮這時披散在白色枕頭上。席夢把梳子放回置物櫃裡。

「現在我要讀報給妳聽。」席夢說，伸手到塑膠椅後面的袋子裡掏摸本地報紙。

她從星座讀起——她從病歷知道瑪麗是獅子座——然後她讀自己的星座。席夢是天秤座。然後她翻到頭版，讀出一名南倫敦的醫生被勒死在床上的報導。唸完後，席夢把報紙放在腿上。

「瑪麗，我一直都沒辦法了解男人。我一直都不懂我先生史丹在想什麼……史丹，是史丹利的簡稱。他就像是一本合起來的書，讓我覺得寂寞。我好高興有妳……妳了解我，對不對？」

瑪麗繼續睡。她不在這裡，她回到了那個陽光普照的公園，跟喬治坐在毯子上，那個害她心碎的男人。

12

愛芮卡、摩斯和彼得森在晚上六點整以前回到了路易中街警局，一眾員警在事件室中集合。

「好，葛瑞格利．蒙羅似乎是一個謎。」愛芮卡說，對著白板前的屬下說。「他母親認為他是完人，他太太的說法是他在性向上混亂，而且極其古板。我們去過他的診所，碰到他的兩個病人，對於他的看診態度有極為不同的意見……我也跟他的診所經理通過半小時的電話，她在聽見老闆死亡之後就去了布萊頓放假一天，曬太陽跑酒吧。她為他工作了十五年，完全不知道他在辦離婚，也不知道他太太在三個月前離開了他。」

「所以他是把生活都區隔開來了？」柯廉說。

「這是一種說法。」愛芮卡說。「我們請診所經理把病人的回應或是投訴都調出來，她並不是很樂意，但是一聽我提出搜索狀，她就改變語氣了。她應該最遲明天早上就會送過來。」

愛芮卡轉頭看著白板上新添加的情報。一張蓋瑞．威姆斯洛的大頭照。照片中他的頭髮比較多，一臉殺氣地瞪著鏡頭，掛著兩隻眼袋。

「目前為止嫌疑最大的是死者的小舅子蓋瑞．威姆斯洛，他有一個動機：他討厭葛瑞格利，兩人有過幾次嚴重的齟齬，而他的姊姊會繼承葛瑞格利的大筆財產。蓋瑞、潘妮和他們的母親是親密無間的一家人。我們對蓋瑞知道多少?」

事件室的氣氛變了,因為馬許總警司走了進來。員警個個坐得比較挺,樣子更機伶。馬許坐在放印表機的長桌上,指示愛芮卡繼續。

柯廉起身。「好,蓋瑞・威姆斯洛,三十七歲,在南倫敦的榭利市出生,目前在佩卡姆的一家夜店兼差當保鏢,每週工作不足十六小時……時數剛好可以讓他請領失業補助。他是一個很耐人尋味的人,前科有環球小姐參賽者的名單那麼長。」他酸溜溜地說。把原子筆咬在齒間,在桌上翻找,找到一份厚厚的檔案,翻開來。「威姆斯洛在一九九三年就被少年法庭審判過,罪名是在尼斯登高街公車站攻擊一名老人。老人昏迷了三天,但總算清醒過來作證。蓋瑞在菲爾森少年觀護所服刑了三年。接著是一九九九年,他被控嚴重傷害罪以及普通襲擊罪,又坐了一年半的牢。二〇〇四年到二〇〇六年間因為販毒坐牢。」柯廉翻動著厚厚的檔案。「二〇〇六年他又因為在席登漢一家撞球場以球桿攻擊一名男子而入獄一年半。二〇〇八年被控強暴,但是罪名撤銷了,因為證據不足。去年他又因殺人而遭起訴。」

「那也是他在當保鏢的時候?」愛芮卡問。

「對,他在佩卡姆的H20夜店上班,而且週末時深受警員討厭。蓋瑞・威姆斯洛的律師主張他是出於自衛,結果被判兩年徒刑。他服滿一年之後出獄,目前是假釋階段……有趣的是,他的律師費就是由葛瑞格利・蒙羅付的。」

愛芮卡回頭看白板上蓋瑞的照片。員警們向後靠著椅背,沉吟思索,室內一陣寂靜。

「好。所以蓋瑞．威姆斯洛是個人渣。他的前科跟鱷魚的屁股一樣長，可是本案是他做的嗎？」愛芮卡問，輕拍命案現場照片：葛瑞格利．蒙羅陳屍在床上，雙手被綁在床頭板上，頭被套上了塑膠袋，五官變形。

「蓋瑞．威姆斯洛也給了我們不在場證明。」柯廉說。

「他那個不在場證明是唬人的：說他們都在家裡看電視！」彼得森說，難以掩飾他的怨恨。

「好，不過別忘了他在假釋中，而潘妮非常保護他。拜託大家別驟下結論。」愛芮卡說。

「老大！看他的前科，他絕對做得出來。我說現在就把他逮回來。」

「我聽見了，彼得森，可是這件命案曾縝密計畫過，而且執行的手法極高明，幾乎沒有留下痕跡可供追查。蓋瑞．威姆斯洛是個憤怒的小流氓。」愛芮卡接過柯廉的檔案，翻了起來。

「他犯的罪全都不經大腦——暴力，盛怒之下的一時衝動。」

「繼承葛瑞格利的錢也是一個強大的動機，」彼得森說。「三處倫敦的不動產，一間診所。我們查了人壽保險嗎？葛瑞格利．蒙羅的保險金額絕對不在少數。而且還有個人對他的憎惡。闖入命案現場的方式很可能是佈置出來的。」彼得森說。

「好，我聽到了，」愛芮卡說。「可是我們需要更多證據才能把他逮進來。」

華倫警員站了起來。

「你有什麼發現嗎？」愛芮卡問。

「老大。鑑識科送來更多的資料了。花園底部的籬笆上取得四根纖維：是來自同一件黑色衣服，一種萊卡和棉花的混織品。不過卻沒有採到任何體液。」

「那房屋後面呢？火車鐵道？」

「呃，那裡有一處自然保護區。」華倫結結巴巴地說，因為馬許在後方默默觀察而緊張不安。「雖然小卻是由當地的居民在七年前創立的，保護區沿著往倫敦方向的鐵道延伸了四分之一哩，在榮譽橡樹路終止，就在火車站前面……我已經調閱了西南火車在命案當晚的監視畫面。」

「自然保護區朝相反方向延伸多遠？」愛芮卡問。

「從葛瑞格利．蒙羅家過去一百碼，是一條死路。我也調閱了附近街道的監視畫面，不過那一區的監視器有幾個已經取消了固定的監控。」

「我來猜一猜，緊縮政策？」愛芮卡問。

華倫警員回答時又是結結巴巴的。「呃，我不確定切實的原因……」

「我真不懂政府裡的那些白痴怎麼會覺得撤銷監視器可以省錢——」愛芮卡開口說。

馬許立刻打岔。「佛斯特總督察，這種事情整個倫敦都有。我們就是沒有資源能夠在全市遍佈幾千台的監視器。」

「是，這些監視器在一年半前我們追查凶手的時候也一樣失靈，要是我們能夠取得一台監視器的畫面就可以省下警方幾千小時的時間和資源——」

「我聽見了，不過現在不是討論這件事的時候。」馬許說。「好了，你們應該繼續了。」

一陣不自在的停頓，警員都看著地面。然後愛芮卡接著說：「好，把能調到的監視畫面全部調來。看有沒有可疑分子在附近出入。什麼都好：身高、體重……他是搭火車、騎腳踏車、搭公車、開車……」

「是，老大。」華倫警員說。

「挨家挨戶的詢問有什麼結果？死者的銀行明細和通聯紀錄呢？」

辛警員起身。「月桂路上有許多人家都出去度假了，更多人在命案當晚不在家裡。天氣這麼熱，大家下班後都會去公園和酒吧，很晚才回家。另外，葛瑞格利．蒙羅的左右鄰居也都去度假了，週末之後才會回來。」

「所以妳是說沒有人看見什麼？」愛芮卡不耐煩地說。

「呃，對……」

「可惡。還有別的嗎？」

「葛瑞格利．蒙羅的年薪是二十萬鎊，主要的來源是他經營了一家南倫敦最大、最賺錢的診所。他沒有負債，只有月桂路上的房子的一筆八萬英鎊房貸。他在新十字門也有一棟房屋，出租給學生，榭利的房子目前由潘妮．蒙羅居住。通聯紀錄沒有什麼不尋常之處。他三天前打過電話給他太太，跟她的說法一樣。其他的紀錄都查核過了。他正預備飛往尼斯，參加醫學協會的會議。」

「他是什麼同志網站或是應用程式的會員嗎？」

「他確實在一個月前下載了Grindr程式，在他的手機上找到了，不過他並沒有填完個人資料。」

「律師呢？是誰處理離婚的？」

「我今天給他留了幾則留言，可是他還沒有回覆。」

「好吧，繼續找他。」

「是，老大。」辛說，坐了下來，一臉沮喪。

員警們看著愛芮卡在白板前踱方步。

「就是蓋瑞．威姆斯洛，老大。我覺得我們應該硬幹，把那個人渣逮進來。」彼得森說。

「不行，現在的證據還不能證明他是人渣。」

「老大！」

「不行，彼得森。如果要把他抓進來，我要有十足的把握，還要有證據可以支持，好嗎？」

彼得森往後坐，一面搖頭。

「你愛怎麼搖頭就怎麼搖，只要別讓你的個人情緒蒙蔽了你的判斷力。一旦時機到了，只要是對的，我們就會去抓他，好嗎？」

彼得森點頭。

「好。還有誰有什麼消息要告訴我的嗎？」

一片沉默。愛芮卡看了看手錶。

「那好……我們就重新聚焦在蓋瑞・威姆斯洛身上，不存偏見。誰去查一查他的雇主，挖點內幕。動用你們的人脈。」

事件室霎時響起了講話聲，馬許走過來。「愛芮卡，這裡的事弄完之後有空聊一聊嗎？」

「好的，我想我們還要幾個小時，長官。」

「沒問題，好了的話喊我一聲，我們可以喝杯咖啡。」馬許說，朝門口移動。

「你一天之內要請我兩杯咖啡？」愛芮卡懷疑地自言自語。「有啥貓膩？」

13

讓愛芮卡意外的是，馬許帶她到路易申街警局往下走的一家優格冰淇淋店，幾天前才開張的，生意興隆。

「我答應了瑪西會試試這家。」馬許說，跟著人龍站在有刺眼的粉紅和黃色霓虹燈的室內。

「這是要給我加油打氣嗎？還是你在示範警方的預算並沒有那麼緊縮？」愛芮卡問。

「我的辦公室是在頂樓，我需要清涼一下。」他說。兩人走向一名站在運轉的冰淇淋機前方的年輕女孩，馬許幫兩人點了大杯的。他們各接過一個紙杯裝的優格冰淇淋，移向自助吧檯，吧檯上有各色小盤裝的糖果、水果和巧克力。愛芮卡看著馬許嚴肅地思索該挑選什麼，最後選了小熊QQ糖。她壓下笑容，選了新鮮水果。

兩人在吱吱喳喳的閒聊聲中找到了一個地方，在大片景觀窗前的高腳椅上坐下。車輛慢慢駛過，熱氣在變軟的柏油路面上閃爍。對街的火車站湧出通勤族。「那，妳的新公寓都適應了嗎？」馬許問道。

「我都住了半年了。很安靜，正合我意。」愛芮卡說，把冰冷的優格舀進嘴裡。

「妳沒有考慮要在倫敦買房？」馬許問。

「不知道。我慢慢覺得在這裡安頓下來了，工作也是，可是房價太恐怖了。這裡就算是個狗窩也得要花上幾十萬鎊。」

「妳把錢都花在租屋上了，房價只會越來越高，愛芮卡。如果妳要買房，就要趕快。把妳在曼徹斯特的老房子上架，把房客攆走，房子賣了。讓自己站上這裡的不動產之梯。」

「你現在也提供不動產諮商了嗎，長官？」愛芮卡笑嘻嘻地說。

馬許沒有笑。他又舀了一匙優格到嘴裡，彩色繽紛的小熊軟糖在陽光下閃爍光芒。

「我要妳離蓋瑞．威姆斯洛遠一點。」他說，突然改變了話題。

愛芮卡很是詫異。「你剛才也在事件室裡，長官。除非我有足夠的證據，否則我是不會去動他的。」

「我叫妳不准去查他。絕對不准。他是禁區。」馬許歪著頭，從墨鏡邊緣看著她。

「我可以請問是為什麼嗎，長官？」

「不能。我是妳的上司，這是我的命令。」

「你知道跟我耍官威是行不通的。要我當睜眼瞎子，我一定會去找電燈開關。」

馬許又吃了一勺優格，在口裡含了含才吞下。他摘掉了墨鏡，放到桌上。

「要命了。好吧。妳聽過亨姆斯洛行動嗎？」

「沒。」

「亨姆斯洛行動鎖定的是贊助以及經銷兒童色情的人士。而蓋瑞．威姆斯洛就是某個戀童癖圈子裡的重要關係人，我們說的可是一個很大的規模：透過網路的數位傳播，到較小規模的影碟製作。我們已經盯了他八個月了，可是這個王八蛋滑溜得很。五個星期來我們都有人二十四小時監視他。」

「而你要他到街上去做他的生意，好讓你們能逮他一個現行？」

「沒錯。」

「可是彼得，他外甥！他跟他住在一起！」

「沒事。我們滿確定威姆斯洛並未涉及直接搜羅兒童來拍色情片。」

「你們滿確定的？」

「我們有把握。」

「要命。」愛芮卡說，把優格推開。

「我這是在跟妳推心置腹，愛芮卡，把機密都告訴了妳。」

「好、好。可是我們能不能把彼得弄走，還有潘妮？」

「妳也知道我們對這類案子的保護措施有多重視，可是我們還沒有具體的證據能讓我們把彼得保護起來。我說了，我們有人二十四小時在監視蓋瑞，我們會知道他有沒有帶走他。」

「那，因為有人監視他，所以你才知道蓋瑞．威姆斯洛並沒有殺死葛瑞格利．蒙羅？」

「對。他的不在場證明是真的。他整晚在家裡。」

「你也確定葛瑞格利．蒙羅的死跟蓋瑞．威姆斯洛或是亨姆斯洛行動無關？」

「百分之百確定。葛瑞格利．蒙羅甚至不在我們的名單上。好了，我希望妳能找個方法帶領妳的小組去調查另一個方向。如果是我的案子，我會往恐同暴力事件方向走。把案子轉交給一支專辦情殺的命案調查組。」

「我還不知道葛瑞格利．蒙羅一案是不是情殺。眼下我們有的都只是間接證據。」

「但是現在能應用的也只有間接證據，愛芮卡。當然了，由妳決定，不過妳可以幫自己一個忙，把案子移交出去。」

「他們不是已經很忙了嗎，長官？」

「我們不都是嗎？」他說，把最後一點優格刮乾淨。

「這下子我又回到原點了。」愛芮卡說，悶悶不樂地沉默了一會兒。看著玻璃窗外人來人往，開心地曬著太陽。

「有個警司的缺快空出來了。」馬許說，把優格嚥下。

愛芮卡轉向他。「我希望，如果你還沒做的話，長官，就推薦我。我掛總督察這個警階已經夠久了，我值得——」

「慢著，慢著，妳又不知道是哪兒。」馬許說。

「我不在乎是哪兒。」

「妳剛剛才說妳慢慢覺得安頓下來了。」

「我是啊，可是我覺得最近我都被忽略了。去年就有一個警司缺，來了又走，你沒有——」

「我不覺得妳準備好了。」

「你又憑什麼自作主張，保羅？」愛芮卡不客氣地說。

馬許的眉毛挑高到了墨鏡的上緣。「愛芮卡，妳才剛回到警隊來，而且還是受過重傷，還得開刀。更別提那個創傷……」

「我也抓獲了殺害四個人的凶手，還把一個販賣東歐女子到英國來賣淫的羅馬尼亞集團放在盤子上雙手送給了警隊！」

「愛芮卡，沒有人比我更挺妳，可是妳需要學會讓自己更有謀略。在警界裡往上爬妳不只是需要精明能幹，妳還需要一點政治常識。像是跟歐克利助理總監打好關係就對妳沒有壞處。」

「我的考績應該就夠了，而且我沒那個時間也沒那個心情去給高層拍馬屁。」

「我不是說給高層拍馬屁，妳只是得更……更懂人情世故些。」

「那個警司的職缺到底是哪裡？」

「就在倫敦警察廳，以蘇格蘭場為基地，在專案調查組。」

「你會舉薦我吧？」愛芮卡不鬆口。

「會。」

愛芮卡看了他一眼。

「沒騙妳，我會舉薦妳。」馬許又說一次。

「謝謝。那，我又多了一個理由不能去碰蓋瑞．威姆斯洛了？」

「對，」馬許說，拿湯匙輕敲空紙杯。「不過呢，就很自私的理由來說，我實在不想失去妳。」

「我相信你能熬過去的。」愛芮卡說，諷刺地一笑。

馬許的手機響了，從他的某個口袋深處，他擦擦嘴，把手機掏出來。沒說幾句就知道是他太太瑪西打來的。

「靠，」他說，掛上了電話。「我沒注意時間。今晚是約會夜，瑪西的媽帶孩子。」

「喔，幫我跟瑪西問好。我也有地方要去。」愛芮卡謊稱。

「明天再聊。」馬許說，說完就離開了，愛芮卡看著他走到人行道上，攔下一輛計程車，坐了進去，已經忙著講電話了。

愛芮卡無論往哪兒看都看到大家在曬太陽，成雙成對地漫步，無論是朋友抑或是情侶。她吃了一大口優格，往後靠著椅背。她不曉得馬許是不是在耍她，還是說升職的提議是真的。她想到了葛瑞格利．蒙羅命案，以及她又回到了起點。

「靠！」她大聲說。

兩個坐她隔壁的年輕女孩互望了一眼，拿起優格，換到別桌去。

14

夜貓子：嘿，公爵。
公爵：喲，你最近好安靜，我都擔心了。
夜貓子：擔心？
公爵：對啊。沒有你的消息，還以為你……
夜貓子：怎樣？
公爵：就那樣嘛。我不想寫出來。
夜貓子：被捕了？
公爵：靠！小心點。
夜貓子：我們加密了。放心。
公爵：誰知道誰在監視。
夜貓子：疑心病。
公爵：我還能想到更恐怖的。
夜貓子：這是什麼意思？
公爵：沒。只是說我很小心。你也應該。

夜貓子：我一直在看報紙，新聞。他們什麼也不知道。

公爵：那就保持下去。

夜貓子：我又需要了。

公爵：這麼快？

夜貓子：對。光陰似箭。我在盯著名單上的第二個。我這次會動作快。

公爵：你確定？

夜貓子：確定。我可以放心讓你幫我安排一些事嗎？

暫停了一下，接著一個對話方塊冒出來「公爵在寫……」隨即消失。

夜貓子：你還在嗎？

公爵：好，我幫你。

夜貓子：好，我等著。這一個會連怎麼死的都不知道。

15

愛芮卡從淋浴間出來時夜幕正籠罩大地，她用毛巾裹著身體，光腳走進臥室，打開電燈。她租了一間一樓的公寓，在森林山，原本是一幢舊豪宅，街道綠樹成蔭，而且遠離大馬路。她搬進來半年了，卻仍然四壁蕭然，好像才剛住進來似的。臥室乾淨卻簡樸。

愛芮卡走向五斗櫃，看著上面擺的鍍金鏡子，回瞪著她的臉孔對她的自信不怎麼有幫助。她的金色短髮一叢叢地倒豎著，還摻雜著灰髮。年輕一點的時候，她從不操心外貌。她天生就長了一張迷人的斯拉夫人臉：高顴骨、肌膚光滑、綠色杏眼。但是同一雙眼睛漸漸有了魚尾紋，額頭上也刻下了太多皺紋，臉皮也開始鬆弛。

她看著鏡子旁的加框照片，一名英俊的黑髮男子對著她笑——她過世的先生馬克。他的死是她覺得一輩子也邁不過的坎，再加上她自覺有責任的罪惡感，每天都會像利刃般穿透她的心好幾次。但是她萬萬沒料到的是她對變老是這種感覺。就好像是她和馬克在她的心裡分得越來越開。他的影像凍結在她的記憶裡，在照片中。一年年過去，她會變成一個老太太，而馬克卻仍然年輕英俊。

幾天前，她開車去上班，聽著收音機上「阿爾發村樂團」唱的那首〈永遠年輕〉（*Forever Young*），她居然得把車停在路邊，奮力抑制情緒。

愛芮卡撫摸著相框一會兒，描畫著馬克強壯的下巴、他的鼻子、他溫暖的褐眸。她把照片拿起來，感覺相框的分量，然後打開了上層抽屜，瞪著折疊整齊的內衣，掀起了最上面的袍子，要把相框塞進去，遲疑了一下又縮回手，關上了抽屜，把相框又放回五斗櫃上。

再兩週馬克過世就滿兩年了。一滴淚溢了出來，落在木頭上，輕輕的一聲嗒。她還沒辦法讓他走，她怕極了讓他走的那一天。

愛芮卡以手背擦臉，走到客廳去。跟臥室一樣：整潔，功能性十足。一張沙發和一張咖啡桌都面對著一架小電視機。落地窗的左側牆壁擺了一個書架，書架上胡亂塞著外帶傳單、電話目錄和一本平裝版《格雷的五十道陰影》，是前任房客留下的。蓋瑞．威姆斯洛以及葛瑞格利．蒙羅的檔案攤開在沙發上，愛芮卡的筆電螢幕在咖啡桌上放著光。她越看蓋瑞．威姆斯洛的檔案就越沮喪。彼得森說得對，蓋瑞有強烈的動機想殺死葛瑞格利．蒙羅。而現在她卻收到命令不准靠近他。

愛芮卡抓起香菸，打開了落地窗。月光照耀著小小的公用花園：只是一片齊整的方形草皮，盡頭有一棵蘋果樹。鄰居都是忙碌的專業人士，跟她一樣，不相往來。她抽出一根菸，伸長脖子看上頭的窗戶是否有燈光。磚牆向上延伸了四層，把熱氣輻射回她的臉上。她點燃了菸，遲疑了一下，注意到一個白色大盒被綁在建築上，上頭印著紅色的「護家保全」。

愛芮卡的心裡有什麼一閃，急忙進屋去，牙齒咬著香菸，抓起了葛瑞格利．蒙羅的檔案開始翻閱，掃過證人的說法、照片。手機響了，她接聽，夾在下巴下，免得影響她閱讀。

「哈囉，愛芮卡，是我。」艾塞克說。

「嗄？」愛芮卡說，心思比較集中在檔案上。「葛瑞格利．蒙羅命案你有更多線索嗎？」

「沒有，我不是為工作上的事打來的。我只是想為那晚道歉……我應該要告訴妳史蒂芬也會來的。我知道我邀請了妳，而妳以為……」

「艾塞克，是你的人生，你想怎麼樣都行。」愛芮卡說，只有一半心思放在談話上，手上仍翻動著葛瑞格利．蒙羅屋子裡的房間照片。廚房的大特寫，流理台上的即食餐……她知道她在照片裡看過什麼，可就是想不出來是什麼。

「對，可是我想補償妳。」艾塞克說。「星期四妳願意來吃晚餐嗎？」

愛芮卡翻著檔案，突然停住，瞪著照片。

「妳還在嗎？」艾塞克問。

「在……好啊，晚餐很好。我得掛了。」她說，也沒給艾塞克機會回答就掛斷了，隨即匆匆走進臥室去換衣服。

16

艾塞克坐在床邊跟愛芮卡通電話，掛斷後他往後坐，瞪著話筒一會兒。

「她，嗯，掛了我的電話。姆，也不能說是掛電話，不過她結束得很突兀。」他說。

史蒂芬躺在他旁邊，忙著敲筆電。「我就說嘛，她那個人很冷淡。」

艾塞克看著電腦螢幕上排出文字。「這樣說不公平，史蒂芬。她有她的傷心事，她仍然在為她先生哀悼，而最主要是她認為他的死是她的錯。她的工作環境又不鼓勵你把感情表達出來。」

「真是老掉牙。有心理創傷的女性偵緝總督察，除了工作以外沒空理別人。」史蒂芬說，仍敲個不停。

「這麼說太無情了，史蒂芬。」

「人生本就無情。」

「那你寫的書呢？你的巴塞羅繆偵緝總督察也是有創傷的。」

史蒂芬抬起了頭。

「對，可是巴塞羅繆偵緝總督察可不是老掉牙，他的層次豐富多了，哪像那個叫什麼來著的……」

「愛芮卡。」

「他是反傳統式的英雄。我可是因為他的原創性、他有缺陷的才華而備受讚譽呢。還提名了什麼匕首獎呢！」

「好、好，我不是在批評，史蒂芬。」

「哼，少把我的書跟你可憐巴巴的條子朋友扯到一塊。」

氣氛瞬間彆扭，艾塞克動手收拾史蒂芬四周的巧克力包裝紙。

「我想讓你多認識她一點，」艾塞克說。「她不像外表那樣。我想讓你們成為朋友。你也聽見我邀請她過來晚餐了。」

「艾塞克，我有截稿期限，等交了稿，我大概可以跟她喝杯咖啡。」史蒂芬說，手敲個不停。「她上次對我可不怎麼客氣，應該是她要設法彌補，不是我。」

艾塞克點頭，注視著史蒂芬俊美的臉龐和赤裸的身軀。他的皮膚是那麼的光滑完美，在筆電的柔和光芒中熠熠生輝。內心深處，艾塞克知道他是對史蒂芬著了魔，而這份痴迷是具毀滅性的危險，但是他就是受不了沒有他。他受不了清晨醒來床的另一側是空的。

史蒂芬皺著眉頭打字。

「你在做什麼，史蒂芬？」

「做點研究。我在網上的聊天室，討論自殺的方法。」他抬頭看艾塞克。「是為了新書在研究，你別瞎操心。」

「現在有人會上網去討論自殺的方法？」艾塞克問，把巧克力包裝紙揉成一球，探頭看著螢幕。

「對。什麼怪癖都有聊天室——不過自殺未必是怪癖。這些傢伙都很認真在討論結束生命最好的方式——最有效的方法，不會受干擾的。聽聽這一條……」

「我不想聽，」艾塞克說。「我看過太多自殺案例了：服藥、上吊、割腕、服毒。最慘不忍睹的是跳樓的。上星期有個少女從漢默史密斯的天橋跳下去，我還得費心分辨哪一塊是哪一塊。她撞上人行道的力道太大了，下顎骨都撞進了大腦裡。」

「天喔，」史蒂芬說，又抬頭看他。「我可以使用嗎？」

「嗄？」

「這個真的很精采，我可以寫進書裡。」

「不行！」艾塞克覺得像被針扎了一下。

史蒂芬又回頭敲鍵盤。「喔，對了，別看我的谷歌搜尋紀錄，全都是屍體被埋在鉛皮棺材裡要多久皮膚才會腐化？」

「我可以告訴你。」

「你不是才說不想談工作的！」

「我可以幫你。我沒說我不幫忙，我只是不想現在就談。」

史蒂芬嘆口氣，把筆電放到床頭几上。「我要去抽菸。」他拿起香菸，下了床，移向露台門。

「你如果要到外面，就穿上衣服。」艾塞克說，打量著史蒂芬身上那件黑色小內褲。

「為什麼？很晚了，外面很黑。」

「因為……這裡是布萊克希斯，我的鄰居都是很體面的人。」這句話不全然是實話。隔壁才搬來一名英俊的年輕人，艾塞克認為他是同志，他很怕史蒂芬可能會跟他見面，畢竟，史蒂芬離開過他一次。

「在外頭可能體面，誰知道關上了門又是什麼德性？」史蒂芬揶揄道。

「拜託……」艾塞克說，靠過來擁抱他。史蒂芬翻個白眼，躲開了，套上了T恤。他嘴裡叼了根菸，移向露台門。艾塞克看著他走上陽台：頎長的運動員體格，香菸叼在翹唇間，內褲緊緊包覆住他剛健的臀部。

在職業生涯中，艾塞克可以傲視群倫：他是個絕頂聰明的鑑識病理學家，成就非凡。他在專業上掌控一切，不必服從任何人。但是在私生活上，他卻摸不著頭緒。史蒂芬．林利把他的世界搞得天昏地暗。史蒂芬掌控了他們的關係，也掌控了艾塞克的情緒。艾塞克發現這一點既令他興奮也令他緊張。

他伸長胳臂去把史蒂芬的筆電抓過來，看見聊天室的文字一塊塊出現，就把螢幕往上移。他把視窗縮小，結果就出現了史蒂芬在寫的新小說。史蒂芬的小說陰森暴烈，艾塞克覺得讀起來很不舒服，卻仍被吸引，而且很羞愧地承認那種暴烈，以及史蒂芬能活在變態殘忍的連續殺人犯的心裡使他產生刺激感。

他正要開始讀，猛地想到他答應了會等到史蒂芬寫完才看。所以他就把史蒂芬的筆電放到一邊，也走上陽台，像一隻想念主人的心急小狗。

17

月桂路寂靜無聲，愛芮卡把鑰匙插入葛瑞格利．蒙羅家的大門，把警戒線拉開。她轉動鑰匙，推了門一下，門就和黏稠的殘餘封條分開了。她走進門廳，聽見了嗶嗶聲，看到黑暗中的警報器在發光。

「靠。」她嘟囔著說。她沒料到鑑識科完成採樣之後屋子的警報器仍會開著。她瞪著螢幕，知道只有幾秒鐘的時間警察就會被叫來，緊接著就是一連串的文書作業，她得說明她闖入的原因。她鍵入了四二九一這一組數字，警報器就解除了。犯罪現場經常都用這一組失效安全數字來重設警報器，可能不是最有保障的做法，卻能省下一筆找技術人員來出工的費用。

屋裡悶熱得要命，黑暗中仍隱隱能聞到葛瑞格利．蒙羅的屍體腐臭的味道。愛芮卡打開電燈開關，門廳就亮了起來，樓梯漸漸沒入黑暗，光線也漸漸消失。她不由得想，換作是一個不知道這裡是命案現場的人過來，不知會有什麼感覺；在她而言，感覺仍迴盪著暴力。

她經過了樓梯，走到廚房去，打開了電燈，找到了她在照片中看見的東西：冰箱旁邊的一塊軟木塞板，上頭釘著幾張餐廳的外送菜單，一張手寫的採買單，一張保全公司的傳單：**護家警報器**。

愛芮卡把那張傳單拿下來，傳單的設計看來很專業，卻是用普通的噴墨印表機紙印的。黑色背景，紅字寫著「護家警報器」。家（House）的第一個字母向上翹，變形為一隻凶惡的狼犬，底下是電話和電郵地址。愛芮卡把傳單翻過來，藍色原子筆在底下寫著：麥克，六月二十一日，晚六點半。

愛芮卡掏出手機，撥了號碼。沒有聲音，接著高亢音調的自動語音說這個號碼是空號。愛芮卡走向屋子後方的大玻璃滑門，摸索了把手一陣子後，門呼的一聲打開了。她走到露台上。在屋子後牆的玻璃上方有個白色的警報器盒，印著紅色的「護家保全」字樣，跟她公寓裡的盒子一樣。

她回到屋內，打給柯廉。他接聽時，她能聽到背景有很響的電視聲。

「抱歉這麼晚打給你，我是佛斯特總督察。你方便說話嗎？」她問。

「等一下。」他說。一陣沙沙聲，然後是電視聲變小了。

「不好意思，時機不對嗎，柯廉？」

「沒事。妳剛好救了我，不用看『比佛利嬌妻』。我女朋友凱倫迷死了，可是我工作一整天都是那些鬥毆鬧事，回家來實在不想看瘋狂的家庭主婦鬥毆鬧事。對了，我能幫妳做什麼，老大？」

「葛瑞格利．蒙羅。我看了他的通聯紀錄，他曾打過一通電話給保全公司——護家保全有限公司——在六月十九那天。」

「等等，我開筆電。對，護家保全，是我今早追查的一支電話。」

「結果呢？」

「我在答錄機上留了言，然後有個男的打給我確認有個叫麥克的人去家訪過。他檢查過，警報系統和感應燈都正常。」

「那個人聽起來怎麼樣？」

「就正常吧，就跟一般人一樣。不過他的聲音帶著鼻音，像那種上流社會的萬事通。怎麼了嗎？」

「我剛撥了那支電話，是空號，停用了。」愛芮卡說。

「什麼？」停頓一下，她聽見柯廉的鍵盤在響。接著是很輕的一聲叮。

「我剛發了電郵到傳單上的地址，被退回了，說是傳送失敗。」柯廉說。

愛芮卡退回到漆黑的花園中，瞪著上頭固定在牆上的護家保全系統。

「天啊，老大，妳覺得這就是凶手？」

「對，這張傳單一定是人工分派的，而葛瑞格利．蒙羅可能打過這支電話，安排讓這個麥克過來……」

「麥克是他開門迎進去的，所以他能探查現場，取得房屋的格局、警報系統、感應燈等等的資訊。」柯廉幫她說完。

「而且很可能你今天就跟麥克說過話。他是用護家保全的那支電話回撥給你的。」

「靠。妳要我做什麼，老大？」

「我們需要追查那支電話和電郵帳戶，馬上。」

「我敢說是預付的，不過我可以找到突破口。」

「我們需要重新詢問月桂路上的住戶，取得所有去過那裡的外送員資料，尤其是在六月二十一日這天是否有人看見麥克。」

「好的，老大。我現在就可以用電腦查，有結果就會發給妳。」

「謝了。」愛芮卡說。卡嗒一聲，柯廉掛斷了。她走向後院的籬笆，腳下的草皮乾枯脆裂。這裡寂然無聲，遠方隱隱有車行聲，還有蟋蟀鳴叫。一列火車轟隆通過花園的底層，嚇了她一跳。

她移向籬笆，在樹下蹲下，查看籬笆被剪斷的地方。愛芮卡把鐵絲網拉到一邊，爬了過去，穿過一片乾枯的長草，來到一條小徑。她站在溫暖的夜裡一會兒，讓眼睛適應黑暗，然後走到狹窄的土路對面，穿過高大樹木間的一處縫隙，來到了一條火車鐵道邊。她看出鐵道向前延伸。她回到土路上，拿出手機，打開了手電筒，左照右照。小土路被照亮了幾呎，接著就消失在樹木和黑暗中。愛芮卡在花園盡頭的樹下蹲下來，看著房子。房子好像在回瞪她：樓上的兩扇漆黑的窗就像兩隻眼睛。

「你是從這裡監視的嗎？」愛芮卡輕聲自言自語。「你在這裡多久？看到了多少？你是逃不掉的，我來抓你了。」

18

早晨還沒過一半，太陽已經無情地燒烤著大地了。一整排紅磚連棟屋的前院草皮都被烤得變成各種不同的黃色。尖峰時刻過了，除了有一架飛機掠過清澈的藍天之外，馬路一片寧靜。

席夢在值完夜班回家的途中先去了超市，這時她提著幾袋雜貨走在人行道上。塑膠袋重得勒進了她的手掌，幾乎痛得受不了，而且厚外套也讓她汗流浹背。她肚子上的傷疤組織被汗水和她的制服摩擦得紅腫疼痛。她接近了這排房屋盡頭的傾圮透天厝，推開柵門，柵門被水泥徑卡住，她氣憤地把全身重量都壓上去，一次、兩次，門忽然就開了，害她向前衝，險些失去平衡。

她匆忙走向前門，喃喃咒罵，咚地一聲把購物袋放在台階上，舉高雙手，手掌上已經佈滿了深深的紅痕。隔壁鄰居出來了，是位老太太，穿著俏麗的洋裝，鎖門時上下打量席夢，看著她在大衣口袋裡掏摸鑰匙。鄰居的目光飄向兩人花園之間的歪斜籬笆，又瞧了瞧席夢焦褐的屋前草皮，草皮上散置著一架舊洗衣機，空的油漆罐，一堆正在腐爛的黑莓灌木。她的視線回到席夢身上，而席夢正文風不動站著，面對著她。

「早安啊，馬修斯太太，」鄰居說。席夢沒回答，只是瞪著那雙又大又冷的藍眸。鄰居發現那種凝視害她不自在，那是一種死魚眼，沒有感情，而且兩隻眼睛分得有點開。「天氣真好……」

席夢惡狠狠地瞪著鄰居，嚇得她匆匆走掉。

「愛管閒事的八婆。」席夢罵罵咧咧的，這才轉身用鑰匙開門。門廳骯髒，堆積著舊報紙。席夢把購物袋拖進屋裡，鑰匙丟在舊木桌上，轉身關上了門。這道門曾經美麗過，鑲著菱形的彩色玻璃，晴朗的日子裡會在淡色的地毯上投射柔和的斑斕色彩，現在卻用木板封死了，只有頂上還露出幾塊藍色的菱形。就在釘死在門框上的那片木頭上方。

席夢鎖好門後才一轉身就因為恐懼而喉嚨縮緊。有個男人站在走廊的中間，張著嘴，眼珠白濁，一絲不掛，水珠從軟趴趴的蒼白皮膚上滴落。

她踉蹌後退，感覺到門把緊緊抵在背上。她閉上眼睛，再睜開來，他還在。現在他身上的水柱一條條往下流，流過他毛茸茸的大肚腩以及生殖器的小小殘段。他腳下的地毯暗了一圈，因為從他身上流下來的水更快了。席夢緊緊閉上眼睛，再睜開來。他正朝她走過來，腳步趔趄，又長又黃的腳趾甲插進地毯裡。她能聞到他的呼吸，爛洋蔥加酒臭。

「不！」她大喊，閉上眼睛，雙手握拳打自己的臉。「**你傷不了我，史丹！你死了！**」

她睜開眼睛。

走廊恢復了老樣子：骯髒陰鬱，空無一人。又一架飛機掠過天空，聲音模糊，她能聽見自己粗重的喘息聲。

他走了。

暫時。

19

發現葛瑞格利．蒙羅的屍體已是一週前的事了，而今天又是一個又熱又黏的下午，愛芮卡被召去路易申街警局開本案的調查進展會議。目前調查停滯不前，而她對自己的工作能力的自信也遭受了打擊，所以她進去時感覺沒那麼篤定。

會議是在頂樓的奢華會議室裡舉行的，與會人有馬許總警司、媽媽一樣的倫敦警察廳媒體聯絡官珂琳．斯坎倫、一名年輕的犯罪心理學家提姆．艾肯，以及歐克利助理總監，傲慢地坐在長桌的桌首。歐克利從來不掩飾他對愛芮卡的不滿。他的五官端整，透著狡猾，鋼色頭髮梳理得一絲不苟，讓愛芮卡想起一隻滑溜的老狐狸。不過，今天的高溫讓他的外表稍微凌亂了一點，通常連一根跳絲都沒有的頭髮被汗水濕透了，他也不得不脫掉倫敦警察廳外套，上頭的肩章繡著他華美的警階，現在的他連袖子都挽起來了。

愛芮卡開始匯報，詳盡說明案子迄今的進展。

「由於發現了凶手曾在事前去過葛瑞格利．蒙羅家，我的屬下日夜不停地過濾榮譽橡樹公園火車站內及周邊幾百小時的監視畫面。月桂路上的住戶也重新詢問了一遍，可是沒有人記得看過這個子虛烏有的護家警報器的代表。公司本身並不存在，傳單上的電郵地址是假的，電話也是預付電話，無法追蹤。」

愛芮卡環顧會議桌，明白了這個會議是讓她能夠保有大量人力的一個機會。除了她感受到的壓力之外，空調又壞了，讓室內空氣變得黏膩，令人不舒服。

她往下說：「我正積極追查葛瑞格利．蒙羅的私生活。我相信他認識攻擊者，至少以前見過面，而他的私生活能夠解開凶手的身分之謎。但是由於案情複雜，我需要更多時間。」

「被害人的小舅子蓋瑞．威姆斯洛也因為另案被調查中，也就是亨姆斯洛行動。」歐克利打斷了她。「我相信這兩件調查不會混為一談，負責蒙羅命案的警員不會插手亨姆斯洛行動吧？」

「是的，長官，這件事已經協調好了。」馬許說，看了愛芮卡一眼。所有人都瞪著她看，室內一片寂靜。馬許改變了話題。「命案現場出現的同志色情雜誌呢？我聽說葛瑞格利．蒙羅的手機下載了一個同志約會程式？」

馬許早就和愛芮卡討論過這一點，她知道他是為了歐克利的緣故才問的。

「是的，長官。是發現了同志色情雜誌，他也下載了Grindr同志約會程式，卻沒有啟用。沒有聯絡人也沒有訊息。」愛芮卡說。

「所以被害人有可能涉及同性戀行為，匿名與男人會面？」歐克利問。

「除了幾本翻閱多次的同志色情雜誌之外，並沒有證據可以證明葛瑞格利．蒙羅基於性傾向而做出什麼行動。」愛芮卡說。

「妳為什麼沒考慮調查大倫敦區的同志獵豔地區？公共廁所？公園？」歐克利追問道。

「我考慮過，長官。我們知道有幾個地區，但是都沒有監視器。我的部下目前在處理現有的證據上已經人力吃緊了，哪還有人手到外面去瞎找亂問……」

「他是一個有同性戀慾望的已婚男子，我看不出妳的主要調查方向為什麼不能是這個，佛斯特總督察？」

「我說過，長官，我們有幾個調查方向。我需要更多警員，如果我要開始——」

「妳已經有一支人員眾多的小組了，佛斯特總督察。或許我們應該來談一談妳是如何運用妳的資源的，在妳想請求更多人手之前？」

「我可以向你保證，長官，我的每一個組員都發揮了最大的功能。」

歐克利拿起了一張葛瑞格利．蒙羅的命案現場照片，研究起來。「同志社群的暴力行為通常都和性慾有關係。男人不就喜歡追求這種秘密的邂逅嗎？邀請危險的男人到他們家裡？」

「那我們知道的顯然是截然不同的男同志，長官。」愛芮卡反嗆回去。瞬間冷場。

「都怪太熱了，害我們大家都有點煩躁。」馬許說，狠狠瞪了愛芮卡一眼。

歐克利一臉不悅，從口袋裡掏出折疊整齊的手帕，按在臉上，擦拭汗濕的髮際線。他輕輕撩起額頭頭髮的動作讓愛芮卡瞬間懷疑他是不是戴假髮。一頂「糖漿」。這個詞跳進了她的腦海裡。糖漿……無花果糖漿……假髮……她想起了在她剛到英國後馬克跟她說起的倫敦土話，逗得她哈哈大笑。

「有什麼好笑的嗎，佛斯特總督察？」歐克利問，把手帕又塞進了口袋裡。

「沒有，長官。」愛芮卡恢復自制。

「好，因為除了人力多寡的問題之外，媒體又逮住了妳無法找到嫌犯的小辮子而狠狠地修理了倫敦警察廳一頓。先是本地報紙，現在是全國性的報紙了。」他指著會議桌中央的報紙，頭條寫著：「**傑出醫師死在床上**」和「**警方仍在追查殺害頂流醫生的凶手**」。「妳很安靜，珂琳，妳有什麼要補充的？」

「我在……」珂琳開口後又停住。

她是要說「堅決地」，愛芮卡心裡想。

「我在非常努力地確保我的媒體團隊把媒體往正確的方向引導。當然了，沒有什麼新事證能給他們。」她說，努力把責任往愛芮卡身上推。

「我們沒有義務要優惠記者，提供他們資料。我認為現階段就放出消息為時過早。」愛芮卡說。「我們至少應該領先兩步，等有更多資訊再說。現在他們就和我預料中一樣，找出他們自己的角度，把這件命案和政府的緊縮政策連結到一起了。」

「對，那他們是從哪兒引用的這句話呢，佛斯特總督察？」歐克利問，拿起了一份報紙。「『整個倫敦區有一萬四千台監視器不復使用，警方沒有人力保護首都居民安全。』妳對於缺少監視器一事的音量相當大，是吧？」

「你是在暗示我一直在向媒體放消息嗎，長官？」

「不是，助理總監不是這個意思。」馬許打岔。

「行了，保羅，我自己會說話，」歐克利不客氣地說。「我的意思是引起大眾恐慌不是辦法，佛斯特總督察。妳帶領了一大批警員，也影響了他們，妳的小組為了這樁命案得到了大量的人力。要是妳老是不停抱怨妳得不到的東西，恐怕會打擊士氣。妳認為妳還需要多少警員？」

「長官，我不是要潑冷水，而且我也不抱怨。」愛芮卡說。

「多少人？」

「五個。我準備了文件，詳盡列出我會如何運用——」

「葛瑞格利．蒙羅的命案已經發生一個星期了，我需要確定人力沒有浪費。」歐克利打斷了她。

「是，長官，可是——」

「我要強烈建議妳重新聚焦在我們的調查上，佛斯特總督察，以此為假設：葛瑞格利．蒙羅邀請一名男子到他家去性交，而這個人，無論是誰，都看見了機會，並且殺害了他。是激情犯罪。」

「對同志施暴案？」愛芮卡說。

「我不喜歡那種說法，佛斯特總督察。」

「可是媒體很喜歡。而如果我們按照這個角度重新調整調查方向，同志族群絕對會又遭遇一次強烈的否定。我們在廚房窗戶上找到了強行闖入的痕跡，花園後方的籬笆也被剪斷了，說起來都不像是葛瑞格利．蒙羅邀請了這個傢伙到他家去。那張假保全公司的傳單是我們最強有力的線索。現在是夏季的度假潮，我們還沒有詢問過月桂路上的所有住戶，因為有些人仍度假未回。我們也在過濾投訴過葛瑞格利．蒙羅的病人，同樣的，這也需要時間。」

「有任何投訴是值得追查的線索嗎？」歐克利問。

「目前還沒有，不過——」

「我想聽聽我們的犯罪剖繪專家的意見，」歐克利說，又打斷了她的話。「提姆？」

犯罪心理學家提姆．艾肯至今一直保持沉默。他頂著一頭光亮的短髮，留著設計過的鬍碴，雖然穿襯衫打領帶，手腕上卻戴了好幾串編織彩色手環。他原本在筆記本上畫方塊，現在才抬起頭來。「我認為我們要找的這個男人是非常自制的一個人。他每一步都計畫得很周全。生理上，他很強壯。葛瑞格利．蒙羅不是一個矮小的人，而且現場也沒有打鬥過的痕跡。」

「葛瑞格利．蒙羅被下了藥，體內有大量的氟硝西泮。氟硝西泮被應用在約會強姦藥上。闖入者先花時間給他下藥，然後再等藥效發揮。」愛芮卡補充道。

「對。同志圈裡也大量使用氟硝西泮來增加情趣。」提姆說。

「我倒懷疑有誰在酒吧裡飲料被下了藥還能享受什麼情趣的。」愛芮卡說。

提姆接著說：「凶手可能是非常依賴直覺的，以警報器傳單為誘餌，引誘被害人打電話給他。再加上使用鎮定劑，我們不應該排除同性戀的因素。」

「葛瑞格利．蒙羅並沒有被性侵。」愛芮卡說。

「沒錯，可是凶手可能對男子氣概懷有怨恨，而且之前和阿爾發男性，也就是強勢男性有過不好的經驗。他可能是想壓制陽剛的人。」

「他媽的。他花了我們多少錢？」愛芮卡在黏膩、不舒服的四十分鐘之後問，會議到這時才結束。她和馬許一起從會議室下樓。

「在犯罪剖繪上沒什麼料？」

「我覺得是可以派上用場，可是他們這麼經常被找來，被看作是奇蹟製造者。抓到犯人的不是犯罪剖繪專家，是我們。」

「別抱怨了。別忘了，他是來幫妳的，是他勸歐克利不要削減妳的預算的。」

「只是靠科學來糊弄他。」

「妳好像不高興？」

「等我們抓到這個凶手我就會高興了。」愛芮卡說。「提姆並沒有告訴我們什麼我們不知道的線索。雖然那個阿爾發男性的說法很有意思，可是實際上運用要怎麼做？範圍太寬了。我們又不能去監視每一個強勢凶惡的男人，滿世界都是。」

馬許翻白眼。「妳大可幫自己一個忙，跟歐克利搭起友誼的橋梁。」

「我並沒有勾起他的恐同態度啊。再說了，何必費那個力氣？他打定主意要不喜歡我，長官。我絕對是上不了他的聖誕節宴客名單的。」

兩人來到了馬許辦公室的那一層平台。「有消息就通知我，好嗎？」他說，作勢穿過對開門。

「長官，在你走之前，那個警司的職缺有什麼消息嗎？」

馬許停步，回頭看著她。

「我已經說我會舉薦妳了，愛芮卡。」

「你通知歐克利說你打算要升我了嗎？」

「有。」

「他怎麼說？」

「我不能透露內情，妳也知道的。好了，我得走了。」馬許回過頭去要走。

「還有一件事，長官。彼得・蒙羅跟蓋瑞・威姆斯洛同住在一個屋簷下是什麼情況？我很擔心他的安危。」

馬許停步轉身。

「上個星期彼得只跟他母親離開屋子去上學。屋裡的幾個房間都裝了竊聽器。據我們所知，他沒事。而且蓋瑞・威姆斯洛是保守的勞工階級，他滿口都是榮譽和家人，不會讓別人碰他自家的人。」

「你看太多『東區人』（*Eastenders*）了，長官。但願你說得對。」

「我是對的。」馬許冷冰冰地說，消失在對開門後。

「我好像成了萬人迷了。我也不過是想做好分內的工作。」愛芮卡跟自己嘀咕，繼續下樓。

來到事件室時，天花板上的電風扇超時工作，卻好像只是在循環熱氣和咖啡味及汗臭味。

「老大，我剛從警員部聽說消息，葛瑞格利．蒙羅對門的鄰居度假回來了。」彼得森說，一面放下電話。

摩斯坐在彼得森對面，熱得滿臉通紅，也掛上了電話。「是愛絲黛拉．蒙羅打來的，她說葛瑞格利．蒙羅放在月桂路十四號的醫學總會證書不見了。」

「我們是幾時把房屋歸還給家屬的？」愛芮卡問。

「昨天。我查過鑑識日誌還有我們拿走的每一項物品，都沒提到醫學總會的證書。」

「也就是說有可能是兇手拿走了。靠。我們怎麼會漏掉這個？」

20

愛芮卡和摩斯、彼得森抵達月桂路時，街道芳香寧靜。太陽已西下，所以葛瑞格利・蒙羅這一邊的屋子都在陰影裡。

街角有一群穿著上班服的男女，滿臉通紅，男的捲起了衣袖，拎著外套。現在剛過五點半，愛芮卡這才想到這是第一波由中倫敦返家的通勤族。

她按了十四號的門鈴，幾分鐘後，愛絲黛拉・蒙羅打開了門。她穿著淺色休閒褲，俐落的白上衣，衣料上印著玫瑰，戴了一雙黃色橡膠手套。

「哈囉，蒙羅太太。我們是為醫學證書的事來的。」愛芮卡說。

「喔。」她只這麼說，退後幾步讓他們進去。愛芮卡聞到了那種清潔劑的檸檬皮味道，混合著過強的化學花香，不過屋內至少是涼爽的。窗戶全都關著，空調全開。

「在葛瑞格利的辦公室裡。」愛絲黛拉說，關上前門，上了鎖。愛芮卡注意到她換了鎖：一個閃亮的新耶魯鎖，還有兩道新門栓。

他們跟著愛絲黛拉上樓，慢吞吞地跟著她，而她呼吸粗重。

「妳還好嗎？」愛芮卡問。

「我還在打掃你們留下的一團雜亂。」愛絲黛拉厲聲說。

「我們盡量以莊重的心情來看待犯罪現場，但是因為涉及的人員太多，又都一股腦進到屋子裡來。」摩斯說。

「所以，那麼多的人，有誰快抓到殺害我兒子的凶手了嗎？」

「我們正在追查好幾條線索。」愛芮卡說。

四人來到了樓梯頂端，愛絲黛拉停下來喘氣，一隻手扠著髖部。遮蓋走廊窗戶的厚重窗帘已被摘除，平台上明亮多了。

「我兒子的遺體幾時能歸還給我，佛塞特總督察？」愛絲黛拉問。

「是佛斯特總督察……」

「因為我還得要安排葬禮。」愛絲黛拉說，一根手指接一根手指摘掉手套。

「恐怕我們得先查核家庭裡誰是我們的第一聯絡人，然後才能深入到細節的部分。」摩斯說。

愛絲黛拉的臉色更難看了。「葛瑞格利是我的兒子，我懷了他九個月。你們得先聯絡我，聽見了嗎？潘妮只嫁給他四年，我可是當了他四十六年的母親……」她深吸一口氣，鎮定下來。「她打給我了，潘妮。要求知道遺體幾時要歸還。『遺體』！不是『葛瑞格利』或者『葛瑞』——他最討厭被叫『葛瑞』了。潘妮想要訂榭利足球俱樂部來守靈。足球俱樂部！想也知道蓋瑞跟他那群流氓朋友又能海撈一票了。」

「很遺憾，蒙羅太太。」

愛絲黛拉踏進浴室，在水龍頭下沖手。她出來時拿著小毛巾擦著手。「今天蓋瑞打給我，威脅我。」

「威脅妳？」愛芮卡問。

「葛瑞格利跟潘妮分居以後就更改了遺囑，我們剛發現他把屋子留給了我，把他出租的不動產變成信託基金留給了彼得。」

「那潘妮呢？」

愛絲黛拉瞅了愛芮卡一眼。「她怎樣？她會得到榭利那棟四房的房子，值不少錢呢。蓋瑞在電話裡耍流氓，他說這棟房子是潘妮的，叫我簽字讓渡給她，否則的話……」

「否則的話怎樣？」愛芮卡問。

「喔，運用妳的想像力啊，佛塞特總督察。否則的話我就會被處理掉。他會叫他的打手來。我去買東西回家的路上可能會被車子撞死。我猜你們也都看了蓋瑞的前科吧？」

愛芮卡、摩斯和彼得森互望了一眼。

愛絲黛拉接著說：「我把鎖換了，可是我還是擔心。」

「我可以保證蓋瑞．威姆斯洛不會對妳有任何不利的。」愛芮卡說。

愛絲黛拉的眼圈紅了，摸索著面紙。彼得森立刻就從口袋裡掏了一包出來。

「謝謝。」她感激地說。

愛芮卡向摩斯招手，她們就讓彼得森留下來安慰愛絲黛拉，兩人順著走廊來到葛瑞格利．

蒙羅充當辦公室的小房間。

窗下擠入了一張沉重的暗色木桌，對面有一組架子，也是同樣的暗色木頭。架上塞滿了醫學書籍和平裝小說。愛芮卡發覺葛瑞格利・蒙羅有三本史蒂芬・林利寫的巴塞羅繆偵緝總督察的小說。

「靠！」她說。

「怎麼了，老大？」

「沒事……」愛芮卡想起了她上週和艾塞克的談話，她還同意了今晚去吃晚餐。她看著手錶，看到快六點了。

愛絲黛拉拖著腳走進房間，彼得森跟在後面。

「就在這裡。」愛絲黛拉說，指著書桌後的牆，那兒掛了兩幅金色畫框。一幅裝滿了照片：葛瑞格利和潘妮切結婚蛋糕；潘妮拿著墨鏡戴在他們一點也不領情的貓臉上；潘妮在醫院床上，緊緊抱著小嬰兒，一定是剛出生的彼得，而蓋瑞、愛絲黛拉和潘妮戴眼鏡的母親彆扭地站在兩旁。另一幅畫框卻是空的。

「我問潘妮是不是她拿走了，她說沒有，我相信這次她說的是真話。」愛絲黛拉說，指著空畫框。「如果是電視或是DVD播放機她就會拿走，這個不會。」

愛芮卡走過去，戴上了乳膠手套，把空畫框從牆上取下來，發現相框很緊，是塑膠製的。

「妳碰過嗎，蒙羅太太？」

「沒有。」她說。

愛芮卡把畫框翻到背面，卻沒發現什麼。

「我們應該找人來採指紋，機會不大，不過……」

「好的，老大。」摩斯說，掏出了無線電，開始呼叫，另一頭回傳說抽不出人手。

愛芮卡抓住無線電。「我是佛斯特總督察，我今天就需要人，現在，盡快派人過來。這是我們在月桂路十四號命案現場發現的新物證，編號SE23。」

一陣沉默，嗶嗶兩聲。

「我們有位技術人員快忙完電報山的一宗竊盜案，我會請她結束後立刻趕過去。不過妳能授權超時工作嗎？」無線電裡的微小聲音說。

「可以，我授權超時工作。」愛芮卡不客氣地說。

「好的。」對方說。

愛芮卡把畫框掛回牆上，摘掉了手套。「好了，我們得等一等。摩斯，妳跟我來。我們去找那個度假回來的鄰居談一談。蒙羅太太，讓彼得森警官在這裡陪妳一塊等可以嗎？」

「好。你要喝杯茶嗎？」愛絲黛拉問。

彼得森點頭。

鄰居是一對將近四十歲的夫妻：妻子是白人，叫瑪黎，先生是黑人，叫克勞德。他們家就在十四號的對面，時髦有型，而他們也散發出一種都會菁英的氛圍。門廳仍擺滿了色彩鮮明的行李箱，他們請愛芮卡和摩斯進廚房來。瑪黎抓了幾只杯子，裝了清水，加上大型不鏽鋼冰箱門上的製冰機製造出的冰塊。她各給了愛芮卡和摩斯一杯。愛芮卡喝了一大口，享受著冰涼的舒暢。

「我們聽說了蒙羅醫生的事，太吃驚了，」瑪黎說。大家這時都已在餐桌坐定。「我知道這一區不是最安全的，可是命案！」克勞德坐在她旁邊，她伸出手去緊緊抓住丈夫的手。他捏了捏她的手安慰她。

「我能了解這件事有多難以接受。不過我們還是要強調，在統計上，命案發生的機率仍是非常小的。」愛芮卡說。

「唉，統計上，幾扇門外有一個人被弄死在床上，這樣的機率就已經夠高了！」克勞德說，一邊翻白眼。

「說的是。」愛芮卡說。

「我們需要請教兩位是否注意到有不尋常的人在附近出沒？」摩斯問。「無論多不起眼的事都可以……特別是在六月二十一日介於下午五點到七點之間。」

「這裡不是那種街道，甜心。」瑪黎說。「我們都太忙著上班生活，連從窗戶看著鄰居的時間都沒有。」

「你們在那一天晚上五點到七點之間在家嗎？」愛芮卡問。

「那是差不多四個星期以前……」瑪黎開口說。

「對，是星期二。」摩斯說。

「我應該還沒下班，我在市中心當會計師。」瑪黎說。

「我下班時間比較早，我在本地的議會工作。」克勞德補充說。「如果是星期二，我會在健身中心。就在錫德納姆的同一條街上，叫『健康第一』。他們可以為我證明，我們進去得刷卡。」

「沒關係，你們並不是嫌疑人。」愛芮卡說。「你們跟葛瑞格利．蒙羅很熟嗎？」

兩人都搖頭。

「不過他一直很客氣，有禮貌，」克勞德說。「他是我們的家庭醫生，可是我們從來沒去看過病。我覺得我們見過他一次，幾年前，在我們登記的時候。」

愛芮卡和摩斯互換了沮喪的一眼。

「有一件事……」克勞德說。喝了口冰水，在口裡漱了漱，若有所思。杯子上的水珠滴到了木桌上。

「什麼事都可以，無論多微不足道。」摩斯說。

「喔，對，」瑪黎說。「對，我也見過他們。」

「見過誰？」愛芮卡問。

「這幾個星期來好像有不少漂亮的年輕人進出蒙羅醫生家。」克勞德說。

愛芮卡看了摩斯一眼。「可以說清楚一點嗎？」

「就是那些肌肉男嘛，」瑪黎說。「我以為第一個是蒙羅醫生雇用來做工的健壯勞工，可是第二天又換了一個年輕人來敲門，進了他家。他長得可真帥，有點高檔美男的味道，妳們知道我在說什麼吧？」

「像男妓？」

「對。他們好像只待了一個小時左右。」克勞德幫著說。

「那是什麼時候的事？」

「頭兩個是在工作日，我記不得是哪一天。我下班回來，大概是七點半……蒙羅醫生一看到我路過，就有點慌張地把第一個人弄進屋裡，只跟我打了聲招呼。然後大概一個小時之後，我們才剛吃完晚餐，我在客廳裡，就看到他離開了。」瑪黎說。

「那其他的呢？」愛芮卡問。

「週六早上有一個吧？你不是看到他早早離開了嗎，克勞德？」瑪黎問。

「對，我們樓上廁所的窗戶可以看到街上，我正在小便，就看到那個年輕人離開，大概是某個週六早上七點。」克勞德說。

「而你不覺得奇怪？」摩斯說。

「奇怪？這裡是倫敦，我們都還沒反應過來他就已經和他太太分居了……那個人可能是朋友、同事、某個醫學生，甚至是男保姆。」克勞德說。

「妳們認為是其中一個殺了他嗎？」瑪黎問。

「我要跟你們坦白說：我們不知道。這只是其中一條線索。」

這句話在空中懸浮了一會兒。瑪黎摩搓著杯子上的水珠，克勞德伸臂摟住她。

「你們願意幫我們拼湊肖像嗎？如果能找出這些年輕男人的相貌來，會非常有價值。」愛芮卡說。「我們可以今晚就叫人過來，在你們家裡做，比較不會那麼不自在。」

「好啊，」克勞德說。「如果能幫你們抓到犯人。」

摩斯和愛芮卡又走在烤人的街道上，移向陰涼的那一側。

「我說那是一個結果。」摩斯說。

「運氣好的話，我們今晚就能得到一幅畫像了。」愛芮卡也同意。她拿出手機，打給彼得森問進度。

「什麼也沒有，老大。」他說。「指紋技術員還在電報山忙。愛絲黛拉．蒙羅去買牛奶……我沒有這地方的鑰匙，沒辦法鎖門。」

「好吧，我們來了。」愛芮卡說，掛上電話，把手機塞回皮包裡，看著手錶。已經超過七點了。

「妳要去什麼地方嗎，老大？」摩斯問。

「我是應該要去艾塞克．史壯家吃晚飯的。」

「妳想走的話，我和彼得森可以留下來。看來今晚又是一個漫長無聊的夜晚了。我很懷疑我們能從畫框採到指紋，不過一有結果我就會通知妳，還有畫像的事我也會通知妳。」

「妳不想回家嗎，摩斯？」

「沒事。西麗亞帶雅各去參加親子游泳班，所以晚上只有我一個人。我知道妳不出門……」她說著說著就沒聲音了。

「妳知道我不常出門？」

「我沒有別的意思，老大。」摩斯說，臉越來越紅。

「我知道，沒事。」愛芮卡咬著嘴唇，瞇眼看著摩斯。

「說真的，老大，我們採到指紋的千分之一秒我就會打給妳，再說拼肖像也可能會花上幾個小時。艾塞克要煮什麼？」

「不知道。」

「反正等妳吃完，我們也會有答案了。」

「好吧。謝謝妳，摩斯，我欠妳一次。一有結果就打給我，無論大小，好嗎？」

「我保證，老大。」摩斯說，看著愛芮卡走向她的汽車，揚長而去，同時希望他們能查到一點東西來推進調查。

看起來佛斯特偵緝總督察是需要一個突破口。

21

「我愛漫長的夏日，很久才會天黑，可惜這樣的日子卻不夠長。」席夢說。她站在瑪麗病房的小窗邊，這裡可以俯瞰底下的一堆工業垃圾桶和焚化爐。周圍的紅磚牆建築聳立入雲，把她們包圍住，但是一抹倫敦的天際線仍能從磚牆的間隙中發光發亮。黃澄澄的那輪太陽看來就像是要插在國王十字車站上方鐘塔的尖頂上了。

席夢走到床邊，瑪麗閉眼靜臥著，毛毯蓋到下巴，幾乎不因她輕淺的呼吸而移動，她的身體在毛毯下彷彿在漸漸消失。席夢在一個小時前就值班結束了，但是她決定留下來。瑪麗衰竭得很快，要不了多久了。

她從置物櫃裡拿出瑪麗和喬治的黑白照片，靠著水瓶立起來。

「好了，我們都在一塊了。我、妳和喬治。」席夢說，越過護欄握住瑪麗的手。「妳在照片裡好快樂，瑪麗。我希望妳能跟我說說他。他真是個帥小子……我從來沒有親密的女性朋友可以談心。我母親從來不談性，只說那是骯髒事。我知道她錯了。那不是骯髒事。有愛情一定很完美……跟喬治在一起是不是很完美？」

席夢轉向照片。喬治英俊的臉孔在陽光下瞇著眼，強壯的手臂攬著瑪麗的纖腰。

「你們晚上出去很開心嗎？他是不是帶妳去跳舞？他是不是在黑暗中看著妳安全回家？」

席夢拿出梳子，開始溫柔地幫瑪麗梳頭髮。

「我怕黑，瑪麗。黑夜讓我感覺最孤單。」

梳子順過瑪麗細柔的銀髮，梳頭髮的聲音令人心安。她的皮膚蒼白，有些地方幾乎是透明的，太陽穴到髮際線的地方有一條細細的藍色血管穿過。席夢抬起了老婦人的頭，讓她能梳到她後面的頭髮。

刷、刷、刷。

「我的婚姻不幸福。沒有一個地方好過，可是幾年前變得更壞了。所以我搬進了客房……」

刷、刷、刷。

「卻阻止不了他。他晚上來找我。我把門擋住，可是他把門撞開了……」

刷、刷。

「他來硬的。」

刷。

「好痛，他弄痛了我……」

刷、刷。

「他喜歡弄痛我，而且他從來不停。從來、不停、直到、他、滿足了！」

有一種有節奏的砰砰聲，席夢愣了愣才發覺梳子被纏住了。席夢憤怒地扯著梳子，害瑪麗的頭不斷撞擊病床的金屬護欄。

席夢放開了手，退後幾步。熱血衝上了她的頭，她兩手發抖。瑪麗喝醉似的側躺著，一邊眼皮壓著金屬護欄，半睜半閉。

「喔，瑪麗！」席夢靠過去，解開了糾結在瑪麗後腦的梳子，溫和地把她扳回來仰躺，把毛毯塞好。她薄薄的太陽穴皮膚底下出現了瘀血。

「對不起，喔，瑪麗，真的對不起，」席夢說，輕拂著瘀血。「拜託原諒我……」她又調整了一次毛毯。太陽落到醫院的建築後，房間陰暗冰冷。「我願意為妳做任何事……讓妳知道妳對我的意義有多大，我要給妳看一樣東西……」

席夢走向門口，打開了門，確定走廊上沒有人後就關好門，走回來床邊，彎下腰，抓住護士服的下襬，緩緩往上撩，越過大腿，露出了厚褲襪，衣料下能看見她雪白的膚色。她把衣服繼續往上掀，超過了內褲，超過了褲襪褲腰，肚子上的皮膚被勒出了痕跡。她動了動，把衣服撩得更高，最後整件衣服都堆在胸部上。她肚臍的位置上遍佈著粉紅色渦紋傷疤組織，擴散到她的肋骨下方，皮膚有如風乾橘子皮。傷痕消失在她變灰的胸罩底下。席夢向老婦人靠近，握住她的一隻手，按在渦紋傷痕上，來回移動，像在撫慰。

「妳感覺到了嗎，瑪麗？是他弄的。他燙傷我……妳需要我，我也一樣需要妳。」

席夢站了一會兒，感覺到空氣使她毀傷的、遍佈疤痕的皮膚涼爽了下來，而瑪麗溫暖的手按在她的身上，然後她輕輕把那隻手放掉，把衣服拉下來，撫平衣料。走過去拿床邊地上的皮包，掏出了一只信封。

「我差點忘了。我買了一張卡片給妳！要我拆開嗎？」席夢一隻手指插入厚信封裡，拆開來，抽出卡片。「看。是水彩畫，畫的是一棵桑椹……我覺得妳跟喬治坐在底下的那棵樹是桑椹。妳要不要聽我寫了什麼？『給我最好的朋友瑪麗，快點好起來。席夢・馬修斯護士送上她的愛。』」

席夢把卡片放到置物櫃上，擺在照片和水瓶的旁邊，打開了病床上方的燈。她坐回去，雙手包覆住瑪麗的一隻手。

「我知道妳是不會好的，我很肯定。可是人怎麼想才重要，對不對？」她拍拍瑪麗的手。「好了。我們又舒舒服服的了。我會再多陪妳一會兒，這樣好嗎？我不想回家。除非我確定他今晚不在。」

22

艾塞克穿著短褲和無袖T恤來應門，一縷香味飄了出來。

「哇，我眼前這位高雅美麗的女人是誰啊？」他說，把愛芮卡的夏季長洋裝、整理過的頭髮和銀色長耳環收入眼簾。

「聽你說的好像我總是穿得像個流浪漢似的。」她說。

「哪有啊，可是妳打扮起來還真不賴。」他嘻皮笑臉地說。兩人擁抱，她走進屋裡，交給他一瓶滴著水珠的白酒。兩人到廚房裡，她很開心看到只有她一個客人。

「史蒂芬在寫作……他送上他的愛和道歉。他的新書快交稿了。」艾塞克說，拉開了瓶塞，發出悅耳的一聲啵。「我們到陽台上喝第一杯酒，配上一根手捲菸吧？」

兩人端著酒來到陽台，點燃了香菸。太陽低掛在天空，在橫陳於他們眼前的城市上投下長長的、怡人的陰影。「喔，好舒服。」愛芮卡說，喝了一口酒。

「趁我還記得，史蒂芬要我給妳一樣東西，」艾塞克說，消失在陽台門後，回來時拿著一本書。「是他最新的一本。嗯，最近出版的……」

「《從我冰冷死亡的手中》。」愛芮卡唸著標題。封面上是一隻蒼白的女性的手高舉著在推棺材蓋，手裡有一封信，還滴著血。

「這是巴塞羅繆偵緝總督察的第四本小說，不過小說各自獨立，妳不需要看其他的。他也在上頭簽了名。」艾塞克說，接過了她的酒杯，讓她可以翻開書。

「『從我溫暖的活著的手，送給妳艾芮卡，萬事如意，史蒂芬』。」她唸道。他把她的名字拼錯了，是k不是c。她抬頭看艾塞克，正待發話，就看到他焦急地等著她接受這份禮物，焦急地盼著她和史蒂芬能成為朋友。「太棒了。等我見著他，我一定要謝謝他。」她把書塞進皮包裡，拿回了她的酒杯。

「我們沒有怎樣吧？」他問。「上星期的晚餐，我搞砸了，還有……」

「你已經說了三次對不起了。沒事。」她正要說什麼，手機就響了。

「不好意思，等一下，」她說，伸手到皮包裡掏摸，把手機拿出來，看到是馬許打來的。

「對不起，我需要接這通。」

「我迴避一下。」艾塞克說，溜進陽台門裡了。

「長官？」她說。

「是誰他媽的授權彼得森逮捕蓋瑞．威姆斯洛的！」他大吼大叫。

「嗄？」

「彼得森在一個小時前逮捕了蓋瑞，把他關進了警局！沃夫已經辦好了手續，他現在在牢房裡等他的案件摘要！」

「他是在哪裡逮捕他的？」愛芮卡問，血液變冷。

「月桂路……」

「我才剛離開那裡。」

「哼，妳根本就不應該離開。顯然蓋瑞．威姆斯洛闖進了屋子裡，說要拿東西，結果領著彼得森找到了一包香菸。」

「香菸？」

「對——小玩意，黑市的東西。」

「靠。」

「愛芮卡，要是他因為一點仿冒菸就玩完，那我們亨姆斯洛行動的直接線索就斷了……他媽的幾個月來的辛苦都白費了！」

「是，長官，我知道。」

「我看妳是不知道！彼得森幹嘛要逮捕他？妳也聽見歐克利在開會時說的話了。妳的調查是針對葛瑞格利．蒙羅的命案，而蓋瑞．威姆斯洛跟那件事一點關係也沒有！我剛才去曼徹斯特開會，正在回來的路上。妳現在就過去，控制好妳的混蛋下屬。把威姆斯洛保釋出來，或是更好，找個理由警告他，放他走！」馬許掛斷了電話。

「有問題嗎？」艾塞克說，又走進陽台，端著一個大瓷盤，上頭擺了乳酪和橄欖，裝盤極美觀。愛芮卡渴望地看著盤子。

「是馬許。彼得森捅了婁子，我得到警局去處理。」她再喝一口酒，把杯子還給他。

「現在？」

「對，這一行就是這樣。對不起，我不知道會去多久，我再打給你。」她說，然後就急急忙忙去開車了。

艾塞克待在陽台，瞪著城市，心裡想他大概不會很快有她的消息，除非是出現了死屍。

23

愛芮卡趕到路易申街警局，服務台是空的。沃夫值班，在前台吃著外帶中國菜。

「妳是為了蓋瑞．威姆斯洛才打扮得這麼漂亮的啊？」他開玩笑說，看著她的細帶寬洋裝。

「他人呢？」她不客氣地說。

「三號偵訊室。」

「讓我進去。」

沃夫按鈕啟動了門鎖，看著愛芮卡如旋風掃過，進入警局的主區，這才第一次發現她有曲線，還有那件洋裝把她的腿襯托得多漂亮。

愛芮卡通過了區隔牢房與警局的沉重鋼門，進入了觀察室，發現華倫警員和一名制服警員坐在一整面的螢幕前。其中一個螢幕由高處照出了三號偵訊室的一張桌子和兩張椅子。彼得森坐在蓋瑞．威姆斯洛的對面，蓋瑞雙手抱胸，臉上掛著自大的笑。另一名年輕女警坐在彼得森後面的角落裡，愛芮卡不認識她。

「她是誰？」她問。

「萊恩警員。」華倫說。

「說啊，蓋瑞，香菸是從哪兒弄來的？」彼得森在偵訊室裡問道，透過觀察室的擴音器對話小聲傳來。

「不是我的。」蓋瑞聳聳肩。明亮的燈光讓他蒼白的光頭閃爍發光。

「你卻知道香菸放在哪裡，蓋瑞。」

「不是我的。」

「葛瑞格利・蒙羅一年賺二十多萬，另外還有不動產的租金……」

「不是我的。」他又說，一副無聊的口氣。

「他可不會為了一包仿冒香菸毀了自己的事業……」

「不、是、我的。」蓋瑞又說，咬牙切齒。

「你就是為了這個到他家去的？你聽說房子被轉移到愛絲黛拉・蒙羅的名下了？」

蓋瑞仍雙手抱胸，瞪著前方。

「唉呀，蓋瑞，你的手腳越來越不俐落了。我們在樓上就聽到你在威脅愛絲黛拉。你原來就是這樣一個人啊，威脅老太太？」彼得森說。

「我沒有威脅她，」蓋瑞惡聲惡氣地說。「我是在保護她。」

「保護她什麼？」

蓋瑞哈哈大笑，身體前傾。「避開你啊，叢林小子。我知道你這種人，一看到白種女人就跟發情的狗一樣，就連愛絲黛拉那種鬆垮垮的老太婆也要。」他往後坐，邪邪一笑。彼得森的樣子像是要失控了。

「你是從哪兒弄來的香菸，蓋瑞？」彼得森吼叫著問。

「聽不懂你在說什麼。」蓋瑞說。

「你清清楚楚被聽到說是來拿你的香菸的。然後我們在閣樓上找到了兩萬支西班牙萬寶路淡菸。包在塑膠袋裡。」

「我滿走運的，能到西班牙度假，」蓋瑞說，臉上掛著氣死人的笑容。「我可沒說是跟香菸有關，我不過是在禮貌地交談。」

彼得森整個人貼上去，非常靠近蓋瑞，兩人的鼻頭幾乎相觸，惡狠狠瞪著他。

「滾遠一點……滾遠一點……」

彼得森不為所動，仍瞪著蓋瑞。

「他媽的滾遠一點！」蓋瑞往後仰頭，然後撞了彼得森。

「要命！」愛芮卡說，衝出觀察室，卻在走廊上撞上了摩斯。「妳跑哪兒去了？為什麼不在裡面？」

「我在弄威姆斯洛的案件摘要……」摩斯開口說。

愛芮卡推開她，一把拉開三號偵訊室的門。彼得森和威姆斯洛兩人滾在地板上，威姆斯洛跨坐在彼得森身上，打他的臉，被彼得森一把推開，摜在牆上。蓋瑞很快恢復過來，又撲向彼得森。萊恩警員看見了愛芮卡，就上前幫忙。

「快點！我們需要支援。進來，快！」愛芮卡對著監視器喊。愛芮卡、摩斯和萊恩拉開了蓋瑞．威姆斯洛，勉強銬住了他。他的嘴唇破了，他朝地上吐口水。三名制服警員突然出現在門口。

「總算醒了是吧？還發什麼愣，把他關到牢裡去。」愛芮卡說。

「叢林小子，你給我走著瞧。」蓋瑞說，朝彼得森齜牙咧嘴，露出邪氣的笑，被警員拖了出去。彼得森緩緩從骯髒的地板上站起來。兩顆襯衫鈕釦被扯掉了，鼻子在流血。

「你這是在幹什麼？」愛芮卡說。

「老大，他……」

「什麼都別說了，先清理乾淨，然後我們再談。」

彼得森拿手背擦嘴，離開了偵訊室。

「老大，他有上萬支香菸——」摩斯開口說。愛芮卡舉手阻止了她。

「我知道。我不知道的是為什麼我的兩位最優秀的手下不遵守程序。」

「我剛才是在弄他的案件摘要。」

「外面。」愛芮卡說，注意到監視器仍在記錄她們的談話。

到了外面的走廊上，愛芮卡才接著說：「妳明知道彼得森對威姆斯洛有私人恩怨，他是個混蛋，可是他在葛瑞格利．蒙羅命案上有不在場證明。妳的職責是調查命案，而不是隨你們高興把人往警局裡逮。」

「我們不是隨便逮人的，是——」

「回家去，摩斯。我會處理。」

「可是——」

「回家。現在就走！」

「是，老大。」摩斯說，擦掉了額頭上的汗，走開了，把愛芮卡丟在走廊上。熾熱的日光燈照著她。

一個小時後，愛芮卡在警局地下室的男更衣室中找到了彼得森。這裡散發著地板蠟和汗臭味。彼得森坐在一排長椅上，靠著置物櫃休息。對面的一扇金屬門凹了一塊，帶血的衛生紙包著彼得森的手。

「是他自己要被逮捕的，老大，」彼得森說，抬頭看她。「他衝進了屋子裡，打了愛絲黛拉，還叫我們去死。」

「他是個人渣，彼得森。可如果我要逮捕每一個叫我去死的人，那監獄可能都不夠裝了。」

這裡沒有窗戶，燈光全暗，只有一排水槽上方的燈亮著，投射出詭異的光芒。愛芮卡穿著薄薄的夏日洋裝覺得很沒安全感，她的長耳環也不斷拍打著她的臉頰。她雙臂抱胸。

「你究竟是因為什麼才逮捕他的，彼得森？」

「他藏了私菸打算販賣！」

「我們能證明他打算販賣嗎？」

「得了，老大，是上萬支菸欸！」

「就算他是要販賣，這跟我們調查的命案有什麼關聯？」愛芮卡問。

「老大，威姆斯洛是在假釋中，」彼得森說。「逮捕他絕不會白費功夫。我們還不知道葛瑞格利．蒙羅的死跟他有沒有關係，現在我們就有時間再深入追查了。」

「他和葛瑞格利．蒙羅的死沒有關係。」愛芮卡口氣很衝地說。

「我們還不確定，老大。他的不在場證明是他姊姊和母親的，而她們……」

愛芮卡走向水槽，打開冷水，潑了些在臉上，再捧了些水喝了一大口。她關掉水龍頭，拿紙巾擦嘴。

「彼得森……」

「嗄？」

「蓋瑞．威姆斯洛因為製作並經銷兒童色情正被調查中。他很可能是一個龐大地下戀童網路的關鍵人物。警方正密切地監視他，就是因為這樣，他們才知道他沒有殺害葛瑞格利．蒙羅。他的不在場證明是真的。」

彼得森震驚地抬頭看她。「沒開玩笑？」

「沒有，我很認真，而且我也不應該讓你知道。」

彼得森喪氣地向前俯，雙手抱頭。

「你不能讓威姆斯洛這樣的白痴惹火你。你也知道他那種人，他知道怎麼踩別人的痛腳，他早八百輩子前就在練習了。我沒想到你這麼沉不住氣。讓個人恩怨蒙蔽你的判斷力。」

「他們距離逮人還有多久？」彼得森沙啞地說，幾乎是在奮力忍回眼淚。

「不知道，馬許兩天前才通知我，那時我本來是想要追查威姆斯洛的。行動叫作亨姆斯洛行動。他們認為有間工廠在製作DVD，還有上百小時的……影片被製作，上傳到網上。」

她的話懸浮在空中。彼得森向後靠，兩手手掌按著眼睛。

「不、不、不、不……」他說。愛芮卡很驚訝他接受這件事的態度，既沒有要卸責，也沒有自我辯護。他把手拿開。「現在怎麼辦？」

「不能拿不知者不罪當藉口，而且你實在是笨透了……可是你不知道威姆斯洛的事。你是在盡忠職守，雖然你確實辦得不漂亮。算你走運，威姆斯洛在偵訊室裡先動了手。我會跟馬許說我狠狠把你臭罵了一頓。」

他抬頭看她，很意外她的語調平穩。

「我指的是亨姆斯洛行動會怎麼樣？」

「不知道。」

「妳不想要我交出警徽？」他小聲問。

「不，彼得森。你不像是一個對這種事輕率以對的人。」

「我沒有。」

「好了，回家吧。明天局裡見，腦袋的螺絲可得拴緊了。會給你正式的警告。幸好，這是你的第一次。」

彼得森站起來，拿起外套就離開了，一句廢話也沒有。愛芮卡在他走後盯著門，滿心關切。她又在警局裡花了一個小時，處理善後。蓋瑞．威姆斯洛因為對警察使用辱罵與種族歧視的語言而遭到正式警告。

愛芮卡正在大門台階上抽菸，就看見蓋瑞在律師陪同下出現，律師穿著灰色細紋套裝，一看就身價不凡。蓋瑞留在台階頂上，等律師離開了聽力範圍，才說：「謝謝妳把我弄出來。說到弄出來，妳打的是什麼算盤？哇，妳他媽的還真養眼。」

愛芮卡轉身，抬頭看見他色瞇瞇地俯視她的洋裝，就登上台階，與他站在同一級上。

「你在我這裡討不了好處，最多是強暴未遂，我相信你跟大部分的女人也是這樣。」她說，俯身逼近他的臉。

律師已經走在停車場的半路上了，這時才發現蓋瑞沒跟上來，就向後轉，說：「威姆斯洛先生。」

「賤貨。」蓋瑞嘴裡不乾不淨地罵。

「彼此彼此。」愛芮卡說，瞪住他不放。他轉過身，走下台階去跟他的律師會合。

馬許的車子停在台階旁，下了車，一臉不高興。

「我們需要談一談。我的辦公室。現在！」他氣沖沖從她面前拾級而上。

愛芮卡盯著蓋瑞和他的律師坐在黑色寶馬裡駛出了停車場，有一種恐怖的感覺，像是放虎歸山了。

24

「妳需要控制妳的手下，愛芮卡。妳為什麼會把他們留在現場？」馬許質問道，來回踱步，而她一直站著。

「我離開的時候並沒有什麼現場，長官。彼得森和摩斯陪著愛絲黛拉．蒙羅等候一名指紋採證技師過去……威姆斯洛是在事後闖進去的。」

「哼，我剛被歐克利和特偵行動組狠狠訓了一頓。」

「特殊犯罪與行動小組知道他們跟我們的案子有可能會衝突。」

「對，而且都是因為彼得森，現在兩件案子對撞了。」

「長官，威姆斯洛和他的律師都不知道亨姆斯洛行動。我的屬下也沒有一個知道。所以彼得森……」

「他媽的笨得可以。就是這樣。」

「我給了威姆斯洛警告，放他走了。」愛芮卡說。

「而妳不覺得他會覺得可疑？我們一直在打擊黑市香菸和逃避關稅，結果逮到他私藏兩萬支香菸，他還攻擊了一名警員，結果我們卻高高舉起輕輕放下，就這麼放他走了，他不會覺得可疑？」

「我不能告訴你他在想什麼，不過他是個職業罪犯，這輩子都在疑神疑鬼和得意洋洋之間擺盪。」

「愛芮卡，威姆斯洛是那個虐童網絡裡我們唯一能夠接近的人物。亨姆斯洛行動已經砸進了幾百萬鎊了，要是連他都丟了……」

「不會的，長官。」

「妳現在盯住了亨姆斯洛行動了是吧，愛芮卡？」

「沒有，長官。還在等著升職的消息……」

馬許來回踱步。愛芮卡咬著嘴唇。我為什麼就不能偶爾閉上嘴巴？她自問。

「葛瑞格利．蒙羅命案有什麼進展了？」馬許終於問道。

「我在等蒙羅家的畫框上能不能採得指紋。看來他的醫學總會證書在歹徒闖入時不見了，這件事是在我們把房屋歸還給愛絲黛拉．蒙羅之後才發現的，鑑識作業都完成了。另外，對門的鄰居度假回來了。在命案前兩星期，他們目睹了幾名年輕男子進入蒙羅家。應召男一類的。明天應該會有肖像。」

馬許停下來看著她。「我要妳把這件案子整理一下，移交給專門調查因性動機殺人的命案調查小組。」

「什麼？」

「我們在命案現場發現了同志色情書刊，被害人的手機上有同志約會應用程式，現在又有鄰居看見男妓進進出出……」

「那些年輕男人的身分尚未確認，」愛芮卡說，後悔她說了他們像是應召男。「要是我們把案子移交了，就會遺失在一片命案大海中。我就差那麼——」

「就差那麼一點就把一樁耗費數百萬鎊的秘密監視行動給毀了？」

「長官，這樣說不公平。」

馬許停下腳步，坐回辦公桌後。

「聽著，愛芮卡，我強烈建議妳別管這件案子了，把它移交出去。我保證不會讓這個案子弄得像是妳的失敗。」

「拜託，長官，只要——」

「我已經決定了。把妳在葛瑞格利·蒙羅案上的資料都整理好，明天午餐之前移交。」

「是，長官。」愛芮卡還想再說，卻改變了主意。她把皮包甩到肩上，離開了辦公室，強自忍耐才沒有甩門。

愛芮卡停進了公寓旁的停車場，關掉引擎。想到進屋去就讓她更加鬱悶。她搖下車窗點燃了一根菸，一面抽一面聽著倫敦路上的交通以及附近灌木叢中的蟋蟀叫。

這件案子總是有個地方理不清楚。是蓋瑞·威姆斯洛嗎？是某個應召男去找過葛瑞格利·蒙羅？葛瑞格利是不是抓著蓋瑞的什麼把柄，所以才被處理掉了？感覺上答案就近在眼前。是很簡單的答案，她知道。總是一個很小的線索，像是毯子上掉了的一段縫線。她只需要找出線索來，牢牢抓住，整件事就會豁然開朗。

她很氣自己不會是那個揪出殺死葛瑞格利．蒙羅凶手的人。現在她得明天回去上班，告訴她的小組案子要移交了，就在情況越來越有趣的當口。

25

公爵：收到了嗎？

夜貓子：對。剛剛。我錯過了郵差，得去收發室拿……可惜他們不知道裝了什麼。

公爵：封好的嗎？

夜貓子：對。

公爵：你確定？

夜貓子：密封的，得用刀子割開氣泡袋。

公爵：好。

夜貓子：你很神經質。

公爵：對。你覺得他們會打開來看嗎？

夜貓子：誰？

公爵：皇家郵政。

夜貓子：不會，那是違法的。除非你是恐怖分子。

公爵：好。

夜貓子：我是恐怖分子嗎？

公爵：當然不是。
夜貓子：沒錯。我是為了社會好。
公爵：我知道。而且大家會感激。我就感激。
公爵：不過他們會不會先打開再封好？
夜貓子：做的人是我，**不是你**。
公爵：我也在冒險啊。收據上是我的名字。
夜貓子：幫幫忙，別那麼娘。
公爵：我不娘！
夜貓子：那就閉嘴。

一陣停頓。文字在螢幕上停了一會兒。

夜貓子：還在嗎？
公爵：在。別太理所當然了。小心點。
夜貓子：他是自找的。
公爵：對。
夜貓子：我的恨深化成某種令人敬畏的東西了。

公爵：我就敬畏你。

夜貓子：他會讓我知道什麼是敬畏。

公爵：完事後你會告訴我吧？

夜貓子：你會第一個知道。

26

夜貓子行駛在領主巷裡，街道上不見人影。這裡是南倫敦的奢華地段，一排獨立商店掠過，沐浴在黑暗中。萬籟俱寂，只有越野腳踏車的輪子聲以及遠處城市的低低嗡鳴。

將近午夜了，但是柏油路面仍散發出熱氣，夜貓子的黑色慢跑裝下都是汗。開車會快一點，但是每一個角落都有監視器，拍下路人和牌照。太冒險了。

這人的地址很好找：網路上一查就有了。他是有名的人，而且喜歡在社群媒體上露臉。夜貓子咧嘴一笑，露出了一排歪斜的小牙。

他過度分享太多次了。

下一個目標是公眾人物，而且經常是頗具爭議性的人，所以夜貓子原本還擔心會有重重的警戒，但是上一週隨便挑個炎熱的日子過來就搞定了——只是一張假傳單，「貝爾安全保全」的一通假促銷電話。近距離看見他的臉，倒是不小的震撼，實在很難掩飾住對他的恨，很難保持放鬆親和。

夜貓子從領主巷出來，在一道高牆邊停下。越野腳踏車的煞車發出小小的吱嘎聲，在寂靜的街上似乎很響亮。

高牆是一長排後花園的邊界，橫列在裡面的房子高雅時髦。夜貓子把腳踏車藏在郵筒後，郵筒非常靠近高牆，正好讓他利用來爬牆。這排房子裡有四戶裝了警報器，六座花園都有高高的後牆，牆外是一處公車總站。

第一家的花園很輕鬆。草木都太過茂盛，因為只有一個老太太獨居，房子的窗戶都是暗的。夜貓子穿過去，只發出極低的沙沙聲，翻過矮籬笆到第二戶的花園裡。

這裡也一樣沒有感應燈，但是屋主增建了很大的一片，花園縮減成後牆下的一條狹窄草皮。一樓的第一扇窗是暗的，但是第二扇窗卻開了幾吋，流瀉出柔和的七彩光芒。這是一間大育嬰室，裡面幾乎是空的，只有靠窗擺著一大張木頭嬰兒床。

嬰兒床裡站著一個小娃，大大的眼睛，亂糟糟的黑髮，胖嘟嘟的小手緊緊抓著護欄。夜燈緩緩轉動，讓小娃能夠看見花園。夜貓子移向打開的窗戶，低聲說：「嗨。」

小娃動了動，抓緊了嬰兒床的邊緣。是個小女娃，穿著粉紅色的連身衣和粉紅色針織短外套。磚牆反彈出來的空氣封閉炎熱。

「妳是不是熱得受不了啊？」夜貓子低聲說，露出笑容。小女娃微笑，同時輕輕搖晃，拉扯著針織短外套，發出輕輕的嗚嗚聲。

還有三家的花園要穿越，但是夜貓子很同情這個無辜的小女娃，在悶熱的房間裡被慢慢烘烤。窗戶輕易就能拉開，夜貓子一條腿往上一跨就進了屋子。小女娃又大又圓的眼睛往上看，不知道這個爬進她房間裡的人是誰。

「沒事……不用怕，」夜貓子低聲說。「妳是無辜的。妳還有機會能大肆破壞這個世界。」夜貓子快手快腳把小女娃抱起來，舉在一臂之遙處。她吃吃笑。夜貓子又把她放下，迅速解開了短外套的鈕釦，抓得很緊，以免小女娃失去平衡，然後脫下兩隻袖子。

「好了，是不是好多了？」夜貓子哄慰她。小女娃讓自己被抱起來又放回小床墊上。床包是白底灰象的圖案。夜貓子慢慢上緊嬰兒床上方的吊鈴發條，她舉高了兩隻手。

〈一閃一閃亮晶晶〉的旋律輕柔地響起，夜貓子也退出了小女娃的視線。

第三家的花園有感應燈，就架在後牆上，所以穿越時需要小心翼翼，拉開足夠的距離躲避光束。

第四家的花園略需整理，草太長，花床上也過於蕪雜。夜貓子經過了一架塑膠鞦韆和一處雜草過多的沙坑，在雜物間的門口蹲了下來。

夜貓子把兜帽戴上，只露出一對眼睛。他在門口傾聽，再緩緩掏出一根又長又薄的鐵絲，插入了鎖眼裡。

27

電視節目主持人傑克．哈特從中倫敦夏綠蒂街的會員限定酒吧裡出現，停下來享受溫暖的夏夜。雖然時間很晚了，仍有一大群的攝影師在人行道上等，一見傑克步下矮矮的台階，鎂光燈就閃個不停。

傑克勁瘦英俊，淡金色頭髮在後腦勺和兩側剃得很短，額頭上的頭髮向上梳，時髦有型。他的牙齒就跟他的頭髮一樣白，筆挺的套裝是特地為他的頎長體型訂做的。他很開心看到BBC、ITV、天空新聞的記者在等他，還有慣常的那夥小報記者——有些還是他以前的同事呢。但是他的俊臉上並沒有喜色，反而裝出嚴肅的沉思模樣。

「梅根．費爾釵的死是你的責任嗎？」一家大報的記者喊道。

「你覺得他們會取消你的節目嗎？」另一個也大聲發問。

「少裝了，傑克，就是你殺了她的，對吧？」一個狗仔搶上前來，輕快地問道，閃光燈猛地一亮。

傑克不理會他們，只從人叢中殺出去，坐進了一輛在路邊等候的黑色計程車，用力關上車門，車子緩緩駛離，照相機追著車子，鏡頭撞著車窗玻璃，整個車子裡都是閃光。轉過夏綠蒂街的街角之後，司機就能加速了。

「我老婆很愛你的秀，老兄，」司機說，從後照鏡打量他。「可都是假的吧？」

「這是實境秀，什麼事都有可能發生。」傑克說，重複他在每一次節目上用的開場白。

「我聽說上你節目的那個女的，那個梅根自殺了，她有一籮筐的心理問題。反正她早晚也是會自殺的。」司機說，又看了眼後照鏡。

「隨便你怎麼說，我反正會給你一筆不錯的小費。」傑克說。往後一靠，閉上眼睛，車行的微微搖晃很舒服。

「你說了算，老兄。」司機嘟嘟囔囔著說。

「傑克．哈特秀」一週播出五天，一年來收視率不斷攀升——但是要想勝過對手「傑若米．凱爾秀」還是有一段差距。

傑克．哈特最自傲的地方是他的節目是實境秀，讓他們佔有優勢，不停地搏版面。遵循「傑若米．凱爾秀」的傳統，一週五天他的來賓奮力爭取五分鐘的成名機會，靠的是揭自己的瘡疤，而觀眾愛死了。

傑克一開始是在艦隊街當記者，藉由調查揭發名人的外遇、政客的推托以及「人情味濃厚」的故事磨練自己，他通常把「傑克．哈特秀」描述成是把一份八卦小報抹在鏡頭上。

梅根．費爾釵就是一個恰當的例子。她孩子的爹一直跟自己的父親睡覺，但是節目的研究人員卻沒能挖出她的父親從她還小開始就在性侵她。廣受爭議的那一集播出之後，梅根就灌下了一公升的除草劑，了結了她自己以及腹中胎兒的生命。

傑克公開表達了懊悔，他還不夠鐵石心腸可以冷眼以對這樣的悲劇，但是私底下，傑克跟他的製作人心心念念的卻是搏版面，希望媒體風暴能幫助他們的收視率衝破屋頂。

他睜開眼睛，掏出手機，查看他的推特回應。一看見大家仍在談論梅根的死，他就放心了，另外也有一些不入流的名人寫了悼文。他回覆了，再登入了他為紀念梅根而設立的募資網頁，捐款才剛到十萬鎊。他發文感謝，然後又往後靠，哼著他最愛的音樂劇《艾薇塔》（*Evita*）裡的那首〈錢滾滾而來〉（*And the Money Kept Rolling In*）。

四十五分鐘後，計程車停在傑克位於達利奇的大豪宅。他謝了司機，看到外頭沒有更多攝影師在等他，既鬆了口氣，又失望。他只能數到五個。他們一定是在酒吧外得到他們想要的新聞了，不必再辛苦過河了，他心想。他下了車，從乘客座的車窗付錢給司機。攝影師又拍了起來，刺眼的閃光燈從黑色的計程車和周遭的房屋上彈開。

他從這一小群人中擠過去，打開了院門，心想在南倫敦達利奇寧靜一隅發生的這種荒誕的一幕很快就能貼在全國的各個媒體上了。

「你有什麼話要對梅根．費爾釵的母親說嗎？」一名攝影師問。

傑克停在前門，轉過來說：「妳為什麼不照顧好女兒？」他頓了頓，沉思地瞪著鏡頭，任閃光燈此起彼落。然後才向後轉，打開了前門，走進屋裡，在閃爍不停的燈光中關上門。

警報器發出了警示音，他鍵入了四位數的密碼，螢幕變綠，警示音就停止了。傑克脫下了薄外套，拿出皮夾和鑰匙，放在走廊桌上。他進入一處開放式的客廳，客廳面對著漆黑的花園。他打開了電燈，寬敞的空洞空間回瞪著他。他走向冰箱，駐足一下看著門上的圖畫，是他的小兒子和小女兒手繪的。他打開冰箱門，拿出一瓶啤酒，啤酒蓋無聲無息就打開了，沒有發出嘶嘶聲，瓶蓋掉在流理台上。

他喝了一口，冰涼的，卻有點跑氣。他走回冰箱去看，這是最後一瓶了。他很確定還有三瓶的……他思索了一會兒，關掉了電燈，轉身上樓。

客廳有一會兒什麼動靜也沒有。樓上的浴室傳來砰砰聲，然後蓮蓬頭打開了。就在這時，一條精壯的黑衣人影緩緩鑽出雜物間的門，整個人沐浴在陰影中。他動作敏捷地穿過了廚房，拾級而上，每一步都踩得很穩，避免發出噪音。

平台一片漆黑，一束光從浴室射出來，照在地毯上。夜貓子移向門，兜帽只露出了一雙眼睛。

傑克的體格強健柔韌，夜貓子盯著他淋浴，看他塗抹香皂，洗髮精的白色泡沫堆在他的濕髮上。一道帶著香皂沫的水從他剛健的背往下流，流經他的屁股。傑克一邊淋浴一邊輕快地哼著歌，卻不成曲調。

「你讓我噁心。」夜貓子低聲說。哼歌停止了，傑克低頭沖水，濕髮跟海豹一樣光滑。站在那兒盯著看，神不知鬼不覺，是教人迷醉的事。想到全國的人都在談論這個人……這個傲慢自私的王八蛋。吱的一聲水停止了，夜貓子趕緊躲進陰影裡。

傑克從淋浴間出來，經過了他兒子和女兒的臥室，兩間空蕩蕩的房間都被他關著門。關著門他就能夠每晚經過而不感覺後悔與渴望。他走向優雅的主臥室，手裡握著那瓶啤酒，另一手抓著毛巾擦頭髮。他赤身裸體坐在床上，把毛巾丟在地毯上。啤酒很快就變溫了，所以他把最後一口喝光，空瓶子放在沒人睡的那一側的床頭几上。

他想到了妻子溫暖舒服的身體，她總是坐起來，假裝在他晚回家時在看書。書總是道具，只是她醒著不睡的藉口，方便她上演她的失望。

他站起來，想再去拿一瓶酒，卻突然覺得頭很重。他的四肢也是，而且他覺得虛脫。他慢慢躺下來，在床上挪動，找到了枕頭，伸手去拿邊桌上的遙控器，打開了電視。他一個小時前離開夏綠蒂街夜店的畫面出現在天空新聞台，螢幕下方的紅字寫著「最新消息：通訊管理局即將調查傑克．哈特爭議」。

傑克環顧室內，電視新聞似乎綻放出一條條的色彩，他一抬頭，房間猛地天旋地轉，他立刻又倒回枕頭上。另外，他也在發抖，儘管氣溫很高。床的旁邊似乎有一抹黑色的東西在動，他的頭抽動了一下。門邊有一道閃光，一閃即逝。內心深處，傑克知道不對勁，說不定他是感染了什麼二十四小時流感之類的。*等等，我應該打電話找人，如果通訊管理局在調查我的話，*他心裡想。

夜貓子行動敏捷，在樓下移動，把前門鎖牢，再拿了一小把剪枝刀剪斷了家用電話旁的網路數據機線和電話線。數據機上的燈光眨了眨就滅了。夜貓子移向傑克掛在門廳上的薄外套，掏出口袋裡的黑莓機，迅速移除了SIM卡，把黑莓機拋在地上，用腳去踩，踩破了螢幕。最後的任務就是把電源關掉。警報器面板嗶嗶叫，夜貓子鍵入了密碼，接著躡手躡腳。樓上隱隱傳來呻吟聲，夜貓子一手扶著欄杆，緩緩上樓。

傑克躺在床上，房間現在旋轉個不停，他花了幾分鐘才明白電視漆黑一片、寂靜無聲。驚惶似乎近在咫尺，是一種模糊遙遠的情緒。他的心思飛回老婆茉麗身上，伸手去摸旁邊，摸了個空，整個人糊塗了。她去哪兒了？

他感覺到床墊動了，有人爬上了床，他伸出手，摸到了溫暖的身體。

「茉麗？」他對著寂靜沙啞地喚，到處摸索，碰到了薄衣料下的肉體。「茉麗？妳是幾時回來的？」儘管被下了藥，他還是記得太太走了，離開了他。帶著孩子搬出去了。他全身一僵，想抽身退開。

「噓……放輕鬆。」一個人說。不是茉麗的聲音，反而是尖銳中帶著一種奇怪的高調門。

傑克想躲開，身下的床鋪卻傾斜晃動。他的四肢一點力氣也沒有，動作也不協調。他去抓床頭几上的電話，卻把電話打翻到地上。然後他感覺到有人爬上了他的背，而他被翻過來躺正。他想抵抗，卻四肢無力，但是敏捷強壯的手把他的手腕抓在一塊，把他翻了過來。

傑克想要大喊，嘴巴卻無力，發出的聲音模糊虛弱：「你似隨？」

「只是一個想要十五分鐘名氣的人。」那人笑著說。傑克聽到了拉鍊的聲音，然後是劈啪聲，接著一個塑膠袋就慢慢套上了他的頭。那雙手動得很快，拉扯著一條像是束帶的東西，傑克感覺到它在他的脖子上漸漸收緊。他開始呼吸得更快，塑膠袋劈啪響，包住了他的頭，越來越緊貼著他的皮膚。一隻眼睛緊閉著，另一隻眼睛卻被塑膠袋黏住閉不上。接著就沒有空氣可以呼吸了。

夜貓子牢牢按住塑膠袋，享受著聲響：粗重的喘息和乾嘔聲。傑克繼續掙扎，活下去的意志力讓他的力氣變大。說時遲那時快，傑克猛地抬頭，撞上了夜貓子的臉，痛得他要命，他加大了手勁，把傑克脖子上的拉繩拉得更緊，再一拳重重捶打塑膠袋底下扭曲的臉。

傑克的最後幾個想法是攝影師可能仍在外面，還有這個新聞可精采了。

最後，傑克哆嗦了一下，虛弱地哀鳴了一聲，就動也不動了。夜貓子躺在屍體旁邊幾分鐘，盯著他看，欣喜欲狂地呼吸著，全身因興奮而顫抖。

然後夜貓子悄悄起身，溜出了屋子，像一條影子。

28

雖然是一大清早，高溫不減反增。路易申街警局的四壁似乎散發出高溫，電風扇雖然開到最大，事件室裡仍像烤爐。摩斯站在白板前，對著愛芮卡和小組說話。

「月桂路十二號的畫框上沒發現指紋，但是我們查出了一個葛瑞格利．蒙羅的對門鄰居目擊的年輕人身分，」她說。「昨晚，瑪黎和克勞德．莫利斯幫我們拼出了畫像。」

愛芮卡和其他警員都注視著貼在葛瑞格利．蒙羅和蓋瑞．威姆斯洛照片中的新面孔。是一名年輕男子，暗色頭髮向後梳，露出高額頭和瘦削的俊臉。

摩斯接著說：「華倫警員決定要擴大追查，昨晚大半夜在查閱應召男網站……」

有人吹口哨，華倫翻了個白眼，臉都紅了。

「查到了這個……」

摩斯把一張從某個叫「租男仔」網站的大頭照釘上白板，跟那張畫像有驚人的相似之處。瞪著鏡頭的帥哥有一雙綠眸和設計過的短鬍。摩斯停下來用捲高的衣袖擦額頭，朝華倫點個頭。

他站了起來，略顯害羞。「嗯，對。他的花名是喬迪勒維，網站上說他十八歲，住在倫敦。他的收費是一小時二百五十鎊，看起來只要價錢談得攏，他什麼都肯做。當然，他沒有寫出真實姓名和地址。我跟網站的管理人聯絡過，他說註冊是匿名的，所以無法追查，不過我會繼續調查。」

摩斯對他眨眨眼，他就坐了下來。「好，我們大家都可以同意畫像就是這個傢伙。」她指著畫像和喬迪勒維的大頭照。「我覺得這個可能是真正的突破點。」

一陣掌聲。愛芮卡從印表機那邊站了起來，心情沉重。

「做得好，摩斯和華倫，謝謝你們。可是我必須讓各位知道在和馬許總警司以及助理總監仔細談論過之後，這件案子要移交給專門偵辦性動機命案的凶案調查小組了。」愛芮卡解釋道。「我要請你們把檔案和資料都整理好，今天下午案子就要移交。」

「老大，妳難道看不出來這條線索有多重要嗎？要是我們繼續追查這個喬迪勒維，他很可能就能直接帶我們破解葛瑞格利．蒙羅命案。他有可能目睹過什麼！」摩斯說。

「我們只是需要時間，老大，」柯廉說。「而且也不需要太久了。我們會在『租男仔』上設一個假的嫖客帳號，安排跟這個喬迪勒維見面。他也許能幫我們畫出被叫到葛瑞格利．蒙羅家的人，我們就能找到嫌犯了。」

「很抱歉，我們現在不是在辯論。」愛芮卡說。摩斯往後靠著椅背，沮喪地雙手抱胸。

「我也跟你們一樣不高興。拜託把你們的報告和一切相關資料在中午之前都歸整好。」

眾人異口同聲抗議，愛芮卡離開了事件室，走向咖啡機，投入零錢，按下了磨損褪色的「卡布奇諾」鍵，卻毫無動靜。她捶了機器一拳，然後是又一拳，再一拳，把一股怨氣都發洩在白痴機器上。沒聽到摩斯走過來。

「沒事吧，老大？是缺咖啡因在發火嗎？」

愛芮卡轉身點頭。

「退後。」摩斯說。

愛芮卡退後，摩斯抬起了一隻腳，對準了機器正面熱氣蒸騰的咖啡杯圖案之下就是一腳。嗶的一聲，一個杯子掉了出來，開始裝填。

「妳得瞄準碟子。」摩斯說。

「厲害，」愛芮卡說。「妳的才華沒有用盡的時候嗎？」

「我得說茶也得靠這個法子，有時候按熱湯鍵也是。」

「這個還有熱湯？」

「對，牛尾湯。不過我不敢試。」

愛芮卡咧了咧嘴，取出咖啡。

「我可以問一件事嗎，老大？妳真的覺得這件案子交給別組會比較好嗎？」

愛芮卡吹著咖啡。「是的。」她很討厭不能跟摩斯談這件事，她總是忠心不二，而且是個睿智的回饋者。

「我聽說現在正有個升警司的機會，」摩斯說。「不會跟妳想擺脫掉一件燙手的案子有關吧？」

「我還以為妳了解我呢，摩斯。這不是我的作風。」

「好。那是為了什麼？我了解妳，妳不會隨便放棄案子。妳在這方面非常的查爾敦・希斯頓[3]。」

「什麼？」

「『從我冰冷死亡的手中』。」摩斯說，美國腔模仿得很差。停頓一下後。「拜託，老大，我們很接近了，我們拿頭撞牆那麼久了。」

「摩斯，我能說的都說了。我的決定不會改變了。」

「好、好。妳有苦衷。那，是就眨一次眼，不就眨兩次？」

「摩斯……」愛芮卡說，一面搖頭。

「既然妳不能告訴我是怎麼回事，那我至少能告訴妳我是怎麼想的吧？」

「我還能不聽嗎？」

「我覺得我們手上的案子太多了，而馬許有必須讓數字好看的壓力。這件案子越來越複雜，還有一點像燙手山芋，所以他是在卸載。」

「摩斯……」

---

[3] 查爾敦・希斯頓是美國步槍協會會長，他在二〇〇〇年五月二十日的年會上對反槍人士說要他放棄槍枝除非是「從我冰冷死亡的手中」掰走。這句話也成為廣受協會會員歡迎的汽車貼紙。

「我覺得只有在出現模式之後我們才能找出動機來。而要出現模式，就需要第二具屍體。」

「有道理。」

「而且我知道這件案子只要一離了我們的手，就會有什麼下場。如果有第二具屍體，就會被歸類為同志暴力，同志社群就會有沒完沒了的恐懼憂慮和爭論不休。異性戀者的命案比例高出十倍。男人強暴殺害女性，大家覺得他們很邪惡。可如果換作是同志這麼做，就會被當作是他們性向的變態延伸！一竿子打翻一船人！」

愛芮卡默默看著摩斯越來越激動。

「抱歉，老大。只是……我受夠了。我們才剛有了起點。要是我們工作超量，那別的命案調查組還不是一樣？我知道這件案子交給妳來辦就對了。我已經能看到頭條寫著：『郊區的同志暴襲』、『倫敦通勤帶的同志恐怖！』」

「我不知道妳把這件案子當作個人的事。」

「不是直接的……雅各的學校上星期為了父親節在忙著做卡片，他的笨蛋老師——剛好又是一個牧師娘——就是不能接受他有兩個母親。叫他為『在某個地方』的把拔做一張卡片。西麗亞得攔著我，我才沒衝到學校去賞她一巴掌。」

「很遺憾。」

「鳥事天天都有。我只是希望我能把這件案子辦到底，而且我希望妳會。妳不會忍氣吞聲，而且妳總是知道幾時做對的事情。唉，直到……」

愛芮卡看著摩斯欲言又止，知道她是要說「直到現在」。兩人默默站了一會兒。

「妳知道今天彼得森在哪裡嗎？」愛芮卡問。

「他請病假，老大。」

「他有說是怎麼了嗎？」

摩斯停頓的時間剛好讓愛芮卡知道她知道原因，然後才說：「沒有，老大，他沒說。我會去盯著大家叫他們在中午前把報告都整理好。」

「謝謝。」愛芮卡說，看著摩斯回頭往事件室走，心裡明白她們都有話要說卻不能說。

29

早晨接下來的時間就在低氣壓又過於悶熱的事件室中度過，而卸除調查也讓愛芮卡心裡不舒服。

摩斯說的話一直在她的腦海中浮現。從我冰冷死亡的手中……看她現在，找到了一條解開葛瑞格利．蒙羅命案的重大線索，她的小組個個累得像條狗，結果她卻要放棄這件案子！下午一點之前愛芮卡仍坐在辦公桌，瞪著電腦螢幕，摩斯走了過來。

「老大……」

「嗄？」

「妳把命案的卷宗交出去了嗎？」

愛芮卡抬頭。「沒有。怎麼了？」

「我們接到警員的電話。白人男性，全身赤裸，窒息死於達利奇的一棟屋子裡。沒有強行進入或是打鬥的痕跡。初步的身分辨識是傑克．哈特。」

「我怎麼覺得很耳熟？」

「他是『傑克．哈特秀』的主持人，一個八卦節目，觀眾都是失業勞工和待在家裡的父母。西麗亞就會看。」

「警員覺得是殺了葛瑞格利・蒙羅的凶手幹的？」

「警員還在等負責調查命案的人過去，不過聽起來像是他。這件案子還是歸我們管嗎？」

「對，名義上還是我們的案子。我們過去吧。」愛芮卡說。

30

傑克．哈特的屋子是在南倫敦達利奇的高檔地段，馬路向上急升，然後又陡降。警察已經封鎖了馬路，警戒線後有五輛警車、一輛救護車和兩輛大型支援廂型車堵住了馬路。愛芮卡把車子停在三名看守警戒線的警員附近。前方的人行道上聚集了一群人，舉著照相機和手機。

「要命喔，消息傳得真快。」愛芮卡說，和摩斯下了車。兩人從人群中擠出去，主要是青少年、一群老太太和一個緊抱著黑髮嬰兒的女人。

「是傑克．哈特嗎？」一個黃紅色頭髮的小子大聲喊道。

「那是傑克．哈特的房子，我看過他。」一個穿了唇環的女生說。

「這裡是犯罪現場，關掉手機。」愛芮卡說。

「在公共場所錄影又不犯法。」一個頭髮毛燥的嬌小女生說，揹著粉紅色的絨毛皮包，為了表明立場，她還把手機舉到愛芮卡的臉前。「笑一個，妳上了YouTube了。」

「有點敬意好嗎？這裡是犯罪現場。」摩斯說，語調平淡。老婦人都不出聲，只默默觀察。

「他是個狗雜種，那個傑克．哈特。梅根．費爾釵等於是他親手殺死的。他剝削別人，所以我為什麼不能剝削他？」一個剃光頭的男生說。他的發言給別的少年壯了膽，紛紛舉高了手機。

「把這一群再擋遠一點。」愛芮卡對著一名警員說。

「可是警戒線在這邊啊。」他說。

「那就用用你的常識，把警戒線再往遠一點的地方拉！」愛芮卡厲聲說。

就在這時，天空新聞的轉播車抵達了，車頂有個大衛星碟，停在馬路對面。

「如果你需要更多警員，沒問題。做就對了。」愛芮卡說。

「是，長官。」警員說。

愛芮卡和摩斯簽到，鑽過警戒線，朝屋子走。

愛芮卡和摩斯由一名警員領進屋裡，門廳的溫度較低，裝潢得很有品味，牆上掛著一面大鍍金鏡，奶油色地毯通向樓梯，扶手是暗色木頭。兩人跟著警員上樓，來到一個長形平台，地毯繼續向前。屋子裡靜得讓人發毛，愛芮卡這才明白屋子的隔音一定很好，阻擋了馬路上的喧囂。主臥室在平台的盡頭。陽光從打開的門裡射出來，灰塵在空中慵懶地旋轉。

「天啊！」摩斯說，繞過了臥室門。死者赤裸的身體大字形躺在床上，個子滿高的，蒼白的皮膚很光滑，幾乎沒有體毛。他仰天而躺，頭上套著塑膠袋，緊緊綁在他的脖子上。他張著嘴，睜著一隻眼睛，嘴唇被塑膠袋壓得扁扁的。另一隻眼有嚴重的瘀傷，腫脹緊閉著。他的嘴唇往後拉，好像是在露出牙齒。

「是誰發現屍體的？」愛芮卡問。

「他的節目製作人，」警員解釋道。「她爬上來，打破了妳們後面的窗戶進來的。」

兩人轉身看到了大窗戶，窗外是花園。玻璃上有個洞，周遭是蛛網似的裂痕。窗框下的奶油色地毯上散落著碎玻璃。

「那她確認是傑克．哈特了？」愛芮卡問。

「對。」警員點頭說。

「他的秀不是週一到週五的直播秀嗎？今天是星期五。」摩斯說。

兩人沉吟了一會兒。

「好吧，我們需要叫鑑識科趕緊過來。」愛芮卡說，伸手去掏手機。

艾塞克．史壯和一組鑑識人員很快就到了，穿著藍色連身服開始蒐證。兩個小時後，愛芮卡和摩斯又回到樓上的臥室，也穿著藍色連身服。床的四周擺了一排不鏽鋼箱子，供警員踩踏，以免污染了證物。

「好吧，艾塞克，你覺得是那個殺了葛瑞格利．蒙羅的凶手嗎？有塑膠袋，他全身赤裸，單身男性。」愛芮卡開口就說。

「我們先暫時別這麼假設。」艾塞克說，從雙人床的另一邊抬頭看她和摩斯。一名犯罪現場攝影師俯身在他們中間拍攝屍體。「他死了不到二十四小時，我們仍然能從他緊握的雙手和嘴巴眼睛看到屍僵的證據。這棟屋子面東，尤其是這個房間，全天都在陰影中，所以溫度促進了相對而言是典型的腐敗。他被拍到昨晚很晚回家，所以這是常識，而不是科學。塑膠袋綁在下巴之下……」艾塞克指著拉繩被緊緊綁住，咬入皮膚的地方。「可能有過打鬥；左眼瘀血嚴重，是鈍器打擊所致，可能是一隻手或是拳頭。床頭几上有啤酒空瓶，我們送去毒物檢驗了。床鋪四周和房間內也一樣沒有什麼搏鬥的痕跡，非常乾淨整齊。被害人可能是喪失了行為能力……被凶手壓制住了。沒有性侵的跡象。還是那句老話，等我把他剖開來我會知道更多。」

「這是什麼，床單上？」愛芮卡問，指著覆蓋住屍體旁邊的暗藍色床單上的一個白灰色殘留。她蹲下來查看床底下。裡面有幾雙丟棄的襪子和一層厚厚的灰塵，原封不動。

「灰塵，」她說，回答了自己的問題。「是床底下的，被帶到了床墊上。」

「唉唷，有人躲在床底下。」摩斯說。犯罪現場攝影師俯身拍了屍體的大特寫，閃光燈刺眼。突然間，一道閃光從他們背後亮起，愛芮卡轉身看到一個男人蹲在臥室窗外的一片平頂屋頂上。他削瘦，頭髮剪染成鮮藍色的龐克頭，穿著丹寧布短褲和一件黑色的AC/DC[4]T恤。他把相機鏡頭推進了窗上的破洞裡，又拍了兩張照片。

「嘿！」愛芮卡大喊，扯下了口罩，走向窗戶，但是那個人往下一縮，又從她的腿間拍了幾張照片。他快速移動到平屋頂的邊緣，隨著清脆的碎玻璃聲，開始往下爬，攀著一株生長在排水槽四周的茂密紫藤。

[4] AC/DC是澳洲的重金屬搖滾樂團，一九七三年成軍，至今仍活躍。

「靠，那是誰？」愛芮卡說。

「像是狗仔隊。」摩斯說。

兩人看著窗外，那人已經在草地上了。後花園沒有警員。愛芮卡看了摩斯一眼，兩人立刻衝出了房間。

31

愛芮卡和摩斯奔向主樓梯，險些就撞上了端著一盤裝袋物證的犯罪現場技術人員。兩人衝下樓梯，跑進開放式客廳，移向面對著後花園的落地窗，愛芮卡忙著開門。那個藍色龐克頭攝影師正朝花園右邊的籬笆跑。

「我需要打開這個！」愛芮卡大喊，搞不清那些抬頭看著他們的藍衣鑑識人員誰是誰，他們全都只露出好奇的眼睛。

「老大，這邊！」摩斯喊，從那台美式冰箱旁的一道門出現。愛芮卡跟上去，這扇門通向一間雜物間，裡頭擺了一大台洗衣機和烘乾機。一扇長窗面對著景觀美麗的花園，卻不見攝影師的蹤影。摩斯去拉那扇結實木門的門把。

「鎖住了！而且還他媽的沒鑰匙！」她高喊。兩人看著窗外，看到那個攝影師已經翻過籬笆一半了。洗衣機和烘乾機的上方架子上放著清潔劑，愛芮卡在底下的架子上看到了一把沉重的金屬鑰匙。她抓過來立刻去開鎖，門開了，兩人衝進花園裡。愛芮卡高速向右，抓住了木籬笆的頂端，引體向上，摩斯也緊跟在後。她落在另一端的焦褐草皮上，跑過花園時一邊去抓無線電。

「他會從達納姆路出去。」摩斯在後面大喊。

「有嫌犯會從達利奇區達納姆路邊界的花園逃走，我這裡需要立刻支援。」愛芮卡來到了第二戶花園的對面，把自己舉上去，翻過圍牆，輕鬆落在另一邊。她能看到攝影師仍在前面，藍色龐克頭消失在下一道籬笆後。我不能讓這傢伙帶著犯罪現場照片溜掉——不用幾分鐘就會上傳到網路上，愛芮卡心裡想。

她疾衝過下一戶的花園，繞過一架塑膠鞦韆，翻過籬笆，不幸落在及膝深的水池裡。

「嘿，妳擅闖民宅！那是錦鯉欸！」一名年輕女性叫嚷著，從露台出來，穿著短夏日洋裝，戴墨鏡。

「我是警察！」愛芮卡高聲喊，從水池裡出來，跑向下一道籬笆。她看見她快追上攝影師了：他跑到下一戶花園邊緣的籬笆了，一條腿勾上了頂端。

「攔住那個人！」愛芮卡大叫，雖然是應當說的話，聽來卻空洞可笑。她轉頭看到摩斯翻過了籬笆，一頭栽進水池裡，潑啦一聲。露台上的女人這下子嚷嚷得更大聲了。

高溫不饒人，愛芮卡除了衣服之外還罩著犯罪現場連身服，已經虛脫了。摩斯從水裡出來，頭髮上還有水草。

「我沒事，老大，快追！」她大喊。愛芮卡繼續跑，爬上籬笆，翻了過去，覺得小木片刺穿了她的連身服，扎進了她的小腿肚。她看到攝影師跑到最後一家的花園邊緣，那是一道淡色的磚牆。

「給我站住！」她大吼。

攝影師轉過來看著她，滿臉通紅，藍色龐克頭仍像魚鰭般倒豎。他把相機固定在肩膀上，對她比中指，用力一躍，抓住了磚牆頂，往上爬。

愛芮卡跑過最後一家花園光禿的土地，經過了一堆龜裂、覆滿水蛭的鳥浴盆。攝影師的腳溜了一下，奮力往牆頭上爬，愛芮卡及時抓住了他的一條腿，他用力踢，踢中了她的臉，雖然他穿的是運動鞋，她的臉頰仍痛得要命。她再去抓他的腳，抓掉了他的一隻鞋子，但是他掙脫了，翻過弧形牆頭。她聽見砰的一聲，還有一聲慘呼。

愛芮卡輕輕鬆鬆就躍上了牆頭，很慶幸自己長得高。她跨坐在牆頭上，看到牆外面的這一側人行道較低。攝影師只剩下一隻鞋子，又重重落在沒穿鞋子的那隻腳上，他摸索著相機，想要跛行逃走。愛芮卡往下一躍，輕鬆落在人行道上，她的行動比他快，一把抓住了他。他掙扎，想要擺脫她。

「不……你……休想……」她上氣不接下氣地說。幾分鐘後，摩斯也出現在牆頭，慢慢溜下來，落在人行道上，拔腳立刻衝過來，把攝影師的雙手反剪，上了手銬，而愛芮卡一直抓著他不放。

「他媽的臭娘們！」他大呼小叫。

「你需要冷靜下來。」愛芮卡說。

「為什麼？妳是在逮捕我嗎？」

「我們是在拘留你。」摩斯說。

「憑什麼？」

「就憑你沒停下來，你從現場逃離，而我們只是想要跟你談一談。你踢了我的同事的臉。」摩斯說。

「拍照又不犯法！」他說，想要甩掉她們。

「那裡是犯罪現場。」愛芮卡說。

「哼，拍犯罪現場也不犯法！」

「對，可是我要扣留你的相機當證據。裡頭可能有可助破案的線索。」愛芮卡說，努力調勻呼吸。她從沒看過摩斯這麼生氣。她的頭髮和連身服全濕透了，而且她汗如雨下。愛芮卡去抓相機，相機的帶子仍套在攝影師的肩上。她打開了側蓋，看著裡面。

「記憶卡呢？」她質問道。

「不知道。」攝影師用他綠豆大的小眼睛挑釁地瞪著她。

「記憶卡在哪裡？是不是被你丟了？因為我們可以叫人來搜索這些花園。」摩斯說。

他冷笑聳肩。「你們找不到的。」

「你叫什麼名字？」

他聳肩。

愛芮卡伸手到他被銬住的雙手間，從他的後口袋裡掏出他的皮夾，打開來，掏出他的駕照，唸道：「馬克．魯尼，三十九歲。你是為誰工作的？」

「我是自由攝影師。」

「你為什麼要拍照？」

「問得還真笨。那可是傑克．哈特啊。我又不知道他死了。」

「我們怎麼知道人不是你殺的？消息還沒有公布，也沒有正式宣布身分。」

「我說了，我又不知道他死了。他昨天晚上還好好的。」

「你昨晚在這裡？為什麼？」愛芮卡問。

「從那個女的自殺以後，他就是新聞人物了。」

「你昨晚拍了什麼？」

「他從夜店回家，然後我拍了幾張他在臥室裡的照片。」

「那是昨晚幾點？」摩斯問。

「不知道。十二點半，一點？」

「你整晚都沒走嗎？」

「沒有。」

「為什麼？」

「我得到一個線報，卡戴珊家族裡有一個在倫敦，我聽說她在夜店裡狂飲。卡戴珊家的照片可比傑克．哈特要值錢多……」

「好了，就聊到這兒吧。現在我需要你把那張記憶卡交出來。」愛芮卡說。

「我說了，不在我這兒！」

「五分鐘前還在你手上。」

他冷笑。「喔，我一定是忘了裝進相機裡了，我就是會這樣。記憶卡這種小東西實在是有夠麻煩的。說到這裡，喔，我想起來了，沒錯，我忘了。我忘了裝了。」

「知道嗎，我受夠了。」摩斯說，放開了攝影師被銬住的手臂，拉開了連身服的拉鍊，從長褲裡取出了一隻乳膠手套，捲起連身服的袖子，戴上手套。她用另一隻手揪住馬克的藍色龐克頭，把他的頭往後拽。

「嘿！妳這是幹嘛！噢！」他大喊。摩斯把兩根指頭插進他的嘴巴，深入他的喉嚨裡。他向前仆倒，吐在人行道上。愛芮卡和摩斯及時往後跳開了一點。

「我們這也是不得已。」摩斯說，看著他又咳又乾嘔又吐口水。愛芮卡把他扭過去面對著牆。

「果然跟我想的一樣。你把它吞了，不要臉的混蛋。」摩斯說，從人行道上的一堆嘔吐物中拿出了一個黑色的小記憶卡，還滴著黏液，小心地裝進了透明證物袋裡。「吐出來比吃進去好，我媽都這麼說。」

「臭婊子！我會告妳們警察施暴。」馬克大喊大叫，倚著牆往下坐倒，仍咳個不停。

「少嘰嘰歪歪的，我用的可是乾淨的手套。」摩斯說，摘掉了手套，丟在附近的垃圾桶裡。一輛警車響著警笛轉過街角，停在他們旁邊。

「也該來了。」愛芮卡說，兩名剛才在看守警戒線的警察下了車。

「對不起，老大，我們沒料到有單行道。」一個開口就說。

「她們攻擊我，警察施暴！」馬克大喊。

「把他帶到最近的火車站再放他走。」愛芮卡說。

警察把他推進了車裡，開車離去，留下摩斯和愛芮卡在原地氣喘如牛。

「做得好。」愛芮卡說，拿起了裝著髒兮兮記憶卡的證物袋，就著光看。

「我太過分了嗎？用手指插進他的食道裡？」摩斯問。

「我聽不懂妳在說什麼。」愛芮卡說。「走吧，回屋子去。」

32

愛芮卡和摩斯回到犯罪現場，馬路口擠了更多的人，她們也看到BBC和ITN的轉播車也來了。犯罪現場主管尼爾斯．阿克曼來招呼她們，給了她們另一件藍色連身服換上。

「電話線被切斷了，就跟月桂路的現場一樣。」他在愛芮卡和摩斯換裝時說。

「是同一個凶手，一定是。」摩斯說，拉好了藍色連身服的拉鍊，戴上兜帽。愛芮卡也拉好了拉鍊，沉默片刻。她們把濕透又泥濘的連身服交給一名技術人員，讓他裝入證物袋。

「我需要你們看看能從這裡發現什麼。」愛芮卡說，把裝著記憶卡的證物袋交給尼爾斯。

「被吞下去過，但是沒吞多久。」

「應該不是問題，」他說，接過袋子。「但首先，我需要妳們看個東西。」

兩人隨著他進屋去，沿著奶油色地毯門廳走入開放式客廳，進入俯瞰後花園的雜物間。門開著，三人又踏入陽光下。遠處有除草機的聲音。

「我們檢查過屋裡所有的窗戶，都是硬塑膠、三層玻璃，除非打破，否則很難打開。全都是從內上鎖的，只有臥室例外，那裡的窗戶被傑克．哈特的同事打破了。」尼爾斯說。愛芮卡和摩斯順著他的視線看著屋子後牆上方的破玻璃。「沒有指紋或是強行進入的痕跡。」

「前門呢？」愛芮卡問。

「從裡面鎖住，有一把耶魯鎖和門栓，」尼爾斯說。「所以只有這裡，雜物間的門，我相信是進入點。」

門是結實的木門，漆著深藍色亮光漆。門把是沉重的鐵把手，愛芮卡在架子上找到的結實金屬鑰匙也是由內部開鎖的。

「門是鎖著的。我們出去追那個攝影師的時候我還得先開鎖。」愛芮卡說。

「我等一下再說明，」尼爾斯說，把門關上。「如果從外面看這裡，看仔細了，會看到底部有一小條木頭上有一層比較舊的油漆。」三人在門外的草地上蹲下來，注意到門框的底部有一公分寬的淡綠色。

「門是綠色的時候，這裡曾用膠帶貼過防風條，而這片防風條最近被移除了。」尼爾斯說，打開門，走進雜物間從洗衣機的上頭拿出了一長條薄薄的橡皮，擺在門底部的綠色長條上再拿走。「有沒有看到底部剝開的地方？留下了四分之一吋的空隙。」

愛芮卡看著摩斯。

「這也不能解釋他是怎麼進來的，除非他是平斯坦利❺。」摩斯說。

「我來示範。」尼爾斯說，向一名採集指紋的鑑識人員示意，他立刻從廚房走過來，拿著一段長鐵絲和一張報紙。他把門關上，鎖好，把他們關在花園裡。尼爾斯跪下來，打開對折的

❺平斯坦利（Flat Stanley）是美國作家傑夫．布朗（Jeff Brown）創造的一個童書人物，他被告示板壓成了扁平狀。

報紙，把報紙滑過四分之一吋的門縫，再拿出鐵絲，插入鑰匙孔，輕輕一推，轉動鐵絲。愛芮卡和摩斯從窗戶看到鑰匙移動，從鎖孔裡掉出來，叮的一聲落在底下的報紙上。尼爾斯接著小心地把報紙慢慢抽出來，連同鑰匙一起，然後他拿起鑰匙插進鎖孔，打開了門。

「看吧！」他得意地咧嘴而笑。

兩人瞪著他一會兒。旁邊有條小排水管咕嚕響。

「你在鑑識科實在是大材小用了。你應該自己去開一個魔術秀的。」摩斯說。

「真精采，可你怎麼知道他是這樣進來的？」愛芮卡問。

「我們在鎖孔裡找到了一段鐵絲，另外門下的木頭上也勾到了一小片報紙。」尼爾斯說，從口袋裡拿出證物袋，動作花俏。袋子裡裝著一小段銀色鐵絲和一片報紙。

愛芮卡的腦海中跳出了一個畫面：浴室蒸氣瀰漫。馬克只在腰際圍著毛巾，把一片同樣大小的衛生紙往刮鬍子不慎刮破的傷口上貼，傷口滲出了鮮血。

再度響起的除草聲把愛芮卡喚回現實來。

「防風條上有發現指紋嗎？」摩斯在問。尼爾斯搖頭。「如果凶手是用這個門縫裡的報紙這一招進去的，那他是怎麼出來的——鎖上門然後把鑰匙放在架子上？」

「不是。就跟葛瑞格利．蒙羅的家一樣，他們可以事前來訪。帶走鑰匙，複製一把，再替換。」尼爾斯說。

「有道理。有點牽強，不過說得通。但這在法庭上能站得住腳嗎？」愛芮卡問。

「可以，再加上我們從門外取得的印子，就在下半部這裡。」他說，指著光亮的藍色油漆。

「你們採到指紋了？」愛芮卡問。

尼爾斯召喚那名指紋技師過來。「不是指紋……」他給他們看一張白色卡片，上頭有一隻輪廓完美的耳朵。「他把耳朵貼在門上竊聽。」尼爾斯說。

耳廓小小的，幾乎像小孩子。儘管花園裡很悶熱，愛芮卡還是打了個冷顫。

33

愛芮卡和摩斯坐進了停在屋前的警方支援大廂型車中的一輛，坐在他們對面的是妲努塔・麥克布萊德，發現傑克・哈特屍體的女人。一名警員端著三杯茶過來，放在小塑膠桌上。她們都端起塑膠杯喝了一口。

愛芮卡估計妲努塔年近五十。她一臉蒼白驚惶。暗色長髮，亮麗柔順，劉海整齊。骨架大，穿著印花裹身裙，搭配一條粗腰帶。她脖子上的掛帶吊著一支大手機，腳上是一雙桃紅色鞋尖的運動鞋。

「妳是怎麼認識傑克的？」愛芮卡問。

「嗯，我是他節目的執行製作，我們也是『哈特布萊德媒體』的夥伴，那是我們的公司製作這檔秀。」

「妳認識他很久了嗎？」

「對，我們念同一所大學，都是新聞系的。」妲努塔看著她們，眼裡有著不敢相信。「我能抽根菸嗎？我已經問了妳們的同事兩個小時了。」她指著門口那名年輕的警員。

「當然。我也可以來一根。」愛芮卡說，掏出了香菸和打火機。

「抱歉，裡面不能抽菸——健康和安全問題。」一名髮色暗的警員說。

「那，你到外面去呼吸，我們會小心不把家具燒了。」愛芮卡說，拿了根菸插進嘴角，順手把那包菸遞給妲努塔，她感激地抽了一根。愛芮卡為兩人點菸，警員想要再說什麼，想想又作罷。

「妳能想到有誰會這樣子對傑克的嗎？」愛芮卡問，把那包菸放到桌上。車頂的電風扇起勁地吹著，卻還是很熱。

「這樣的人多了。」妲努塔說，吐出煙來，低頭看著小塑膠桌。

「妳需要說得仔細一點。」摩斯說。

「他是聖誕童話劇裡的惡棍……他是馬麥醬。幾百萬人喜歡，同時也有幾百萬人討厭。他在《太陽報》當過多年的調查記者，後來轉到《鏡報》和《快報》、《世界新聞》。他是一個很好的記者。總能拿到報導，無論代價是什麼。他和他太太幾個月前分居了，在被逮到和我們的一個研究員睡覺之後。所以他在一路攀爬上位的路上樹立了很多敵人，可是誰沒有呢？我想不出會有誰……那樣……」妲努塔的眼裡都是淚，然後她以手背擦掉。「自從梅根．費爾釵自殺之後，他就一直收到仇恨信。唉，是仇恨男性，大部分是網上的酸民。」

「他對梅根的死是什麼感覺？」

「妳覺得呢？」妲努塔厲聲說。「我們都很震驚。最瘋狂的事是梅根寫信給我們的。她來倫敦試鏡，兩次。我們向每一個人說明節目是什麼性質，我們警告過他們媒體會瘋狂報導，可能還會有人侵擾，可是他們仍然想要十五分鐘的成名，雖然他們差不多只分配到五分鐘的時間，更別提什麼十五分鐘了。傑克老是說他希望安迪．沃荷[6]還活著，就能看看有多少瘋子準備要上電視。」

「妳是幾點到傑克家的？」

「不曉得，十一點左右吧。他應該來跟製作人和電視網開緊急會議的，討論梅根的事。」

「節目不是每天早上九點實況播出的嗎？今天是星期五。」愛芮卡說。

「只有週一到週三是實境秀，另外兩天是在週三錄好的，可以節省攝影棚的費用。」

「那妳沒看到附近有什麼人？」

「沒有，我只看到臥室就嚇壞了，爬下來到後花園去打電話報警。」

「妳認識傑克的太太嗎？」

「認識，克萊兒，她在兩個月前離開他了，帶著孩子。」

「他的孩子多大了？」

「一個九歲，一個七歲。」

「我在報上看到她得了癌症？」摩斯說。

「她在離開他之後一個月確診的，傑克叫她回來，想要彌補，可是她拒絕了。媒體沒報導這個，他們寧可把他打造成惡人，說他是在她生病的時候劈腿的。克萊兒搬去和她母親住，在惠斯塔布的海邊。」

「妳跟傑克談過戀愛嗎？」愛芮卡問。

「我們念書的時候上過幾次床。我現在結婚了，傑克就像我的兄弟。」妲努塔的香菸燒到了盡頭。愛芮卡把一只塑膠杯推到桌子中央充當菸灰缸。

「妳是怎麼進屋去的？妳說妳是爬上去的？」摩斯問。

「對。我從後面爬上臥室的窗子。」

「妳通常都這樣？」

「不是。嗯，以前有過一次，有一天該拍實境秀他卻在家裡睡覺，不過也不能怪他，他才剛主持過二十四小時的慈善節目『傳簡訊給聖誕老公公』。他根本就睡得像死人……我是說他睡得很沉。我爬上去敲玻璃，把他叫醒。」

「今天妳卻打破了玻璃？」

「對。」

「為什麼？妳是覺得他還沒死？」

「不……對……我不知道。他的頭上套著塑膠袋，我還以為我救得了他。屋頂上有一個小石頭菸灰缸，傑克通常會到那兒去抽菸。我拿那個砸破玻璃，然後我就爬了進去，才知道他沒救了……」

❻ 安迪・沃荷（Andy Warhol, 1928-1987）是美國視覺藝術運動「普普藝術」的開創者之一，就是他發明了「成名十五分鐘」的理論。

「妳覺得他是自殺嗎？」

「不。」

「那妳覺得是怎麼回事？」

「我不知道。」

「傑克是異性戀嗎？」摩斯問。

「他當然是異性戀！而且他也不恐同。我們的節目有些同志同事，他跟他們相處得都很好。」

「他酗酒嗎？嗑藥嗎？」

妲努塔從小小的車窗看著房子，在命案現場忙碌的警員進進出出的。

「我們的問題絕對不會外洩，這有助於我們調查。」愛芮卡說。

「他喜歡抽……」

「大麻？」

妲努塔點頭。「他有一次還吃搖頭丸，幾年前在我們拍火人祭❼紀錄片的時候——可是我們都吃過。他喜歡去酒吧狂飲，可是我不會說他有酗酒或是用藥的問題。」

「好。」

「屋子是他的嗎？」摩斯說。

「對。」

「妳還能想到什麼事情嗎？」

「在妳們通知他太太時可以婉轉一點嗎？她的日子過得很辛苦。」

愛芮卡點頭。她們從窗戶看著一個黑色屍袋放在擔架上從屋子出來，被抬進了救護車裡。馬路的另一頭簇擁了更多看熱鬧的人。閃光燈此起彼落，像發亮的小針孔。

有人敲了廂型車打開的門，柯廉把頭探進來。

「老大，可以說句話嗎？」

「謝謝妳，妲努塔。我們會安排人送妳回家。」愛芮卡說。妲努塔虛弱地點頭。愛芮卡和摩斯告退，下了車。

「有個鄰居想跟妳談一談。她說昨晚有人闖進她家，偷了一些嬰兒服。」柯廉說。

「她怎麼能確定？」愛芮卡問。

「衣服是從她的孩子身上脫下來的。」

❼火人祭（Burning Man）是每年於美國內華達州沙漠中舉辦的活動，為期一週。

34

「沒有別的東西被偷？」愛芮卡說，朝育嬰室的兩扇窗移動。房間是在一樓，正對著戶外發黃的草皮和過於茂密的花床。陽光流入，在一張米色新地毯上投射出兩方明亮的光塊。牆壁新漆成白色，還有一排行進中的七彩大象。

「對，沒有別的……」年輕女子說，她家和傑克．哈特家只隔了兩戶。她面色蒼白疲憊，緊緊抱著深色頭髮的女兒。兩人都有豐厚的短髮和褐色大眼。

摩斯從房間中央獨立式的木頭嬰兒床走向左邊牆下的一座五斗櫃，櫃子上有一個換尿布墊、一瓶乳液和嬰兒監視器。

「這個監視器當時開著嗎？」摩斯問。

「對。」

「監視器整晚都開著嗎，墨菲太太？」愛芮卡問。

「叫我凱絲就好。對，是整晚開著。我們的臥室在隔壁。我常常會來看看莎曼珊。」

「有多常？」

「每隔三小時。我設了鬧鐘。」

「妳知道衣服是幾時不見的嗎？」

「我不確定。我直到早晨才發現不見的。」

「那妳沒有從監視器上聽到什麼動靜？什麼事後想起來覺得奇怪的事？」摩斯問，走過來伸出手指。小女娃抓住了她的手指，咯咯笑。

「沒有。莎曼珊是個不哭不鬧的小寶貝。我一直等到聽到外面的騷動以後才發覺不對勁。傑克・哈特真的是被勒死的嗎？就跟兩星期前那個醫生一樣？」

「我們不能談論案件。」愛芮卡說。

「這裡是我家！我有權知道！」

「我們認為他的死因很可疑，我們只能說這麼多。」

「他的人不錯，傑克・哈特。他是街上少數會跟人打招呼的，他會問候莎曼珊。從門縫塞張賀喜卡。一點也不像電視上的那個人。」

「這兩週來有人在這附近出沒，挨家挨戶兜攬警報器生意嗎？」摩斯問。

「我沒聽說過。等我先生回來我可以問問他。」

「他幾時回來？」

「晚上，很晚。他在城裡上班。」

「好。昨晚窗子是開著的嗎？沒發現強行進入的痕跡。」

女人一臉慚愧。「對，可是我只開了一道縫。這一區通常很安全，我們的房子又是夾在社區中間。昨晚實在是太熱了，我不知道該怎麼辦，我不想害她著涼，又不想害她過熱。撫養孩子的資訊都互相矛盾……」她哭了起來，把孩子抱得更緊。

「莎曼珊是妳的第一個孩子？」摩斯問，手指仍被抓在小女娃的手中。凱絲點頭。「當媽媽很辛苦，」摩斯說。「大家都很辛苦，可是沒有人願意承認有多辛苦。我還是以警察的身分說的呢。」

凱絲放鬆了一點，露出笑容。愛芮卡環顧剛油漆過的育嬰室，只有一隻耳朵在聽摩斯和鄰居討論育兒經。她把母性推到心靈的後部，走向窗子，看著窗外的草地。

「妳確定不是妳先生或是保姆把外套拿去洗了？」

「我們沒有請保姆。我整個屋子都找遍了，洗衣籃也找過了。晚上只有我會起來查看她，而她也太小了，還不會解鈕釦……」凱絲的聲音又是越說越小，把小莎曼珊摟得緊緊的。「為什麼會有人做這種事？真變態。根本就是故意在散播恐懼。我要把窗子全都鎖起來，我再也不會開窗了！」

幾分鐘後愛芮卡和摩斯從屋子出來。

「我要把那間育嬰室從上到下檢查一遍。還有這一排房子每一家的花園都給我仔細排查一遍，」愛芮卡說。「無論凶手是誰一定很快就會在哪裡出錯。他已經殺了兩個人了。」

「那現在是變成連續殺人犯了？」摩斯說。

「不見得。不過為什麼帶走嬰兒服，而且沒有傷害小嬰兒？說不通。他也在事前去過死者家，光天化日之下，而我們卻什麼線索也沒有。」

「我們有一隻耳朵。」摩斯說。

愛芮卡思索著那隻耳朵印子，指紋紙上的黑色輪廓，想到就覺得全身發冷。

35

愛芮卡回到公寓已經很晚了。她打開前門，熱氣和黑暗讓人招架不住。她打開了門廳的燈，但是燈卻不亮，她站在漆黑的門口一會兒，接著公共走廊上的定時燈滅了。她被黑暗包圍住了。

傑克．哈特的臉孔浮現在她的眼前。他的一隻眼睛被塑膠袋卡住，合不起來。沉默的尖叫。

愛芮卡做了幾個深呼吸，又回到前門，按下了定時器開關。燈又亮了，開始發出輕微的滴答聲。她又回到公寓門口，掏出手機，啟動了手電筒。明亮的弧光照亮了公寓內部，她小心翼翼前進，進了臥室，在牆上摸索，找到了電燈開關，但是按下去卻不亮。她一隻手臂從左揮到右，照亮了房間的四角，蹲下來檢查床底下，再打開衣櫃門。

什麼也沒有。

更多的影像湧入她的心頭：葛瑞格利．蒙羅、傑克．哈特。赤裸地仰躺著，赤裸的身體暴露著，頭顱在透明塑膠袋中變形。

卡一聲，她的前門關上了。

「靠。」她壓低聲音說。心臟開始怦怦跳。她的皮膚上仍帶著魚池水的噁心味道。她急忙離開了臥室，留意著前門，伸手到浴室後去扯電燈拉繩，用力一拽，卻毫無動靜。她繞過浴室門，拿著手機往裡照。空的：白色馬桶、浴缸、洗手台。她把白色浴簾一把扯開，什麼也沒有。手機的光被鏡子彈回來，害她眼花了一下。她努力甩掉眼花和視線上的亮點，匆匆從浴室出來，經過前門，走進客廳。

她又按了一次電燈開關，還是不亮。客廳跟她離開時的狀況一樣：一團亂。幾隻蒼蠅在廚房流理台上沒洗的咖啡杯上方盤旋。她放鬆了一點。公寓裡沒有人。她回到前門，把鍊子扣上，再回到客廳裡，抓住露台窗戶上的百葉窗繩子，呼的一聲把百葉窗往上拉。

一個高個子男人站在窗前。愛芮卡尖叫一聲，踉蹌後退，撞到了咖啡桌，桌上的杯子都被撞到地上。

她失手掉了手機，整個房間又陷入黑暗。

36

愛芮卡跌在地上，那個高個子靜止了一會兒，隨即微微搖動，透過玻璃窗說話。「老大？妳在嗎？是我，彼得森。」他用雙手罩著玻璃往裡看。「老大？」

「你他媽的跑來我的公寓幹嘛？」愛芮卡說，爬了起來，拉開了露台門。附近天空的光害讓彼得森沐浴在橘色的光圈中。

「對不起，我找不到前門。我不知道是在大樓的側面。」

「虧你還是個刑警，」愛芮卡說。「在這裡等一下。」

她在咖啡桌下摸到了手機，又打開手電筒，抓過一張椅子，站上去搆電視上方牆上的保險絲箱，打開來，重設跳匣開關。瞬間公寓燈火通明，只有門廳的那盞燈不亮。

她現在能清楚看見彼得森站在打開的露台門裡，穿著藍色牛仔褲，一件舊愛迪達T恤，鬍子兩天沒刮，揉著充血的眼睛。

「燈泡燒壞了。」愛芮卡說，不像是解釋，比較像是鬆了口氣。她從椅子上下來，撫平頭髮，明白她的樣子一定是有點慌亂。「你今天怎麼沒來上班？」她又說，上上下下打量彼得森。她能聞到酒味。

「我可以進來說話嗎？」他問。

「很晚了。」

「拜託，老大。」

「好吧。」

他走進客廳。一陣微風從戶外吹進來。「真……不錯。」他說。

「不，差遠了，」愛芮卡說，往廚房走。「要喝什麼嗎？」

「妳有什麼？」

「不會給你含酒精的，你身上的酒氣已經夠重了。」

她快速掃視過相當貧乏的櫥櫃。她有一瓶不錯的格蘭傑威士忌，還沒開封。冰箱裡有一瓶喝過的白酒，還剩幾吋。她的咖啡罐差不多是空的。

「自來水或是……昂邦果（Um Bongo）？」她冷冷地搞笑說，在蔬果保鮮室的發霉生菜下找到了兩盒熱帶果汁。

「果汁，謝謝。」彼得森說。

愛芮卡關上冰箱，把一盒果汁遞給他。自己抓出皮包裡的香菸，兩人走到露台門外鋪地磚的小方塊上，這裡沒有椅子，他們就坐在草皮邊界的矮牆上。

「我不知道現在還能買得到昂邦果欸。」彼得森說，拔出小吸管，從小錫箔口插進去。

「幾個月前我妹帶著孩子來玩幾天。」愛芮卡說，點燃了菸。

「我都不知道妳還有妹妹。」

她的香菸燃燒不全，她用力呼氣，讓菸頭燃燒。她吐口煙，點點頭。

「她有幾個孩子？」

「兩個。肚子裡還有一個。」

「男孩女孩？」

「一男一女再加肚子裡的那個……她還不知道性別。」

「一男一女都很小？」

「現在幾點了？靠，我要看晚間新聞。」愛芮卡說，一躍而起，回到客廳。彼得森也跟著進來，發現她在沙發的靠墊下翻找。

「在這裡。」他說，把遙控器從咖啡桌上一個外帶餐盒底下拿出來。愛芮卡一把搶過來，打開了電視。

ITV 新聞秀出了轉動的蘇格蘭場標誌以及訪問馬許的最後一段，馬許一臉疲憊。

「我們的凶案與重大犯罪單位把這件案子列為第一優先，」他說。「我們正朝幾個方向在追查。」

螢幕切換到「傑克哈特秀」的畫面，鏡頭掃過吵鬧的攝影棚觀眾，他們都站著，有的喝倒采，有的大聲喊叫，有的吹口哨。鏡頭又切換到一個坐在舞台上的年輕女郎跟一個穿運動服戴棒球帽的小伙子。底下的文字寫著：**我打掉了試管三胞胎就為了隆乳**。

「這是我的人生——我想幹嘛就幹嘛。」女郎說，毫不後悔。

鏡頭再切換到傑克．哈特的大特寫，他坐在這對年輕情侶的對面，很恰當地皺著眉頭。他的藍套裝一絲不苟，把他襯托得很是英俊。

「可是不單純是妳的人生吧。那三個未出生的孩子呢？」他以平穩低沉的聲音說。

畫外音說：「傑克．哈特是一名具爭議性的人物，視他為偶像和憎恨他的人一樣多，而今天他在南倫敦達利奇的家中死亡。警方並沒有公布任何消息，但是他們確認了他的死因可疑。」

「天啊，有人殺了他？」彼得森說。

「你今天是跑哪兒去了？」愛芮卡問。彼得森不說話。「他的死亡方式和葛瑞格利．蒙羅一模一樣——嗯，我們還在等毒物檢驗結果。」

螢幕上，現場觀眾在齊聲大喊：「凶手！凶手！凶手！」戴棒球帽的年輕小伙子站了起來，開始威脅前排的觀眾。

「妳覺得我們還有多久的時間媒體就會發現這件命案跟葛瑞格利．蒙羅的有關？」彼得森問。

「不知道。二十四小時，不過我希望能再長一點。」

「妳跟馬許談過了？」

「對，我在兩小時前跟他簡報過。」愛芮卡說。

新聞秀出了今天稍早的資料片：民眾群聚在傑克．哈特屋外的警戒線之外，然後搖晃不穩的長鏡頭拍到屍袋被運出屋子。

「艾塞克．史壯今晚會解剖屍體。凌晨我們就會知道結果了。」

夜間新聞結束了，換成氣象報告。愛芮卡把音量調小，回頭看著彼得森，他默默盯著電視，嘴角咬著吸管，吸完最後一口果汁。

「彼得森，你跑來我的公寓，從我的窗戶偷窺。這是怎麼回事？你今天跑哪兒去了？」

他吞嚥果汁。「我得想一想。」

「你得想一想。好吧。而你偏得拿納稅人的錢這麼做？週末是幹什麼用的？」

「對不起，老大。蓋瑞．威姆斯洛的事害我的腦袋打結了……」

愛芮卡又點了一根菸。蓋瑞．威姆斯洛的事似乎是很久以前的事了，幾天來發生的事情太多了。

彼得森往下說，聲音有些激動。「一想到我破壞了一件重大的戀童癖調查……萬一他嚇到而龜縮了呢？要是他們毀滅證據，消失得無影無蹤，繼續虐待兒童，製作那些變態的影片呢？那就等於是我直接害了那些孩子，害他們被虐待。」他舉起手遮著眼睛，下唇開始抖動。

「嘿，嘿！彼得森……」愛芮卡伸臂摟住他，按摩他的肩膀。「好了，別這樣。聽見了嗎？」

他深呼吸，用手掌擦眼淚。

「彼得森，他仍然在被監視之中。他們的掩護並沒有破綻。明天我再看能不能多了解一點。」愛芮卡瞪著他一會兒。他兩眼無神。「彼得森，怎麼回事？」

他吞嚥了一口，做個深呼吸。「我妹妹就是受虐兒，那時我們很小。嗯，她很小，我的年紀卻大到足以不……不感興趣。」

「是誰？」

「是負責主日學的那個人，西蒙茲先生。一個白人老傢伙。我妹妹去年才告訴我們。在她試圖自殺之後。她吞了一大把藥。幸好我媽及時發現。」

「他被抓了嗎？」

彼得森搖頭。「沒有，他已經死了。她太害怕了，不敢跟別人說。他跟我妹說如果她敢說出去，他就會殺了她。他說他會溜進她的房間，割斷她的脖子。多年來她都會尿床，我老是拿這件事取笑她。要是我早知道就好了。西蒙茲先生死了之後，我爸媽還去我們在佩卡姆的教堂參加了盛大的葬禮，紀念他對社區的傑出貢獻。」

「我很遺憾，彼得森。」

「我妹妹快四十了，卻始終逃不掉陰影。我能怎麼做呢？」

「你可以回來上班，你可以變成優秀的警察……外面還有很多混蛋，你可以抓到他們。」

「我很樂意抓到蓋瑞．威姆斯洛那個混蛋，」彼得森咬牙切齒地說。「要是我能跟他單獨相處個一小時……」

「你也知道是不可能的事，對不對？要是你硬去做……唉，彼得森，你不會想走這條路的。相信我。」

「我實在是他媽的太生氣了。」他說，一拳打在桌上。愛芮卡沒有嚇到。兩人默默坐了一會兒，聽著蟋蟀在蘋果樹下的黑暗中鳴叫。愛芮卡站起來，到廚房櫥櫃拿了兩只酒杯和那瓶格蘭傑，各倒了不少，帶回來，交給彼得森一杯，她也在他身邊坐下。

「憤怒是最不健康的一種情緒，」愛芮卡說，放下酒杯，又點了根菸。「我只要聽到傑若米．古德曼這個名字還是會血液沸騰。我花上幾個小時想像要怎麼宰了他。我的憤怒幾乎沒有極限。」

「他是不是……」

「他就是那個殺了我先生和四名同事的人。是那個毀了我一生，我的舊人生的人。而且他也是那個幾乎毀了我的人。但是他沒有。我沒讓他得逞。」

彼得森不說話。

「我要說的是壞人到處都是，世界充滿了真善美，但是也同樣充斥了邪惡。有人會做出恐怖邪惡的事情。你必須要專注在你能做什麼，你能影響什麼上。那些你能追捕的人。我知道聽起來太簡化了，可是我花了很長的時間才想通這一點，而它也給了我一些寧靜。」

「傑若米．古德曼現在在哪裡？」彼得森問。

「他從地表消失了，在槍擊事件之後……我不知道他是不是有內線，還是運氣好，但是沒人找到他。還沒有。」

她接著說：「我相信命運。我知道將來有一天我會再見到傑若米．古德曼，而我會抓到他。然後他後半輩子都會被關在牢裡。」後面這句話她還握拳強調。

「要是沒有呢？」

「什麼沒有？」

「沒有抓到他？」

愛芮卡轉向他，瞪大眼睛，眨也不眨。「只有死亡能阻止我抓到他。他死，或是我死。」

她別開臉，喝了一大口威士忌。

「對不起，很遺憾妳發生這種事，老大……愛芮卡……」

「我很遺憾你妹妹的事。」

她回頭看著他，兩人視線交會了一會兒，然後彼得森俯身要吻她。她一手按住他的嘴。

「不要。」

他坐回去。「靠，對不起。」

「不，不必。拜託，不要。」她說，站了起來，幾分鐘後帶著毛毯和枕頭回來。

「你就睡沙發。你不應該開車。」

「老大，真的很對不起。」

「彼得森，拜託。你又不是不認識我。我們沒事，好嗎？」他點頭。「還有謝謝你把你妹妹的事告訴我。我真的很遺憾，但是你幫我了解了一些事。好了。睡會兒吧。」

愛芮卡清醒地躺了很久，一個人在床上瞪著黑暗。她想著馬克，強迫自己去想他的臉。讓他活在她的記憶裡。她差一點就回應彼得森的吻了，但是馬克把她拉了回來。部分的她渴望床上有個男人，有一具溫暖的身體來抱住她，但此時此刻跨這一步卻跨得太大了。

讓她離開她和馬克共度的人生的一步。

37

愛芮卡不到六點就醒了。太陽從窗戶照進來，她來到客廳，彼得森已經走了，在冰箱上留了張便利貼。

上班見——
抱歉我耍白痴＋謝謝讓我在沙發上過夜
謝了，老大——
詹姆斯（彼得森）

她很高興底下沒畫吻，也希望上班時看到他不會有什麼緊張氣氛。工作氣氛已經夠緊繃了，不必再摻和上私生活。

愛芮卡走在通往停屍間的長廊上，這裡清涼寧靜，她按了鈴，抬頭看著門上的小監視器。嗶一聲，大鋼鐵門就自動打開了，裡頭的冷空氣流瀉而出，還帶著一縷縷的蒸氣。

「早。」艾塞克說，在門口迎接她。他仍穿著藍色工作服，有好幾處沾著血。

兩人穿過大驗屍房，地板上鋪著維多利亞式幾何鑽石形黑白地磚，天花板挑高，卻沒有窗戶，四壁也貼了白瓷磚。一面牆上是一排金屬門，房間中央有四張不鏽鋼桌，三張空著，被日光燈照得閃閃發亮。最靠近門的那張桌上躺著傑克．哈特的屍體。

艾塞克的一名助手，一名嬌小的華裔女孩，正在縫合Y字形的切口，從肚臍開始。她縫了一半，正在縫胸板，輕柔地把皮膚縫合起來，慢慢朝切口分開往兩邊肩膀展開的地方縫。縫線很整齊，卻很明顯。

「就和葛瑞格利．蒙羅一樣，他的血液中也有高濃度的氟硝西泮，」艾塞克說。「是以液態的形式被消化的，跟我們在他的床頭几上找到的百威啤酒瓶吻合，裡頭有大量的氟硝西泮殘留。」

「所以他是被下藥了？」愛芮卡說。

「濃度比我們在葛瑞格利．蒙羅的血液中發現的要高。我不能說這是意外或是有心設計的。傑克不像葛瑞格利．蒙羅，他比較年輕，體格是在顛峰狀態：體脂肪極少，肌肉發達。」

「凶手可能覺得需要更高劑量才能讓他失去行為能力。」愛芮卡說。兩人看著助手縫合胸部，她把兩片強健的胸肌拉攏起來。

「那你覺得凶手是同一個人？」

「我沒這麼說。相似之處很明顯，但是不是同一個人得由妳來決定。」

「好吧。死因呢？」愛芮卡問。

「被頭上的塑膠袋窒息而死。」

「他的臉部表情跟葛瑞格利．蒙羅的不同。他的臉佈滿了紅印子，皮膚的色調也有點奇怪。」

「葛瑞格利．蒙羅窒息得很快，只花了一兩分鐘。傑克．哈特的話，他的肺活量會給他在壓力下取得氧氣的能力，所以窒息的跡象和症狀就更嚴重。他臉上像小針孔的紅點是點狀皮下出血，而帶藍色的色調是由發紺引起的，因為循環不良而皮膚失色。內部器官也都有出血。」

「那你覺得他掙扎了多久才死的？」

「四、五……也許六分鐘。他的雙手被綁在背後，但是他可能劇烈扭動抵抗過，所以凶手打了他。從瘀血的左眼可以看出他的臉部挨了一拳，嘴唇和牙齦也有瘀血，表示壓力是施加在臉上的。妳應該看看這個。」艾塞克朝屍體移近。助手向後退，艾塞克輕輕打開了屍體的嘴巴。

「天啊！」愛芮卡說。

「他幾乎咬斷了舌頭，」艾塞克說。「他經歷了格外漫長又痛苦的死亡。」

「有性侵的跡象嗎？」

「沒有。」

艾塞克點個頭，助手立刻又回去縫合。毫無生氣的軀體略動了動，是縫線穿過肌肉再拉緊的緣故。愛芮卡覺得打開的皮膚比較像是有顏色的塑膠而不是人的肌膚。

「還有一樣東西我要給妳看的，到我的辦公室吧。」艾塞克說。

他的辦公室和停屍間一比就暖和多了。陽光從牆上高處的窗子流瀉而下，房間排滿了書架，架上塞滿了醫學教科書。一個iPod連接著博斯音響。桌上整理得很乾淨，筆電螢幕上有旋轉的方塊在跳動。

「用來窒息葛瑞格利・蒙羅和傑克・哈特的塑膠袋是同一款的。」艾塞克說，從桌上拿起一個證物袋，裡面裝著皺巴巴的塑膠袋，上頭有乾涸的血跡和混濁的殘留物。白色拉繩也都沾上了乾涸的血跡。

「你是什麼意思?同一家超市買的?」愛芮卡問，接過了證物袋。

「不，這些袋子是特地為幫助別人自殺而製造的，就是所謂的『自殺』袋或『退場』袋。我在葛瑞格利・蒙羅一案時就該注意到的，我一直到傑克・哈特這個案子才發覺。」

「這玩意要怎麼幫助某人自殺?為什麼不用普通的塑膠袋?」

「隨便套個塑膠袋在頭上然後等著窒息是非常困難的。我們的本能就不會讓自己窒息，我們稱為血碳酸過高警報反應。一個人缺氧時就會驚慌地扯掉塑膠袋，所以就有人想出了這種自殺袋。妳可以看見，這個袋子很深——不僅僅是剛剛好套住頭，上方還有空間。概念是你把袋子套在頭上，在底下那一條拉繩上穿過一根塑膠管，再把繩子拉緊——但是不能拉太緊，因為你用管子輸進氣體，像是氦或氮。大家都知道買氦瓶來灌氣球。他們吸入氣體，在無意識的情況下避免驚慌，免去那種窒息感和掙扎。」

「所以凶手必須要購買這種袋子?」愛芮卡問。

「對。」

「從哪兒買?」

「上網，有特殊的網站，我相信。」艾塞克說。

「所以我們有可能拿到一份買這種袋子的名單？」愛芮卡問。

「那就由妳決定了。」艾塞克說。

結束之後，艾塞克陪愛芮卡走向停屍間的入口。

「你應該睡點覺，你的氣色真差。」愛芮卡說。

「我會的。」艾塞克按了按鈕，金屬門打開了。「嗯，我知道下一週是馬克的兩週年……」

愛芮卡停步轉頭。

「忌日。」她說，迎向他的視線。

「對，馬克的忌日。如果妳想做什麼，我都在。如果妳不想，那也沒關係。我們可以一塊出去，或是在家裡。我只是不想讓妳一個人過。」

她微笑。「我希望能解決這個案子，可以讓我不胡思亂想。」

「對。只要知道我都在就好了。」

「謝謝。你跟史蒂芬怎麼樣了？」

艾塞克慚愧地看著地板。「很好。他搬進來了。」

愛芮卡點頭。

「別批評。」他說。

「我才不會批評。」她說，舉高了兩隻手。「過兩天見。」她對他咧嘴一笑，從長廊離開。

38

愛芮卡叫小組大清早來開會，她站在白板前，除了葛瑞格利．蒙羅的命案現場照片之外，又添上了傑克．哈特的。彼得森抵達時大家都就坐了。

「彼得森回來了，他還帶來了像樣的咖啡。」摩斯說，看見他端著一大盤的咖啡進來。

「妳的，老大。」彼得森說，把那盤星巴克咖啡遞到愛芮卡面前。

「你昨天怎麼沒來？」她問，拿了一杯。

「我遇到一個狡猾的中國人。」他說，接話接得不露痕跡。

「好吧，很高興你回來了。」她說，露出笑容。

「謝了，老大。」他說，一臉放心。在室內走動，分送咖啡給同事。

「那，這個狡猾的中國人。你是在哪兒遇見她的呀？」摩斯問，還邪邪一笑，俯身從快變空的盤子上挑了一杯。

「是宮保雞丁。」彼得森說。

「哇，你連人家的名字都知道了！聽起來好高級喔：是複姓呢。」

「滾一邊去，摩斯。」他笑著說。

「好了，好了，我們專心一點。」愛芮卡說。室內的每個人都靜下來聽。「好，又是老樣子，我們現在有兩件命案，間隔兩週。兩名死者的住所在十五哩的範圍之內。我可以確認兩人是用同一種方式被殺的：下藥，再以塑膠袋窒息。」

一陣喃喃聲，她停下來等待。

「一個是一名全科醫生，另一個是英國電視上的知名臉孔。所以，就像我說的，我們回到起點。而且沒有什麼問題是多餘的。」

「兩人都是男性。」華倫警員說。

「對，我們可以從命案現場照片看出來。」愛芮卡說，指著兩名男性赤裸地死在床上的照片。「然後呢？」

「他們在自己的屋子裡喝了摻入約會強姦藥的含酒精飲料，然後再被塑膠袋窒息。」辛警員說。

「對，而且兩件命案都用同一種特殊的塑膠袋。『自殺』袋或『退場』袋。可以上網買到。所以我們需要查出來有哪些網站在銷售，取得交易紀錄，信用卡交易紀錄和地址。」

「他們兩人的身高相當，」摩斯說。「葛瑞格利・蒙羅年紀較大，不像傑克・哈特那麼健壯。」

「凶手根據被害人的體格調整了劑量。傑克・哈特的藥量比葛瑞格利・蒙羅要高，所以有可能凶手在事先研究過他們。」愛芮卡說。

「兩人都在晚上被跟蹤了。」彼得森說。

「你為什麼說被跟蹤？」

「他們回家時凶手可能已經在屋子裡了……他可能隱藏在屋子附近，觀察他們。有可能不是第一次。」彼得森說。

「對，這是預謀的。他在事前監視過他們。他為葛瑞格利．蒙羅偽造了一張保全公司的傳單，他也知道要如何進入傑克．哈特的屋子。」摩斯說。

「他會不會是退伍軍人？他幾乎沒留下DNA證據。」辛說。

「也可能是在醫院或是藥局工作的。他能夠取得液態氟硝西泮和針筒……我們在傑克．哈特的床底下找到了針筒的蓋子。不過現在這些東西全都能在網路上買到。」華倫警員說。

「那可以把他和葛瑞格利．蒙羅連接起來。」彼得森說。

「可是要怎麼和傑克．哈特連接起來呢？」愛芮卡問。

「傑克沒有同志戀情或是過去嗎？」彼得森問。

「據我們所知沒有。」愛芮卡說。「他太太今天會來認屍，不過我們在詢問她時得小心一點。葛瑞格利．蒙羅有個兒子；傑克．哈特有兩個年紀小的孩子。兩名被害者都和母親的關係疏遠。有人有什麼話要說的嗎？」

一片沉默。

「這傢伙鎖定這兩個男人一定有什麼理由！」愛芮卡說，在白板上畫了一個黑色的大圓圈，圈住兩個男人的照片。

「可是本地的全科醫生跟八卦電視節目主持人究竟是有什麼共同點？」摩斯說。

「嗯，我們需要查清楚，而且要快。」愛芮卡說。「關聯會在凶手身上。無論是誰，他都選擇了被害人，監視他們好幾天，最終出手殺害。兩個命案現場都沒有採得指紋，傑克・哈特鄰居的育嬰室被闖入也一樣沒有指紋，但是我們在傑克・哈特家的後門上採到了一個耳印。柯廉，我們收到什麼報告，那個——叫什麼來著？」

「科學支援犯罪調查全國訓練中心。」柯廉說。「我才剛聽說他們正要查資料庫，裡面有兩千多個耳印要過濾。所以隨時都會打電話給我們。」

「我並沒有抱多大的希望，不過兩千多隻耳朵——機率比我預期的高。」愛芮卡說。

「我剛拿到了我們沒收的那個記憶卡裡的相片。」摩斯說，看著電腦。

「為什麼搞這麼久？」愛芮卡問。

「金屬接點彎了；那個攝影師可能在把記憶卡扯出來吞下去的時候弄彎了卡。」她說。

「好，放到投影機上來。」愛芮卡說。華倫警員從事件室後面架上抓了一台多媒體投影機，走向摩斯的電腦，接上插頭。調整了幾分鐘後，投影機對準了白板。

愛芮卡把燈關掉，室內一片黑暗，接著後牆上出現了畫面：一輛汽車在繁忙的街道上，被人群包圍。

「老大，我先快轉掉這些。」摩斯說，按著滑鼠。一連串類似的照片掠過，接著是一些狗仔照片，某個不知名的名人搭車離開常春藤餐廳，車窗玻璃漆黑。

「好，找到了。這些是傑克．哈特家。」

第一張照片是傑克．哈特在命案當晚抵家。摩斯一張一張按，連珠砲似的，幾乎像跳動的動畫。傑克走出黑色計程車，走向大門，打開，停了一會兒，轉頭說話。接著是傑克走向前門，伸手到口袋裡掏出鑰匙，打開前門，進屋。

「好，屋外的狗仔拍到他進去，」摩斯說。「最後一張照片的時間是……午夜十二點五十七分。」

她快轉照片，畫面換到了傑克．哈特的後花園。她停在一張低角度拍的照片上，這一張是仰拍臥室的窗戶，室內亮著燈。

「天啊。那個混蛋攝影師在傑克．哈特被殺前就在後花園裡了。」愛芮卡說。

接著畫面跳到在臥室窗外的平面屋頂上拍的照片。窗簾拉開來，從側面拍到床鋪。接著，又像動畫，赤裸的傑克．哈特走進臥室。一手拿著毛巾，一手握著啤酒瓶。他移向窗戶對面的床頭几，放下酒瓶，坐在床沿上。

「停！那是什麼！」愛芮卡大喊。「倒回去兩張。」

「靠，看！床底下。」彼得森說。

傑克坐在床上，赤裸的背對著鏡頭。床底下清清楚楚露出一條人形。

「等等，我可以放大。」摩斯說，迅速按鍵，滑鼠在滑鼠墊上移動。照片放大了，整個白板都充滿了那個趴在床底下的人漆黑粗糙的影像。可以分辨出兩隻手，手指張開按著地毯，下半張臉被照到，露出了鼻尖和嘴巴。

最讓愛芮卡在意的是那張嘴巴，咧出大大的邪笑，露出了牙齒。

「耶穌基督。他已經在屋子裡了，在等他。」愛芮卡說。

電話鈴響，打破了事件室的寂靜。柯廉一把抓起話筒，開始低聲說話。

「還能再放大一點嗎，摩斯？」愛芮卡問。床下的人又放大了，但是畫質太過模糊粗糙。

「我會拿給電子犯罪科的人，看他們能不能把畫質提高。」摩斯說。

「老大，妳會想聽一聽這個。」柯廉興奮地說，剛放下了電話。

「拜託告訴我是好消息——有了做這件事的傢伙的證據？」愛芮卡說。

「是證據，不過不是男的。」

「什麼？」

「尼爾斯·阿克曼一直在檢驗他從傑克·哈特家後門上取得的耳印上的DNA，還有在用來殺死他的自殺袋上的一些皮膚細胞。是個女的。」

「什麼？」

「是白人女性。尼爾斯查過了全國犯罪資料庫，沒有結果，沒有前科——不過DNA是女人的。凶手是個女的。」

事件室中一陣呢喃聲。

「那我們要怎麼樣把兩件案子連接起來？」彼得森問。

「我們已經把兩件命案連接起來了。」愛芮卡說。「怎麼！現在這個關聯有了問題，就因為凶手是女的？」

「靠，無論她是誰，她都領先我們一大步。我們一直在查男的。」摩斯說。

他們讓這句話沉澱一會兒。愛芮卡走回白板，看著床上的人形，下半張臉從陰影中出現，露出一排白森森的牙齒。

「好。我們又回到了起點。我們重新檢查每一項證據，重新檢視居民的談話。還有，把那個混蛋攝影師帶過來偵訊。我們要找的是個女人，一名女性連續殺人犯。」

39

席夢在醫院值了很長的一班之後回到家，關上了前門，汲飲陰暗門廳裡的寂靜。她脫掉外套，走向電腦，電腦就塞在樓梯下的凹角裡。她打開電腦，進入聊天室，開始打字：

夜貓子：嘿，公爵，在嗎？

幾分鐘過去了，公爵開始打字。

公爵：嘿，夜貓子。幹嘛？

夜貓子：我又看到他了。史丹。我先生。

公爵：喔？妳還好吧？

夜貓子：不算好。我知道他不是真的，可是他在那，跟真的一樣。

公爵：妳開始服新藥了嗎？

夜貓子：嗯。

公爵：哪一種？

夜貓子：酣樂欣。

公爵：多少劑量？〇．一二五毫克？

夜貓子：對。

公爵：視覺障礙是一個副作用。

夜貓子：還用你說！

公爵：我有經驗。後來提高到〇．五毫克，還是沒用：怎麼也睡不著……那妳想怎樣？

席夢盯著螢幕，微微模糊，她揉揉又累又癢的眼睛。她的失眠症是多年的老毛病了，從她被政府照顧開始，在兒童之家那時晚上被送上床後她就不敢閉上眼睛。

往後的許多年裡，至少有二十多年，她學會了適應失眠，適應麻木的虛脫感，適應那種她的身體從內部腐爛的感覺。她學會了像正常人一樣運作。

她渴望睡眠——睡眠時時刻刻都佔據著她的心思——可是每次就寢時間到（這個詞彙聽在她耳裡就像是個爛笑話），她的身體就會陷入冰冷的驚慌，驚慌是因為她知道睡眠會逃出她的掌握，她會在床上輾轉難眠幾個小時，看著數字鐘的紅色數字，滿腦子胡思亂想，控制不住。

恐懼，席夢知道，在晚上尤其橫行。世上的每個人似乎都離開了，獨剩失眠者，被困在半明半暗之中。席夢的失眠症帶她走入了一段飽受欺凌的戀情以及一次不在計畫中的懷孕，她和史丹奉子完婚之後沒多久就流產了。這種事很平常，醫生說。第一次懷孕流產是極為正常的事情。可是她卻不覺得正常。她整個人都毀了。她原以為她的人生終於走上了正軌，她是那麼的興奮，已經準備好要迎接照顧在她體內成長的小生命了。

成為新嫁娘的席夢本以為同床共枕可以有助於減輕她的失眠症，但是她又發現自己瞪著黑暗。她會看著史丹經歷每一個睡眠階段：他寬闊的胸膛輕輕上下起伏，他的眼瞼抽動，眼珠在底下快速移動。

有時，毫無徵兆，史丹費力的呼吸會中斷，他會睜開眼睛，眼神飢渴空洞。然後，在席夢覺得最脆弱、最疲憊、最沒有魅力的夜晚時刻，他會一聲不吭爬上她的身體，一隻手背分開她的腿——幾乎是漫不經心的，彷彿她的腿只是一個討厭的障礙，妨礙了他的予取予求。

剛結婚時，她忍受。性交往往粗暴，常害她很痛，但是她以為那是他對她的欲求太旺盛才會害他失控。再者，她覺得那是一個好妻子的分內之事。她應該要發出恰當的聲音，假裝享受。

而她渴望的獎勵是一個孩子，能得到再當母親的機會。

然後，有天晚上他硬戳進她的體內，他咬了她的一邊乳房。她震驚極了。震驚之情幾乎掩蓋住痛楚。他抬起頭，她的鮮血在他的牙齒上閃著光，然後他繼續。

隔天早晨他道歉了，又是流淚又是保證，絕不會有下一次，而深夜的性交也停了一陣子。

後來，慢慢地，又回到了從前。那時正好席夢失眠嚴重，連斷斷續續的幾分鐘睡眠都沒有。她虛弱絕望，所以她允許他做。幾個月過去了，接著是幾年，她拋下了一切的抗爭，因為越抗爭反倒是越助長了她先生幽暗的慾望。她自問她的人生怎麼會淪落到這個地步的。難道她沒有過夢想？難道她沒有想做的事情：旅行，逃走，變成別人？

孩子會是她的救主，她很肯定——可是孩子卻始終不來，而檢查最終也讓她知道了她不孕，因為第一次懷孕的併發症。這致命的一擊把她婚姻中的問題砥磨成一根憤怒的尖刺。席夢反覆不斷地被強暴，然後一個人在黑暗中醒著，全身都痛。每一次，史丹都會丟下她，自顧自回去睡覺。

有時，她覺得只要她能睡覺，她就能夠面對這種暴力和凌虐。缺乏睡眠豈止是折磨，更是一種未知數，一種狠毒暴行。她腦子裡的化學成分都一起密謀，讓她獨留在世間，而別人能離開，消失在他們的夢裡。

等席夢三十五歲時，她先生飲酒過量，兩人開始負債。約莫在同時，他們裝了網路，在無眠的夜裡席夢發現了一點光明：網上的聊天室。起初，她受支援團體的吸引，和另一些被凌虐的妻子對談，她們能發洩恐懼的唯一出口就是說出她們的經歷。但是她看見她自己的情況就反映在她們的貼文中，而站在外面看覺得她們很可悲。

然後她遇見了公爵。

公爵也像她一樣患了失眠症。他傾聽而不批評。他們也談正常的事情：他們喜歡的電視節目，他們遇見過的好笑的事。他們打情罵俏。

公爵形容自己是個高大黝黑的人，席夢存疑，但是她也把自己描述成一個高挑的金髮女郎，這也是謊言。他們會私下聊天，在親密的虛擬實境裡，有時氣氛會變得火辣凝重。他會描述他要如何與她性交，而她會回應。他讓她覺得被寵愛被渴望。

她向他坦承她的情況，跟他說她暴虐的先生，她從不說他的名字。她什麼也不瞞公爵。她最深沉的秘密、慾望和幻想。他也一樣。他們唯一隱瞞的事就是他們的住所以及他們真正的名字。他是**公爵**，而她是**夜貓子**。

她記不清他們的交談是從幾時開始變得較陰暗的。是她被強暴後的一天晚上。她開始用強暴來談那回事，而不是性交。她一直在埋怨醫生又給她開了新藥卻對她的失眠症一點幫助也沒有。而公爵寫道：

公爵：說不定讓妳先生吃藥還比較有效！

她瞪著螢幕很久。然後她繼續聊天。

又過了兩個晚上她才鼓足勇氣。她給史丹做肉醬義大利麵，熱番茄醬料在爐子上燉煮時，她拆開了一個安保舒眠膠囊，這是她最新的處方藥。她記得把膠囊分開，舉到熱騰騰的燉鍋上方……然後把白色粉末攪進醬汁裡。

她緊張地看著史丹吃了一大盤，飯後他到沙發上喝啤酒，頭向後仰。不出幾分鐘就睡死了。

席夢欣喜莫名，但是歡喜很快就被恐懼驅逐，她發覺自己很笨。她只想要藥倒他，什麼也沒多想。萬一他整晚睡在沙發上？萬一他早上醒來仍睡在沙發上？他會起疑的。

她以超人的力量攙起了史丹，扶著他上樓。她深信她搞砸了，害怕得快吐了，整晚盯著他。腦袋裡胡思亂想：想著逃跑，想著自殺。然後太陽升起了，他醒了。暴躁、不高興——不過除了說他一定是太累了之外，他什麼也沒做就上班去了。

*就這麼簡單？*她心裡想。

一個月過去了，凌虐也升級了。某個痛苦不堪的晚上，他們在看電視，史丹莫名其妙就罵起了人來，跟她說他有多恨她，她毀了他的人生。他動手打她，而她設法逃開，躲進浴室反鎖上門。

她坐在那兒，縮在浴缸裡，聽著他大呼小叫，在廚房砸東西。然後他撞開門，拿著平底鍋衝了進來，剝掉她的衣服，把她壓制在浴缸裡，把一鍋熱水倒在她身上。

她的胸部和腹部嚴重燙傷，後來傷處感染了，她痛得太厲害，史丹才不得不帶她去看醫生。她看出這是一個好機會可以告訴別人她承受的虐待，可是葛瑞格利．蒙羅醫生卻認為這是疑心病和思覺失調的症狀，是因她的失眠而起的。他認為她在說謊！史丹把戲演得很好，表現得像個關心的丈夫。

對，她過去是會和現實脫節，她是有幻覺，而且之前也告訴過蒙羅醫生她看到聽到的東西，可是現在，親眼見證她的燙傷和眼淚，蒙羅醫生還是不相信她。她信任過他，他卻把她的信任甩到她的臉上。他站在史丹那一邊，幾乎還可憐他有這麼一個瘋子老婆，還把她送進了醫院。

她一週後出院，有一陣子她先生的暴力收斂了一點，但是她仍然太害怕而不敢離開他，也變得越來越絕望，覺得死也逃不開他的這種慘況。

她又給他下藥，這一次放了兩顆藥丸在他帶到床上喝的啤酒裡。不出幾分鐘他就睡死了。她甚至還去叫醒他——戳他，搖他——他一點反應也沒有。他醒來之後什麼也沒懷疑，跟以前一樣抱怨他的腦袋昏昏沉沉的。

大約就在這時，公爵完全不睡覺了。他開始談到想用何種方法自殺，詳細描述他會怎麼做。

公爵：我會用自殺袋。

夜貓子：什麼是自殺袋？

公爵：也叫退場袋……

夜貓子：？？？

公爵：是一個有拉繩的大塑膠袋。可以用來自殺。

夜貓子：感覺很痛苦。

公爵：再用氣體，像是氦或氮，就不會。氦比較容易。你可以買氦瓶來給孩子辦生日派對。把袋子套在頭上，開始充氣……讓你不會驚慌，你只會睡著。無盡的睡眠。好福氣。

夜貓子：這麼簡單？

公爵：對，只要用這種自殺袋。我在上這個網路論壇，講自殺的。妳知不知道如果沒有掙扎，把袋子拿掉的話，就很難斷定這個人是如何窒息的，甚至是如何死的嗎？

夜貓子：拜託不要。

公爵：為什麼？

夜貓子：我需要你。

公爵：真的？

夜貓子：對……我在讀東方神話……

公爵：對，繼續說！我終於要睡著了！

夜貓子：哈哈。我是認真的。我在讀陰陽，兩個極端互相嵌合。要是我們睡在一起呢？

公爵：我在聽。我們要脫光光嗎？

夜貓子：也許……不過我說的是睡覺。要是我們離這裡遠遠的，睡在同一張床上呢？

公爵：哪裡？

夜貓子：不知。很遠的地方。我們可以抱著彼此，就這樣睡著了。

公爵：不錯喔。想想看，醒來以後精力充沛。

就在那時席夢得到了一個啟示，她決定她不想死了。她想要的是不作被害者。她跟公爵又聊了很多自殺袋的事，再刪除掉電腦裡的紀錄。他幫她訂了一個，寄到她工作的醫院。

當然，自殺袋不是她自己要用的。是給史丹用的。席夢也領悟到她不需要氦氣，她有用不完的安眠藥。

上一次史丹強暴她格外暴力，好似他知道了是最後一次。而這讓她鐵了心。

隔天早晨，史丹在洗澡，席夢決定她當晚就要下手，等他下班回來。她在樓下泡茶，打量著微波爐上那盒藥，樓上突然砰的一聲。她一衝上去就發現史丹倒在地上，被水沖著，臉色雪白。

她叫了救護車，幾乎是直覺反應。他在到院時死亡，心臟病發作，三十七歲。

人生改變了，席夢變成了傷心的寡婦，而死亡後她先生變成了悲劇英雄。他沒有因為凌虐她而惡有惡報。她應該覺得鬆了口氣的，但是幾週過去了，她只覺得憤怒。憤怒漸漸打成一個死結，恨這個奪走了她這麼多年歲月的男人。她變得走火入魔，完全不睡覺了，所有的力量都被抽乾了。她喜歡假裝史丹仍活著，這樣的話，他就得不到一丁點同情。

席夢發覺她神遊太虛去了。模糊的電腦螢幕漸漸清晰起來。公爵在反覆打字，問她在哪兒。

公爵：夜貓子？

公爵：在嗎？？？？

公爵：？？？？？

夜貓子：抱歉，公爵，我在作白日夢。

公爵：所以咧？我終於能見到妳嗎？我能跟妳一起睡嗎？在很遠的地方？

夜貓子：快了，快了。我只是還得處理名單上的下一個。

席夢想著名單。名單其實只存在於她的腦子裡，但是仍然非常真實。她殺了葛瑞格利．蒙羅醫生之後——他相信史丹卻不相信她——她就在他的名字上劃了一條粗黑槓。傑克．哈特也一樣。哈特比較難追蹤。早在他報導她那個殘忍冷漠的母親之時，他就是個野心勃勃的記者；她的故事在他只是一篇八卦小報的聳動新聞，幫他往生涯的高處攀爬……可是席夢的下場卻是進了寄養體系，孤苦無依，必須面對新的一套恐怖。傑克．哈特把她的母親奪走了。

席夢想著她的下一名被害人，露出笑容。這一個會是最精采的。

40

愛芮卡隔天七點半抵達路易申街警局，又被召來開策略會議。會議是倉促召開的，因為昨天她向馬許匯報她仍在辦這件案子——而且凶手是一名女性連續殺人犯。

她停好車，在早晨的高溫中下車。四周完工一半的摩天大樓起重機在嗡嗡響，天空沉重悶濕，低矮的雲層在集結，在陽光下發出鋼鐵似的光芒。愛芮卡鎖好車朝大門口前進。暴風雨在醞釀中，無論是在外面或是在她的工作中。

「早，老大。」沃夫一見她踏入服務台就說。他駝著背在看早報，左手拿著一個吃了一半的丹麥麵包。《每日星報》上一篇傑克．哈特的報導上落滿了麵包屑。頭條寫著：**傑克．哈特命案是連續殺人犯所為**。

「媽的。」愛芮卡說，俯身看著報導。

「看，他們甚至出了增刊。」沃夫說，拿出一本光面黑色雜誌，上頭有一幅傑克．哈特的照片，頭頂上寫著「願他安息」。「一摸手就會變黑。」沃夫抱怨著說，秀出手上被黑墨染到的混濁殘留。

「說不定是一種隱喻。」愛芮卡說，刷卡進門。

「妳真的認為是個女人殺死他的？」沃夫問，眉頭皺了起來。

「對。」愛芮卡說，拉開門，進了警局。

會議室的空調修好了，卻只是讓氣氛更森冷。長桌前坐著愛芮卡、馬許總警司、珂琳・斯坎倫、犯罪心理學家提姆・艾肯和歐克利助理總監。

歐克利一句廢話也沒有。「佛斯特總督察，妳已經認定兩樁命案的凶手是一個女人讓我非常困擾。」

「長官，女性連續殺人犯有很多。」愛芮卡說。

「我知道！只是這件案子的證據薄弱得很。我們從傑克・哈特後門上的耳印子採到了DNA……」

「長官，我們也從傑克・哈特頭上的袋子取得了皮膚細胞。他窒息了幾分鐘才死，我們相信他曾極力掙扎，打中了凶手的臉。」

歐克利把頭一歪，沉默不語。愛芮卡知道這是他的一個伎倆，保持沉默，往往會害那個他在質問的人結結巴巴，或是脫口說出被歐克利稍後拿來強調他的觀點的話來。愛芮卡也保持沉默。

「我很想聽聽提姆有什麼意見。」歐克利說，轉而注視犯罪心理學家。提姆本來在寫字，聞聲抬起了頭。他的頭髮根根倒豎，鬍子幾天沒刮。

「說凶手是女人能令人信服的證據只有兩個來源，後門上的耳印和塑膠袋。這可以有許多種的詮釋。後門剛漆過，命案發生前六週：耳印可能是工人留下的。幾年前有宗入侵民宅夫妻被殺的案子，耳印被當作呈堂證物，起訴了一個男人，後來卻發現他是合法到他們家修理水管的師傅。」

「那麼你要如何解釋塑膠袋？」愛芮卡問。

「雜物間是傑克．哈特放自用工具和園藝物品的地方。犯罪現場報告中寫著有兩個抽屜裝著垃圾袋、冷凍保鮮袋和舊報紙。有可能就是那名油漆工打開了抽屜，以她的DNA污染了塑膠袋。」

「凶器不是普通的塑膠袋，是自殺袋，或稱退場袋。是特殊的物品，必須上網訂購。」

「對，而這個自殺袋非常像家庭DIY使用的工業塑膠袋和夾鏈袋。姑且不論物證，心理分析更傾向於男性凶手。我們不應該忘了第一名被害人葛瑞格利．蒙羅的死有同性戀的成分……而且兩名死者都是赤身裸體躺在床上。我不希望還原到刻板印象，可是女性連續殺人犯卻極其罕見，在我們放棄凶手是白人單身男性的推論之前，我們需要更多具體的證據。」

「那你的意思是我們應該要忽視法醫的證據，專心在統計數字上？」愛芮卡問。

「媒體現在是大幅報導，」珂琳打岔，她面前擺了一摞當天的報紙。「我們需要發布聲明。現在正是所謂的媒體的淡季，沒有什麼大事發生，只有熱浪可報導。連續殺人犯的新聞可以炒作個沒完沒了。」

「我相信凶手是一名女性，」愛芮卡說。「如果後門上的耳印是唯一的DNA證據，那我會建議我們謹慎以對。但是女性DNA也出現在用來殺死傑克・哈特的袋子上，而且很快我們就會有這種袋子的供應商的資料——有個網站同意把購買者的資料交給我們。如果我們的偵查重點是女性，我們追捕到凶手的機會會更高。我建議我們做一次現場重建。我想請珂琳聯絡BBC的『犯罪觀察』（*Crimewatch*）節目，他們幾天後就要播出每月的節目了。我們可以重建葛瑞格利・蒙羅和傑克・哈特在命案發生之前的最後行程。」

一片沉默。珂琳看著馬許，又看看歐克利。

「你很安靜，保羅。」歐克利對馬許說。

「我支持佛斯特總督察的立場，」馬許說。「我覺得這是一件獨一無二的案子，而依照DNA證據去找出個女人來是很持重的做法。但是在行動之前我要建議愛芮卡同時也要追查這名女性是否和某個男性聯手。我們也要請社會大眾注意這一點。」

「可這幾乎是史無前例啊。我當警察這麼多年，就從來沒有佈署過追查女性連續殺人犯。」歐克利說。

「說不定你應該到社會上多走一走，長官。」愛芮卡說。馬許瞪了她一眼。

「好吧，就聽妳的，愛芮卡。不過我會非常密切地監督這件案子。」歐克利說。

愛芮卡離開了會議室，下樓到事件室，心情暈陶陶的。她聽見上頭的門打開來，一抬頭就看到馬許，立刻停下來等他追上來。兩人在平台碰頭，這裡有一大面玻璃窗可以眺望大倫敦。

烏雲在地平線上凝聚。

「謝謝你的支持，長官，」愛芮卡說。「我們會著手『犯罪觀察』的重建工作。」

「這是個很大的機會，電視重建。別搞砸了。」

「是，長官。」

「愛芮卡。我對凶手是否是女的只有一半的信心，不過，我說了，就聽妳的。」

「我的實戰紀錄滿不錯的，長官。你知道我在這方面幾乎很少出錯。我一向有準頭。」

「我知道。」

「那，說到我的實戰紀錄，升遷有什麼消息嗎？」

「抓到這個瘋婆子，我們再來談升遷，」馬許說。「好了，我得走了。有消息隨時通知我。」

他留下愛芮卡站在樓梯上，從高高的玻璃窗看著外面。

也真好笑，凶手跟我的共同點有那麼多，愛芮卡心裡想。我們都因為身為女人而因此能力被質疑。

41

幾天之後，愛芮卡和摩斯來到月桂路，看著「犯罪觀察」節目拍攝命案重建。熱浪在今天早晨緩和了，一陣滂沱大雨敲打著兩輛停在街口的BBC轉播車的車頂。

愛芮卡和摩斯躲在一輛轉播車外的大傘下，看著扮演葛瑞格利．蒙羅的一名演員在排練沿著街道而行，進入月桂路十四號。一名攝影師跟在後面，披著透明雨披，戴著黑色金屬架，架上放著攝影機。其他的工作人員都躲在對面牆邊的雨傘下，沒上班的鄰居也好奇地站在門廊上看以免被雨淋濕。

街底立起了一排路障，外面擠滿了記者和民眾。

製作人和導播告訴她們鏡頭中要出現雨需要很多功夫，但是摩斯和愛芮卡看著他們彩排，雨水像小溪般往下流，漫過路緣石，下水道飢渴地咕嘟響。

「這可不太能勾起大家對某個炎炎夏日晚上的回憶。」愛芮卡說，吸了一口菸。有個男人跑過來，穿著同樣的透明大雨披，手上拿著寫字板。還有個嬌小深髮色的女孩，穿黑色運動褲和一件黑色連身服，兩人都躲到了大傘下。

「哈囉，哪位是佛斯特總督察？」年輕男人說。

「我就是，」愛芮卡說，又補充說：「這位是摩斯督察。」

四人握手。

「我是湯姆，這位是珞蒂．瑪麗．哈波，她扮演凶手。」

年輕女孩很嬌小，五官小巧，頭髮筆直，一張小嘴，一笑就露出下排牙齒。「這樣還滿奇怪的，」珞蒂說，腔調優雅，伸手摸了摸頭髮看是不是牢牢挽成頂髻。「我從來沒有扮演過凶手。妳們還能告訴我什麼嗎？我的經紀人真的沒說得很清楚……」

愛芮卡看著那個年輕人。

「沒關係，她簽了合約和保密協定。」他說。

愛芮卡點頭。「好吧。她非常有組織。我們相信她事前準備得很充分，會在幾天前查看她鎖定的屋子。她在兩件案子裡都闖入屋子，埋伏起來等候被害人，等著他們吃下或喝下被她下了鎮定劑的東西。」

「真的假的！」珞蒂說，一隻指甲修剪得十全十美的手伸上來掩住嘴巴。

「恐怕是真的。」摩斯說。

「我就是沒辦法想像有人闖進我的公寓，更別提還闖進來過好幾次，摸熟了我的……」

摩斯從腋下拿出塑膠檔案夾，找出了凶手躲在傑克．哈特床底下的照片。照片的畫質提升了，盡可能放大了潛伏的人形。令人不寒而慄。她的下半張臉裸露在外，但是鼻子以上就消失在陰影中。她的嘴巴很小，幾乎和年輕演員一模一樣。

「下半張臉倒是找對人了，」愛芮卡說，把照片舉在珞蒂的臉孔旁。「我猜你們會拍點大特寫吧?」

「導演會,對。」年輕人說。

洛蒂接過照片,默默看了一會兒。雨打在傘上,發出劈啪聲。

「這件事真的發生了,在那棟屋子裡。」她說,扭頭看著十四號。

「對。而且我們會因為妳今天的協助抓到她的,」摩斯說。「妳確定妳可以嗎?妳的樣子太甜美了,不像殺人犯。」

「我在RADA,皇家戲劇藝術學院受的訓練。」洛蒂說,微微有些傲慢,把照片還給了摩斯。一陣彆扭的沉默,幸好導演過來了。他個子高,熱情奔放,一張臉紅通通的。

「好了,可以開始了,」他說。「我們有三小時的時間,然後就要把小組拉到達利奇去拍第二件命案。」

他們走掉了,留下愛芮卡和摩斯站在傘下。雨聲打在後面車頂上的聲音變大了。

「妳不會擔心嗎,我們覺得像她那樣的嬌小女性是我們的凶手?」摩斯問。「妳也看到媒體上是怎麼寫的了。」

「我只覺得奇怪,要是我們調查的是一個男人犯下的強暴案或是命案,就是理所當然的。男人強暴女人——他們也會殺害她們——而大家似乎不覺得需要一個『理由』……可是如果是女人,社會大眾就開始上天下地的搜尋起靈魂來,無止無盡地討論是為了什麼……」

摩斯點頭。「而這一個符合女性連續殺人犯的側寫。女性殺人往往會事前思考過,充分謀劃過。而且下毒往往是女性犯下多重命案的手法。」

「不過這一個還多了暴力，而且在晚上跟蹤她的被害人。」愛芮卡說。

「『暗夜殺手』……今天《太陽報》是這麼寫的。」

「我看到了。」愛芮卡說，轉頭看著摩斯。

「滿貼切的。可惜不是我想出來的。」摩斯咧嘴笑道。

「對，嗯，將來我會提醒妳，等它回頭來糾纏我們不放的時候。」愛芮卡說。

兩人瞪著街道，遠處開始雷聲隆隆，珞蒂跟著攝影師和導演彩排。而在街底的路障之外，那幾排攝影師不停按快門，民眾也拿著手機張口結舌看著。再加上酷似的演員和拍攝人員，感覺就像是一場鬧劇，嚴肅的命案淪落為一齣聖誕鬧劇。

「妳會擔心我們可能弄錯了嗎？」摩斯問。

「會，」愛芮卡說。「可是我哪件事不擔心。我必須聽從我的直覺，而我的直覺告訴我這可能就是我們要找的凶手。而看見她出現在螢幕上可能會刺激她做出什麼蠢事來，露出馬腳。」

她的手機響了，她從皮包裡掏出來接聽。

「老大，是柯廉……妳有空嗎？」他問。

「什麼事？」

「妳記得那個去找過葛瑞格利．蒙羅的應召男喬迪勒維嗎？」

「記得。」

「我去聯繫了我們的秘密網路調查員，他們在『租男仔』開設了一個假帳戶。他們跟他來回傳訊息，假裝是嫖客。他想見面。今天。」

「哪裡？」

「森林山的鐵道酒吧，今天下午四點。」

「漂亮，柯廉。我三點四十五跟你到那兒會合。」愛芮卡說，掛上手機，把消息告訴了摩斯。

「我留下來監督我們的連續殺人犯。」摩斯說，看著珞蒂那邊，她正躲在傘下，一名穿雨披的女士在幫她上妝。

「不出我所料。」愛芮卡咧嘴笑道，翻了個白眼。

42

森林山的鐵道酒吧跟葛瑞格利．蒙羅的母親愛絲黛拉的住處非常接近，愛芮卡把車子停進停車場，並沒有漏掉其中的諷刺之處。這是一棟老式的酒吧，鋪著瓷磚，每扇窗上都是晶亮的黃銅檯燈，停車場上方高掛著搖來晃去的招牌。

酒吧有陽台延伸到停車場裡，她能看到柯廉獨佔了一張桌子，想融入人群中，在下午的陽光下享受一杯飲料。

「他剛進去了兩分鐘。」柯廉說，看她接近立刻站了起來。

「好。他們用的是誰的照片？他以為是來見誰的？」愛芮卡問，兩人穿過桌間到大門口。

「華倫警員……我覺得需要一個比我好看一點的人！」

「可別太自謙了，」愛芮卡說。「我先生以前總是說每個鍋都會有它的蓋子。」

「我就當妳是在誇獎我了——吧。」柯廉笑嘻嘻地說。

酒吧內仍是原始的裝潢，但是牆壁漆成了白色，也加裝了柔和的燈光，吧檯上方也掛著一張美食吧風格的昂貴菜單。酒吧內沒有很多人，愛芮卡一眼就看見了那名年輕人，坐在角落的雅座，面前擺著一杯窖藏啤酒和一杯烈酒，啤酒已喝了一半。

「我們要怎麼做？」柯廉說。

「來軟的，」愛芮卡說。「幸好他挑了雅座。」

兩人走向年輕人坐的地方，站在弧形椅的兩側，堵死了他的去路。他穿著鮮亮的紅黑雙色運動服，頭髮及肩長，隨意中分。

兩人亮出了警徽。「喬迪勒維嗎？」愛芮卡問。「我是佛斯特偵緝總督察，這位是柯廉巡佐。」

「嗄？我是在喝酒，哪裡違法……」

「你也在等這個傢伙，跟你約好要見面的。」柯廉說，掏出了華倫的照片。

「誰說的？」

「我說的，是我安排的。」柯廉說。

年輕人抿緊了唇，一口喝光烈酒。「哼，跟人在酒吧裡碰面也不犯法。」他說，把酒杯重重放到桌上。

「是不犯法，」愛芮卡說。「我們只是想跟你談一談。你喝的是什麼？」

「雙份伏特加。我還要K董（Kettle）薯片。」

愛芮卡朝柯廉點頭，他立刻去吧檯。她坐了下來。

「喬迪。你知道我們為什麼想找你聊一聊嗎？」

「我哪裡猜得到。」他說，喝完了啤酒，把杯子放下。

「我們不是掃黃組的，我們對你的謀生方式沒有興趣。」愛芮卡說。

「我的謀生方式！我他媽的不是牙齒衛生專家……」

「我在調查葛瑞格利・蒙羅命案，他是本地的醫生，十天前遇害的。」愛芮卡從皮包裡掏出一張葛瑞格利・蒙羅的相片。「這就是他。」

「哼，人可不是我殺的。」喬迪說，幾乎沒看照片。

「我們也不認為是你，不過有位鄰居看到你在他死前幾天進出他家。你能確認你去過他家嗎？」

喬迪向後坐，聳了聳肩。「我沒有日曆，分不清楚哪天是哪天。」

「我們只是想知道當天的情況，問你是否看見過什麼。你是在協助我們調查，不是嫌犯。拜託，再看一遍照片。你認得他嗎？」

喬迪低頭看照片，點了頭。「嗯，我認得他。」

柯廉端著飲料回來了，把雙份伏特加和薯片遞給喬迪，給了愛芮卡兩杯可樂中的一杯。柯廉坐進了弧形椅的另一側。喬迪把頭髮塞到耳後，打開了薯片。他身上有淡淡的臭味，而且指甲骯髒。

「好，我們需要知道你是否在六月二十日週一至二十七日週一之間去過葛瑞格利・蒙羅家？」愛芮卡問。

他聳聳肩。「好像吧。」

愛芮卡喝了一口可樂。「依你看來，葛瑞格利・蒙羅是同志嗎？」

「他沒說過他的真正名字，還有，對，他是同志。」喬迪說，咬了滿口的薯片。

「你確定？」

「如果他不是，那我就不知道我的老二插進他的屁眼裡是在幹什麼了。」

柯廉猛地挑眉。

愛芮卡接著說：「你是如何安排和他見面的？」

「克雷格列表❽。我在上面登了廣告。」

「哪種廣告？」

「那種我跟男人見面，讓他們給我捐款的廣告。捐款又不犯法！」

「葛瑞格利．蒙羅給你捐款了嗎？」

「有。」

「多少？」

「一千。」

「你那晚有留宿嗎？」

「有。」

「你們都聊些什麼，喬迪？」

❽ 克雷格列表（Craigslist）是一個網上大型免費分類廣告網站，一九九五年成立。

「沒什麼。絕大多數的時間我的嘴巴都在忙……」他冷笑道。

愛芮卡從皮包掏出一張犯罪現場照片，放在喬迪面前。

「你覺得很好玩嗎？看。葛瑞格利．蒙羅躺在床上，兩隻手被綁住，頭上套著一個塑膠袋。」

喬迪看見照片喉結立刻聳動了一下，已經蒼白的臉孔上血色盡失。

「好，這是非常重要的事。告訴我你對葛瑞格利．蒙羅了解多少。」愛芮卡說。

喬迪喝了一大口伏特加。「他就跟其他的內疚已婚男人一樣，巴不得能爽快地幹一場，事後又覺得慚愧，一把鼻涕一把淚的。我去的第二次他真的很緊張，一直問我是不是拿了他的鑰匙。」

「什麼鑰匙？」

「他的前門鑰匙。」

「為什麼？」

「他以為我是個會偷東西的婊子……他們很多人都以為你會偷他們，可是他問我有沒有趁他不在家的時候進他的屋子。」

愛芮卡看著柯廉。「你有趁他不在家時進他的屋子嗎？」

喬迪搖頭。「他說有人動了他的東西。」

「什麼東西？」

「內衣褲全都丟在他的床上……他真的嚇壞了。」

「他正在辦離婚，」愛芮卡說，心中漸漸興奮起來。「你覺得有可能是他太太嗎？」

「他說不可能是她。他把鎖全都換過了，別人都沒有鑰匙。他打給這個女的來檢查，什麼保全公司的。」

愛芮卡和柯廉使了個眼色。

「你看到這個女人了嗎？」

「沒。」

「他有說她長什麼樣子嗎？」

「沒。」

「好。那你記不記得他說這個女人是何時到他家來的？」

喬迪抿著嘴巴想。「不知道。等等，是我去的第二次。她才剛去過，他好像因為她檢查了一遍放下了心。」

「你能記得是不是週一？是的話，就是六月二十一日了。」

喬迪一副苦瓜臉看著照片，咬著嘴唇。

「嗯，對……對，我滿確定是星期一。」

愛芮卡掏摸皮包，拿出了三張二十鎊的鈔票，遞給喬迪。

「這是什麼意思？」他問，看著錢。

「捐款。」愛芮卡說。

「我的價碼是一百。」

「你沒有資格討價還價。」

喬迪收下了錢，從桌上抓起一個小背包，從她面前擠了過去。

「我們非常接近了，」柯廉說，在喬迪離開幾分鐘之後。「妳是不是覺得她唱了一齣闖空門的戲碼，然後再以護家警報器公司員工的身分在六月二十一日星期一又回去？」

「對。可惡！要是喬迪看見了她，我們就可以在『犯罪觀察』的現場重建上用上一幅畫像了。」愛芮卡說。酒吧的門打開了，她突然坐直。蓋瑞．威姆斯洛跟一個深髮色的高個子男人進來，那人穿牛仔褲和米爾沃足球俱樂部球衣。一個小男孩跟著他們兩個，愛芮卡發現這是彼得．葛瑞格利．蒙羅的兒子。

「要命，偏偏是他。」柯廉說。他們走入酒吧，然後蓋瑞發覺了他們，立刻對深髮色男子說了什麼，帶著彼得過來了。

「午安吶，條子。」他輕蔑地說。

「嗨，」愛芮卡說。「嗨，彼得，你好嗎？」

小男孩抬頭看著愛芮卡，哭喪著臉，臉色蒼白。「我爸死了……昨天他們在地上挖了一個洞，把他放進去了。」他說，聲調沒有起伏。

「很遺憾。」愛芮卡說。

「這是妳男朋友？」蓋瑞問，朝柯廉歪歪腦袋。

「不，我是柯廉巡佐。」柯廉說，亮出了警徽。

「哇，亮證件幹嘛？」蓋瑞說。

「你不是問他是誰嗎？」愛芮卡說明。

情況變得緊張。蓋瑞看了看兩人。「那，你們兩個條子來這裡幹嘛？跑我的地盤上喝酒？」

「這裡有很多酒吧，蓋瑞。」柯廉說。

「你朋友是誰？」愛芮卡問，那人在吧檯付一輪酒錢。

「生意夥伴……好了，我得回去了。」

「你還好嗎，彼得？一切都好嗎？」愛芮卡脫口而出，看著這個不安的小男孩。

「他爸剛死了，這是他媽的什麼白目問題。」蓋瑞說。

「嘿，別那麼衝。」柯廉說。

「我很客氣了，」蓋瑞說。「我要走了。」

他走掉了，拉著彼得一塊。愛芮卡好想抓住小男孩，帶他離開，可是她知道那就捅了馬蜂窩了。她要如何帶走他卻不會毀了一項重大的臥底行動？

愛芮卡和柯廉離開了酒吧，走在陽光下。陽台上的桌子都坐滿了。愛芮卡認出了一名又高又瘦的黑髮男子，他坐在一名拱肩縮背在傳簡訊的瘦小女人旁邊，她穿著無袖細帶T恤，鼻子很突出，金髮綁成馬尾。男人膚色蒼白，滿臉都是坑坑疤疤的，及肩長的油膩黑髮往後梳，露出了高額頭。他穿著素色T恤和米色短褲。

兩人從桌間走過，愛芮卡領先柯廉，朝他們直奔而去。

「史巴克斯總督察？」她在接近那一桌時說。

「佛斯特總督察。」他說，一臉驚訝。和他同座的女人坐直了，眼睛飄向酒吧窗戶。

「放假啊？來喝一杯啊？」愛芮卡問，循著女人的視線望去。

「嗯，差不多。」史巴克斯說。柯廉也追了上來。

「好啊，史巴克斯，好久不見了……你現在在哪兒啊？」他問。

「呃，我帶領自己的刑事小組，在北倫敦，」他說，看看愛芮卡又看看柯廉。「這位是波維爾督察。」他說。三人都互相寒暄。

「柯廉，你先去停車場等我好嗎？」愛芮卡說。

「好。」柯廉說，怪怪地看了愛芮卡一眼才走掉。

「那，你們兩個來這裡，在工作日，到南倫敦來喝一杯，努力想要不引人注意。是跟蓋瑞．威姆斯洛有關嗎？」愛芮卡等柯廉走出聽力範圍之後才說。

「不好意思，妳是誰？」女人問。

「愛芮卡．佛斯特偵緝總督察，這位史巴克斯的前同事，」愛芮卡壓低聲音說。「你們在監視酒吧裡兩個涉入製作性侵兒童影片甚深的人，他們卻帶著一個小男孩，無人監督。」

「我們知道……」女人開口說。

史巴克斯向前湊。「妳需要向後轉離開這裡，佛斯特。這是秘密盯梢。」

「亨姆斯洛行動是吧？」愛芮卡說。

史巴克斯和波維爾互望了一眼。

「對，愛芮卡。我們是被額外徵召過來的，」史巴克斯說，打量著酒吧窗戶。「妳應該走了，以免害我們暴露身分。」

「哕，明眼人一看就知道你們是誰。你們知道那個小男孩此刻有多脆弱嗎？對了，他叫彼得。」

「我們知道。要是妳不立刻離開，妳不僅會害我們曝光，我也一定會跟妳的上司報告，」史巴克斯說。

愛芮卡看了他們好長的一眼，這才去開車。

「剛才是怎麼回事，老大？」柯廉在她坐進車子後立刻問。

「沒什麼。」愛芮卡說，仍在發抖。

「自從史巴克斯被妳從安卓莉雅．道格拉斯－布朗命案轟走以後，我就沒見過他了……不算是天字第一號好警察對吧？不是那種鉅細靡遺的人。」

「對，他不是。」愛芮卡說。

「那是他的女朋友嗎？」

「我想不是。」

「想也知道。她有點高於他的檔次，不過大多數的女人都是，」柯廉說。「不過呢，我們得到了另一個肯定的女子身分，確認她去過葛瑞格利．蒙羅的家。這可是個不錯的成果呢！」

「對。」愛芮卡說。

兩人駕車離去，想到小彼得在那裡，跟蓋瑞．威姆斯洛和他的深髮「生意夥伴」在一起，她覺得好無力。

43

隔天晚上，在工作了漫長的一週之後，艾塞克．史壯和史蒂芬．林利躺在沙發上。他剛為兩人做了飯，慶祝史蒂芬寫完了最新的一本小說，交給出版商了。

「還要一點香檳嗎，小史？」艾塞克問。

「你是說冰桶裡的，瓶頸還包著白布的？」史蒂芬問，從艾塞克的胸膛上抬頭。

「每件事都照著規矩來有什麼不對？」艾塞克喃喃說，在史蒂芬的額頭上印下一吻。

「我不知道還有沒有人在家裡喝香檳也弄得像餐廳一樣。」史蒂芬笑著說。挪動身體好讓艾塞克站起來。「還有，你是從哪兒買來的？」史蒂芬問，舉起杯子指著冰桶，冰桶就放在沙發旁的金屬推車上。

「雷克蘭型錄。」艾塞克說，拿出酒瓶，桶裡冰塊碰撞。他為兩人斟滿。

「推車呢？」

「停屍間的。我通常會把骨鋸放在上面，還有我的解剖刀……我覺得用它來慶祝你的新書恐怖得剛剛好。」

「一板一眼先生偷了職場的東西！我太榮幸了。」史蒂芬說，喝了一口冰涼的香檳。艾塞克回來躺在沙發上。廚房裡的計時器響了，他站起來去關掉。

「不會還有一道菜吧？」史蒂芬呻吟道。

「不是，我設了時間是為了看『犯罪觀察』。」

「可惡。不會是你那個態度粗率的恐怖條子朋友……還剪了個呆呆的鮑伯頭。」

「愛芮卡的態度並不粗率，也沒有呆呆的鮑伯頭。」

「哼，她的髮型給人感覺只是為了方便。她是蕾絲邊嗎？」

艾塞克嘆氣。「不，她結過婚，我跟你說過了……她先生過世了。」

「自殺的吧？」

「是出勤時殉職了……」

「喔，對，」史蒂芬說，又喝了一大口香檳。「我想起來了，掃毒行動。是她害死他的，還有組裡的四名同事……知道嗎，這種情節可以寫出一本好書來呢。」

「史蒂芬，你這樣子很沒良心，我不喜歡。」

「我就是這樣的一個人啊，」史蒂芬嘻皮笑臉地說。「我是個殘酷的賤人……反正我會改掉她的名字。」

「不准你寫進書裡……而且我們要看『犯罪觀察』。這是我在忙的案子，我有職業上的興趣，也有個人的興趣。」

艾塞克抓起遙控器，打開電視。「犯罪觀察」的片頭開始了。

「那是兩件命案，連續殺人犯。對吧？」

「對。」

「那倒是始料未及，傑克．哈特，對吧？」史蒂芬說。

「噓！」艾塞克噓他。兩人默默看著主持人介紹案件。

「第一名死者是葛瑞格利．蒙羅醫生，在南倫敦的榮譽橡樹公園執業。他生前最後一次露面是在六月二十七日晚間七點左右下班回家……」

螢幕上扮演葛瑞格利的演員走向月桂路的房子，天色仍亮，一群小童在街上跳繩。

「這樣不對。現在有誰還會讓他們的孩子在馬路上玩耍？」史蒂芬說，一面啜飲香檳。

「他們全都在關禁閉。父母把他們關在家裡，讓他們坐在電腦和手機前……對了，虐童的人接近兒童的第一個方法是什麼來著？在網路上釣魚，真是瘋狂……」

「噓。」艾塞克說。

螢幕上年輕的女演員一身黑衣沿著屋後一排陰暗的灌木叢小徑前進。後方的鐵軌有火車經過，燈光照亮了她的臉，這時鏡頭給了她的臉部一個大特寫。

「她很漂亮。」艾塞克說。

「滿像小精靈的，」史蒂芬也附議。「他們真的認為是個女的？她根本就只是個小女孩……」

螢幕切換到屋子的後面，女孩站在小徑上，伸長手，拉下了一根樹枝，他們看著飾演葛瑞格利．蒙羅的演員在廚房裡移動。女孩這時戴上了黑色兜帽，蹲下來，爬過籬笆，進入花園。

「他們是怎麼知道的？」史蒂芬說。

「我不能跟你討論案情，」艾塞克說。「你是知道的。」

「我們是跟幾百萬個無聊的傢伙在週五晚上一起看BBC一台的觀眾，我覺得紙已經包不住火了。」史蒂芬說，還翻了個白眼。「算了啦，我們還是看色情片吧，我會讓你操我。我醉得滿腦子邪念……」

「史蒂芬，我需要看電視！」

兩人看著女演員穿過草地，從側窗闖入屋子，走進廚房。

「這種想法讓人發毛，」史蒂芬說。「某人偷偷摸摸接近你，在你的屋子裡走動你卻不知道……」

44

席夢今天上班很順利，跟瑪麗共度了一點優質的好時光。醫生來過，說瑪麗有改善的跡象，甚至還說她可能會醒過來。幸好，他沒提到瑪麗太陽穴上的瘀青，他一定是假設那是在她入院之前撞到的。所以全天都是好消息。瑪麗會活下來，而席夢會在她出院後陪著她。席夢有兩間空房，她會漆上可愛的粉彩顏色，瑪麗可以從兩間中挑選一間。不過她希望瑪麗不要復原得太快，她的名單上還有一個人，而她還得做些準備。

出門之前，席夢決定要做她最喜歡的食物：罐裝起司通心麵，加上特別的淋醬——老麵包屑加上一點削成絲的起司。她把熱騰騰的碗放到托盤上，端到客廳，凹陷的家具上堆滿了報紙和雜誌。她坐在沙發上，打開了電視，尋找連續劇「加冕街」（*Coronation Street*），忽然停住，瞪著螢幕。好半晌她還以為幻覺又出現了。

卻不一樣。

這些幻覺是播放在她的電視上的。她帶著病態的著迷盯著一個和她類似的女人在傑克・哈特的屋子裡移動。

她把頭歪向一邊，滿心迷惑。

螢幕上的女孩嬌小，五官小巧迷人，與她相比，席夢雖然矮小卻粗壯。她的額頭又高又寬，放鬆的時候也是皺著眉，藍眸無光，不像那個女的晶瑩發亮。

螢幕上的漂亮女孩這時正盯著一個模樣像傑克．哈特的男人，透過浴室門盯著他沐浴，接著她進入他的臥室。她的腰曲線玲瓏，而席夢卻是水桶一樣，只有脊椎微微彎曲。

「犯罪觀察」的片頭曲響了起來，螢幕切換到攝影棚裡，主持人開始說話。

「正如我所說，我們重建時省略掉了較令人不安的部分。今天我們請到了愛芮卡．佛斯特偵緝總督察來到現場。晚上好……」

席夢向前傾，好好打量領導調查的警官。是個女人。她又白又瘦，金色短髮，柔和的綠眸，一時間席夢覺得很好，這個女人可能會理解她，同情她的遭遇；但是她聽著佛斯特總督察說話，卻是越聽越憤怒，耳朵開始嗡嗡叫。

「我們要請民眾提供線索。如果你見過這個女人，或是你在命案發生的那晚在附近，請和我們聯絡。我們相信她是個體型矮小的人，但是我們建議民眾不要接近她：她是個危險的，而且情緒不穩的人物。」

席夢覺得痛，低頭一看才發現兩隻手握著滾燙的通心麵碗，起司醬溢出到她的手指上。她再抬頭，看著螢幕上的賤女人，聽著她重複他們在找一個情緒不穩的女人，可能有精神問題。她手一揮就把碗從托盤上打了出去，在牆上撞個粉碎。

「我才是被害人！」她對著螢幕大喊，站了起來。「**被害人**，妳他媽的臭婊子！那麼多年的虐待妳知道個**屁**！妳知道他是怎麼對我的！」她一根手指朝天花板猛戳，比著她和先生共用的床。「妳知道個**屁！**」她尖叫，同時噴霧狀的起司醬汁噴到了佛斯特總督察的臉上。

「所以，拜託，如果你們知道什麼，打電話或是傳電郵來。你們的個資絕對不會洩漏。聯絡方式就在螢幕的下方。」主持人說。

席夢站了起來，全身發抖，走向樓梯底下的凹角，坐下來，把電腦鍵盤拖過來，沒注意到她的手上都是醬汁和被燙傷發紅的皮膚。

她在谷歌上搜尋：「愛芮卡・佛斯特偵緝總督察」，讀著搜尋結果，呼吸漸漸平緩，一個計畫也成形了。

45

電視台的車子把愛芮卡送回森林山公寓時已經很晚了。她一進門，客廳的景況就害她的心情鬱悶。她上過電視，也在電視上呼籲過，但這次不同。這次是在正式的攝影棚裡，而她很緊張。摩斯建議她應該想像自己是在對著一個家庭說話，想像他們就坐在他們的客廳裡。

而她只想像得出馬克：他以前懶在沙發上的樣子，她窩在他腋下的樣子。在現場播出時她的眼裡只看到這個。而現在她回家來了，才明白她又找到了一個方法來想念他。她想念回家來他坐在沙發上，看電視。她想念有人可以聊天，有人可以幫她不鑽牛角尖。而這裡，她只有四面光禿禿的牆圍著她。

她的手機響了，她在皮包裡摸索，找到手機。是馬克的爸爸。

「妳沒跟我說妳要上電視。」愛德華說。

他們兩人有幾週沒通話了，愛芮卡慚愧地想到。她的情緒卡在喉嚨一秒鐘，愛德華的聲音跟馬克的好像。

「時間上來不及……我之前也沒料到。我沒有一副古板女校長的樣子吧？」

愛德華咯咯笑。「沒有，丫頭，妳做得很好。不過聽起來妳好像又在追捕瘋子。妳會很小心吧？」

「這一個喜歡男人，」愛芮卡說。「不——我不是在耍嘴皮子。到目前為止，她都鎖定男性。」

「對，我看了節目，」愛德華說。「妳真的認為女人能這麼狠，做出這種事來？」

「你要是來跟著我工作個幾天，就會對人性有全新的認識……」

「我想也是。不過還是那句老話，親愛的。要勇敢，可是別愚蠢。」

「我盡量。」

「我一直都想打電話給妳，可是看到妳上電視了我才真的行動。我想跟妳要妳妹妹蓮卡的地址。」

「等等，我記在哪裡。」愛芮卡說，用下巴夾著手機，走向架子，在外帶菜單之間翻找。找到了她薄薄的聯絡簿。

「你要蓮卡的地址幹嘛？」她問，翻著簿子。

「她不是快生了嗎？」

「喔，對。我差點忘了，再幾週就生了。」

「妳在追捕逃犯的時候可不是時光飛逝嗎。」愛德華說。

「真好笑！你應該去演喜劇的。」愛芮卡笑著說。

「她的小兒子和女兒真可愛，」他說。「我聽不懂他們嘰嘰喳喳說些什麼，也聽不懂妳妹說什麼，不過我們居然還合得來！」

愛芮卡的妹妹來看她那次，愛德華那天大老遠坐火車過來，他們全都去了倫敦塔。那天實在是累死了人。蓮卡一句英語也不會，而愛芮卡發現她得為她和孩子凱若琳娜和雅庫布當翻譯。

「妳覺得他們喜歡嗎，倫敦塔？」愛德華問。

「不，我覺得蓮卡有點無聊。她其實真正想要的是去普利馬克[9]血拼新衣服。」愛芮卡挖苦地說。

「可是倫敦塔不是也很貴嗎？不知道女王拿幾成？」

愛芮卡微笑。她真想念愛德華，真希望他能住得近一點。

「啊，找到了。」她說，唸出了地址。

「謝了，親愛的。我要給寶寶匯個幾歐元，只要我能去得了威克菲爾的大郵局。妳知道嗎，他們把我們本地郵局的匯兌業務關閉了。」

「現在是經濟緊縮的時代。」愛芮卡說。

沉默了一下，然後愛德華清清喉嚨。「又來了，是不是？」他柔聲說，指的是馬克的忌日。

「對。兩年了。」

「妳要我過去嗎？我可以陪妳幾天。妳的沙發挺舒服的。」

「不用了，謝謝。我有太多事要忙。等我辦完了這件案子，再好好紀念吧。我很想北上住個幾天……你有什麼計畫嗎？」

「有人要我組織一支室內滾球隊，我猜他們是知道我需要有事情來讓我分心。」

「那你就應該去做，」愛芮卡說。「保重啊。」

「妳也是，丫頭。」他說。

他掛斷後，愛芮卡打開了電視，正好看到「犯罪觀察」重播。她那麼清晰地看見自己還挺驚駭的：每一條紋路，眼袋和皺紋。最後是聯絡方式出現，她的手機也適時響起。她接了。

「是？」

「佛斯特總督察？」一個模糊、高調門的聲音說。

「我看到妳在電視上談論我……妳根本什麼也不知道。」那人說，語氣平靜。

愛芮卡在位子上全身緊繃，心思開始飛轉。她一躍而起，關掉電燈，走向陽台窗。花園一片漆黑，蘋果樹的樹枝在微風中搖曳。

「妳可以放心，我不在妳附近。」那人說。

「好。那妳在哪裡？」愛芮卡說，心臟狂跳。

「妳找不到的地方。」那人說。又是一陣停頓，愛芮卡努力思索她能做什麼。她看著手機，卻不知如何錄音。

「事情還沒完。」那人說。

---

❾ 普利馬克（Primark）是一家總部位於愛爾蘭都柏林的服裝零售公司。

「什麼意思？」愛芮卡說。

「得了，佛斯特總督察，我剛才查過妳。妳是警隊的明日之星，有犯罪心理學學位。妳得到過表揚。而且最近，妳跟我有個共同點。」

「什麼共同點？」

「我先生也死了——不過，可惜，不像妳，不是我害的。」

愛芮卡閉上眼睛，抓緊手機。

「是妳害的，對吧？」

「對，是我。」愛芮卡說。

「謝謝妳這麼誠實，」那人說。「我先生是個殘忍的、愛虐待人的豬。他喜歡折磨我，我有傷疤可以證明。」

「妳先生怎麼了？」

「我本來打算要殺了他的，要是我有機會的話，這一切就不會發生了。可是他卻猝死了，完全是巧合。然後我就變成開心的寡婦了。」

「妳說事情還沒完是什麼意思？」

「我的意思是還有更多的男人會死。」

「這樣是不會有好結果的，我跟妳說，」愛芮卡說。「妳會露出馬腳，我們會有證人看過妳。我們就快查出妳的長相……」

「我想暫時就這樣吧，愛芮卡。我只要求妳別管我。」那人說。喀嗒一聲，線路斷了。

愛芮卡立刻就撥了一四七一，但是語音說這個號碼是空號。她檢查了玻璃滑門是否已鎖好，並且把鑰匙拔下來，放進口袋裡。接著她走到前門，檢查門栓。她在公寓裡走動，把全部的窗戶關好上鎖。

室內很快就熱了起來，因為所有的窗子都關上了。她打電話到路易申街警局時開始出汗了。沃夫接的。「喔，是倫敦警察廳的新面孔啊。妳在電視上的表現很好。」他說。

「沃夫，有人打電話給我嗎？」愛芮卡問。

「有，《花花公子》來找妳，說要妳去拍裸體照，我跟他們說前提是他們得拍得很好。我不想讓他們在對折紙頁的時候把妳調皮的三點弄丟了……」

「沃夫，我不是在開玩笑！」

「對不起，老大，我只是在說笑。等等……」她聽見他在翻紀錄。

「只有『犯罪觀察』的那個製作人，她把妳的皮包還給妳了嗎？」

「我的皮包在我這兒。」愛芮卡說，看到她把皮包丟在咖啡桌上。

「她打來說妳把皮包忘在攝影棚裡了，問我能不能給她妳的號碼……那妳沒弄丟皮包？」

「沒有。而且你馬上就要告訴我是隱藏號碼？」

「呃，對，是……」沃夫說。「如果不是製作人，那會是誰？」

「我剛接到『黑夜惡煞』的電話。」愛芮卡說。

46

席夢打完給愛芮卡．佛斯特的電話之後回到家裡，鼻子聞到一股臭味。她看到起司通心麵醬汁抹在門廳鏡子上，在她走廊的電腦上。她走向客廳，醬汁噴得到處都是：牆壁上，電視上。

她一邊清理一邊動腦筋。警方是怎麼知道是她的？他們是怎麼知道是女人的？

她一直那麼聰明，那麼謹慎。

她一直都只是一條影子。

她正在擦洗客廳地板，忽然眼角發現動靜。她靜止不動。她身後有個答、答、答的滴答聲。她攥緊了木刷，轉過去。

史丹站在客廳門口，全身赤裸，麵團似的皮膚上有水在滴，全都滴在她乾淨的地毯上。他張大嘴，露出了一排黑牙。意外的是，她並不覺得害怕。她緩緩站起來，膝蓋吱嘎響。

「公……接，」史丹的口中發出聲音來，不能算是說話聲，更像是嘆氣。是吐氣。

「公……接，公……接。」他的一條胳臂軟軟地垂在身側，兩邊嘴角向上拉扯，露出笑容，是她記得的笑容：飢渴，逼近她的臉，伴隨的是痛苦。他邁步朝她過來，水從他身上往下流，弄濕了地毯。這下子她感到害怕了。

「不！」她尖聲大叫。「不！」她把沉重的木刷扔過去。他消失了，木刷撞到門廳上的鏡子，咚的一聲，鏡面破成碎片，散落在地板上。

史丹消失了。地毯是乾的，她這才明白他說的是什麼。公爵。他是說公爵。

她匆匆走向樓梯下的電腦，打開來。

夜貓子：公爵？

幾分鐘後，公爵上線。

公爵：夜貓子，嗨！晚上好過嗎？

夜貓子：你為什麼這麼說？

公爵：我知道妳。比妳自己更清楚。

席夢雙手在鍵盤上暫停。

夜貓子：是嗎？你真的**知道**我嗎？

這一次的停頓很漫長。席夢瞪著滑鼠，猜測著公爵是否坐在那裡，雙手停在鍵盤上，思索著該寫什麼。他猜出來龍去脈了嗎？

兩人認識以來第一次，她想知道公爵住在哪裡。她總把他想成是住在她的電腦裡。這兩年來她跟他談她的計畫，她的幻想，她要施加在她的醫生身上、在那個電視人身上，以及以後的那些人身上的痛苦。公爵總是鼓勵她，而且他也談過他自己的恐懼——他怕黑，他失敗的自殺企圖。她記得他描述過他用自殺袋，不加氣體窒息，很悽慘。他把袋子套在頭上，拉緊脖子上的繩子，然後，就在他開始窒息時，他慌了，死命地抓袋子，終於扯了下來——但是繩子卻纏住他的左眼，把眼皮扯了下來，割破了眼球。

他說沒有她他會死，而她相信了他。

席夢眨眼。滑鼠又在螢幕上移動了。

公爵：我當然知道妳，夜貓子。我比他們都更知道妳。而且我保證，妳的秘密會隨我一起死掉。

47

愛芮卡跟柯廉一塊在事件室旁邊的一間擁擠的技術室裡。

「好，這是妳的新手機，」柯廉說。「舊的別丟了，定時充電，不過只在她又打來時用。號碼現在會被監聽。要是她打來，追蹤設備就會自動啟動。不會延遲。只要別忘記這一點——我知道有些警察被意外逮到打私人電話，全都錄了下來。」

「放心吧。我不會忘的。不過我的私生活滿枯燥的，」愛芮卡說，接過了手機。「等等，這是觸碰式螢幕，」她又說，看見了他交給她的新機。「難道沒有按鍵式的嗎？」

「嗯，技術上這是舊機的升級，老大。」柯廉說。

有人敲門，摩斯探頭進來。「老大，有空嗎？」她問。

「有。」

「我看能不能幫妳找一支舊的諾基亞。」柯廉說。

「謝了。」愛芮卡說。跟著摩斯到忙碌的事件室，走向釘在牆上的大倫敦區地圖。這一區有六呎長寬，街道如迷宮。綠色斑塊表示首都附近的許多公園，但最醒目的是泰晤士河，藍色的一條弧線，穿過中央。

「她用公共電話打給妳的，」摩斯說。「我們追蹤到了瑞瑟登路，是在巴勒姆的一個住宅區。距離妳森林山的公寓大概是四哩。她使用的電話亭都沒人使用，是這三個月來的第一通電話。就是因為沒人用，英國電信計畫要在月底拆除。」

「為什麼用公共電話？我們是覺得她沒有電話？」彼得森問，在接近地圖底端的瑞瑟登路上釘了一個紅色圖釘。

「不，我認為她很聰明，」愛芮卡說。「她知道我們能追蹤得到手機。即使她用的是拋棄型手機，我們也能追蹤到最近的基地台，查出她的手機串號和所有的手機資料。用公共電話她就能隱匿行蹤。我可以問問監視畫面嗎？」

「好，這是電話亭，」摩斯說，指著地圖上的紅圖釘，「第一批監視器是在四分之一哩外。」她手指往下劃，到瑞瑟登路和巴勒姆高路交會之處。「巴勒姆高路，大家都叫它A24，街角有家特易購（Tesco）都會店，而且兩個方向都隔一段距離就有監視器。我們已經派華倫警員過去了，用電話跟我們聯絡，找出特易購停車場的監視畫面，以及沿著A24兩邊的監視畫面……」

「可是看電話亭在地圖上的位置，她也可以走相反方向，從這個住宅區的街道網到隨便一個地方去，都沒有監視器，」愛芮卡說。「還查到什麼嗎？」

「嗯，只有電話亭算好消息，」摩斯說，移向辛站的一排印表機那裡。「我們終於從三個在英國販賣自殺袋的網站那兒得到消息了。」

「然後呢？」

「然後妳也看見了，有很多要過濾。三千個名字，」辛說。「他們真的很不甘願給我們這些名字，而且我從一些資料裡看出他們是由PayPal付款的，那就更難追蹤了。」

「可惡，」愛芮卡說。「好吧，我看我們就從剔除掉大倫敦區外的人著手吧。我們必須要根據她在『犯罪觀察』看到我的推論著手。她看了很生氣，所以就去電話亭打給我。」

「好的，老大。」辛說。

「電視呼籲有什麼結果嗎？」

「沒有很多，」彼得森說。「我們過濾了打進來的電話，不過我覺得很多人嚇壞了。一個北倫敦的男性在節目播出時打來，說他嚇走了一個想從一樓窗戶爬進屋的竊賊，另一個貝肯翰姆的女人說就在節目播出後不久她看見一個矮小的身影穿過她的花園……住在月桂路附近的一位老太太醒過來嚇走了侵入她臥室的人，從窗戶逃走了……喔，現在月桂路上有三個鄰居認為他們看見了一個矮小的女人，跟重建上的一樣，在附近送蔬菜箱，」彼得森說。「要查清這些會花上不少時間。」

「我們有『犯罪觀察』的錄影帶嗎？」愛芮卡問。「我想重看一遍。說不定是我說的什麼話刺激了她，她才想要找到我的電話打給我。幫我找提姆．艾肯。誰知道呢，說不定他終於會有什麼派得上用場的東西。」

她回頭看著攤開在牆上的大倫敦地圖。

摩斯看出了她的心思，說：「這麼多地方可以躲在陰影中。」

48

愛芮卡、彼得森、摩斯、馬許和提姆．艾肯都擠在一間視聽室的電視螢幕前，他們在看「犯罪觀察」愛芮卡出現的部分。

愛芮卡很討厭看著螢幕上的自己：她的聲音似乎比較高、比較尖。不過她倒是慶幸倫敦警察廳並沒有把電視升級到高畫質的。不過，這些想法都只是在腦海裡一閃即過，她真正想要的是知道為什麼凶手（假設她看過節目）會有那樣的反應。

播放到最後愛芮卡接受訪問的部分了。「我們相信她是個體型矮小的人，但是我們建議民眾不要接近她：她是個危險的，而且情緒不穩的人物。」愛芮卡在螢幕上說。

主持人接著唸出了信箱地址和電話號碼，螢幕下方也列出了聯絡資訊。

「怎麼樣？」愛芮卡問，轉向提姆．艾肯。

「有許多變數。」提姆說，揉著佈滿鬍碴的下巴，手腕上的多彩編織手環在他抬臂時也跟著晃動。

「如果凶手在看，那她看見自己的罪行在螢幕上重現，她會有什麼反應？」

「可能會給她的自我火上加油，連續殺人犯可以是受自我驅動、虛榮的個人。」提姆說。

「所以我們找了一個漂亮的辣妹來扮演她對她可能是一種恭維？」摩斯問。

「這要看妳對辣妹或是迷人的定義是什麼。」提姆說。

「嗯，我是不會把她踢下床的。彼得森？長官？」摩斯說。

彼得森正要開口就被馬許打斷了。

「討論重建現場的演員漂不漂亮，這種話題不要把我牽扯進來。」他氣惱地說。

提姆接著說：「她也可能外表不迷人，而她對扮演者表示反對。同樣的道理，她可能體格比較強壯，可能反對由一個小精靈似的女孩子在重建現場時扮演她……我們得記住這件事與她無關，而是與她的作為有關，以及她的理由有關。她鎖定男性，予以殺害。兩名被害人都又高又壯，運動員似的體格。她可能是被一個男人或是幾個男人虐待——她的配偶、她父親……」

「可以給我們一個心理分析嗎？」馬許問。

「跟女性連續殺人犯接觸的機會是極其罕見的，心理分析她們非常困難，我們的資料太少了。」

「我們付你的錢夠多了，勉為其難吧。」馬許說。

「提姆，你從影片中還看出什麼嗎？」愛芮卡問。

「有可能她評估過自己，她的自我價值感，跟妳比較，佛斯特總督察。妳出現在節目上，代表妳就是那個要逮捕她歸案的人，雖然妳有一支小組在支援妳。她可能認為這是一場爭奪最高地位的戰鬥。妳同時也說她是個『危險的，而且情緒不穩的人物』。」

「還有她可能覺得她是被害人。」愛芮卡幫他說完。

「對。而妳在電視上公然挑明她，她當然會耿耿於懷，也當然會讓她把妳找出來。」

結束後，馬許要愛芮卡留下來。

「我不喜歡這樣，」馬許說。「我已經跟沃夫談過把我們的私人電話告訴別人的事了。」

「他又不知道。」

「妳願意的話，我可以派輛車到妳的公寓外。別人不會知道。我可以派兩名警員。」

「不用了，長官。她弄到我的電話只是走運，我也不要有車子在我的公寓外。我會小心注意的。」

「愛芮卡，」馬許說，一臉沮喪。

「長官，謝謝你，不過不用了。我得走了，有消息隨時會通知你。」愛芮卡離開了視聽室。

馬許站了一會兒，看著茫然的電視螢幕，覺得不安。

49

席夢大半個下午都隔著一段距離跟蹤那個男的，就從他位於鮑黎巷莊園的公寓開始，就在中倫敦的老街附近。他在午餐後出門，步行穿過金融區到倫敦的利物浦街車站。席夢起初不明白，不曉得他沒帶皮包，穿了條時髦的丹寧短褲和一件無袖T恤是要去哪裡。她尾隨在他後方二十碼處。人群很多，朝那一大排驗票閘門湧去，幾乎帶著她往前走，但是他卻往相反方向而去，一時間她失去了他的蹤跡。

她的眼睛射向另一頭的電扶梯，上一層是商店街，再上面就是車站的玻璃屋頂。她踮著腳尖，想往人群頭頂上看，然後就看到了他，朝電扶梯前進，要去公廁。她走到電扶梯旁邊的WH史密斯便利店，跟著幾個人翻閱架上的雜誌，同時緊盯著廁所。

她邊等待邊瀏覽報紙，許多都針對「黑夜惡煞」的身分提出看法或表達震驚。《獨立報》的一名記者稱她是「詭計天才」，她得意地尖叫。她隔壁的女人瞧了她一眼，給了她一個好笑的表情，所以她就惡狠狠瞪著那個女人，嚇得她把雜誌放回去，匆匆拎著行李箱走開了。

十分鐘過去了，然後是二十分鐘……席夢看著往下到公廁的電扶梯。他是生病了嗎？她錯過他了？她的眼睛每隔一秒就往電扶梯那裡飄——嗯，只除了那個笨女人看著她的時候。就在她注意到單身男子消失在往下的電扶梯上的比例，以及他們在底下停留的時間長短之後，她才恍然大悟：他是在獵豔。他到廁所去是為了性交。

男人有許多方面都讓席夢噁心：他們的任性，他們的性偏離，他們想要控制或是沒能如願時就訴諸暴力。她並不意外——不過是在清單上再加一項罷了——同時也讓她更加堅定。席夢總是跟她監視的男人長期抗戰，她可以等上幾週，放鬆地描繪名單上的每一個標的。葛瑞格利和傑克都是以同樣的方式解決掉的。

她低頭看著手上的那份《獨立報》，再看了一遍那句描述：詭計天才。她得買下這份報紙，她心想。這是多年來她聽見的第一句讚美。

她正要去收銀台就看見他從電扶梯上出現了——臉色微紅，眼神呆滯放鬆。席夢把報紙放回去，讓他先走，這才追上去。他移向車站的後方，進了一間星巴克。

她等了五分鐘再去排隊。她看著玻璃櫃裡的蛋糕和甜點，但是始終沒讓他離開過周邊視線。迄今為止，這是她距離他最近的一次——只隔了三個人。

沒錯，他年輕，還健身。他可能力氣很大。不過他很瘦——瘦得虛榮。

她看著他移向隊伍的前頭跟英俊年輕的黑人咖啡師調情，俯身把一隻手放在年輕人的胳臂上，唸出他的名字，確定杯子上的名字不會寫錯。

很快那張吸老二的嘴就會吸入最後一口氣了，她心想。然後她對咖啡師微笑，點了一塊水果蛋糕和一杯卡布奇諾。

「名字呢，親愛的？」咖啡師說。

「瑪麗，」席夢說。「一定滿無趣的，跟你聽到的異國名字比起來。」

「我喜歡瑪麗這個名字。」咖啡師說。

「我是跟著祖母取的，她也叫瑪麗。她現在在住院，病得很厲害。她只有我一個人了。」

「很遺憾，」咖啡師說。「妳還需要什麼嗎？」

「我要再買一份《獨立報》，我打算要唸給她聽。她最愛聽時事了。」

席夢接過了報紙、咖啡和蛋糕，走去找座位。

同時盯著她未來的被害人不放。

50

天氣轉涼只是幾天的事而已，接下來幾天太陽又無情地灼燒，命案的進展也停頓了。「犯罪觀察」的重建在BBC iPlayer上播放了一個星期，民眾看著更新，有更多的電話和電郵需要過濾。

月桂路上的居民度假後返家，他們的街道被拍進了電視現場重建的節目中，全國播放，這個消息也傳開來了。有幾個人記得看過一名年輕深髮女子挨家挨戶發傳單，還有人記得一個年輕女孩在送蔬果箱，還有一個年輕女孩開了一輛水電工的廂型車在修理葛瑞格利．蒙羅家附近的排水溝。

目擊事件爆棚讓愛芮卡的小組人力捉襟見肘。他們甚至追查出了那名水電工，結果卻是一名稚氣未脫的年輕男子，而在附近地區分送蔬果箱的則是一名深髮女性，在產季每週會來送「大自然最優質」農產品。兩人都自願前來說明，回答問題，甚至提供DNA樣本。坐立不安地等待了二十四小時之後，結果出爐：不是他們。他們的DNA跟從傑克．哈特後門以及自殺袋上採到的不同。

月桂路的兩名居民以及一個傑克．哈特的鄰居來到路易中街警局協助警方拼湊出那個發傳單的女人肖像。愛芮卡對這個抱以極高的期望，覺得會是一個突破口，但是肖像全都像珞蒂，那位出現在「犯罪觀察」上的女演員。

不過，最讓人氣餒的工作是追查住在倫敦且透過三個網站購買自殺袋的人了。太多的電話是聽傷心的父母和配偶哭訴，他們告知警方是的，是買了自殺袋，而且也真的自殺了。

七月十五日的下午，事件室中士氣消沉。昨天，愛芮卡小組中有六名成員被調去一件運毒案，而她剛跟一個妻子自殺，獨自帶著三個孩子的憤怒男人通完電話，發現妻子頭上套著塑膠袋死亡的是他們的小女兒。

今天是星期五，愛芮卡看得出她剩下的組員都巴不得想回家過週末。她不能怪他們，他們都累得快趴下了。儘管他們辛苦查案，卻沒有多少成果，而報紙也佈滿了大家蜂擁到海邊和公園的照片。

摩斯和彼得森坐在自己的座位上，柯廉和辛也是。愛芮卡看著白板，也不知道是多少次了，看著葛瑞格利．蒙羅和傑克．哈特的照片。另外還多了一張從某自殺網站上下載的圖片，是一個古銅色禿頭的人體模型，躺在骯髒的臥室裡，頭上套著自殺袋，一根管子連接著氣瓶。它的眼瞼塗著紫色，長睫毛也是畫上去的。

「老大，馬許在線上。」摩斯說，一手掩著話筒。

「能不能跟他說我不在？」愛芮卡說。她猜是更多的組員要被調走，而且她實在沒辦法再面對另一場火氣大的會議。

「他要妳去辦公室見他，說很重要。」

「說不定他是要告訴妳我們總算要換新冷氣機了。」彼得森笑嘻嘻地說。

「我抱著希望。」愛芮卡說，塞好了上衣，套上夾克，離開了事件室，爬上四層樓到馬許的辦公室去。

她敲了門，他高聲要她進去。她意外地發現他整理了辦公室：亂堆的檔案和衣服不見了，還有那個散了架的大衣架。桌上擺了一瓶十八年的皇家起瓦士威士忌。

「可以請妳喝一杯嗎？」他問。

「好啊，反正是星期五。」

馬許走向辦公室一角，愛芮卡看到原本是一堆外套和卷宗的地方現在擺了一台小冰箱。馬許打開冰箱拿出製冰盒。她看著他在兩只塑膠杯裡加了冰塊，再倒了大量的威士忌。

「妳加冰塊吧？」他說。

「對，謝謝。」

他把瓶蓋拴上，放回桌子底下，再把一杯交給她。

「我知道明天是第二個忌日，」他小聲說。「我只是想陪妳喝一杯。讓妳知道我並沒有忘記。敬馬克。」

他舉杯和她碰杯。兩人喝了一口。

「坐，坐。」

兩人都坐下了，愛芮卡低頭看著琥珀色的液體依附在快速融化的冰塊上。她很感動，卻決定不要哭。

「他是個好人，愛芮卡。」

「我真不敢相信兩年了，」她說。「第一年，我早上醒過來常常會忘記他不在了，可是現在我已經習慣他不在了，一定程度的習慣了，這樣幾乎是更糟糕。」

「瑪西要我向妳致意。」

「謝謝……」愛芮卡用衣袖擦眼睛，改變了話題。「肖像拼湊出來了，全都是『犯罪觀察』的那個女演員。」

馬許點頭。「我看過了。」

她接著說：「恐怕我們唯一的突破口就是等她再殺人。不過我們不會停止調查，下週我要叫小隊再把證據都檢查一遍。我們會從頭開始。一定會有什麼，無論有多不起眼……」

馬許往後坐，一臉痛苦。

「妳也是知道的，愛芮卡。她可能接下來幾週又會出手，或是幾天……也可能是幾個月。我有一次參加敏斯岱行動，凶犯到某個階段居然停止了七年之久。」

「你是在讓我慢慢接受事實嗎？」

「不是，我很樂意多給妳一點時間，可是我得提醒妳資源並不是無限的。」

「那請我喝威士忌是什麼意思？」

「是真心實意的意思。跟工作沒有關係。」

愛芮卡啜著酒，兩人靜坐了一會兒。她看著馬許身後：藍藍的天，屋子向遠處退去，挪出空位給一塊塊的綠地。

「妳明天要做什麼？有人陪妳嗎？」馬許問。

「馬克的爸倒是說要來倫敦，可是我想……這件案子……」她的話沒說完。

「休息一天，愛芮卡。妳已經連續三個星期沒休息了。」

「是，長官。」

她喝完最後一點威士忌，把塑膠杯放到桌上。

「我覺得她在計畫下一次的命案，長官。她並沒有冬眠。我不認為會等七週，更別說是七年了。」

51

席夢又跟蹤了那個男人三次。他喜歡把下午消磨在滑鐵盧的一家同志三溫暖裡，這家店就隱藏在火車站後面。她有兩次跟蹤他到那裡，低調地在同一條街下方的網咖裡等待。他每次都待個幾小時。有天早晨，他從巴比肯藝術中心搭地鐵，她坐在車廂的另一頭，躲在一排通勤族之間，假裝在看《都市報》。火車搖搖晃晃繞著環線，最後抵達格羅斯特路的地下車站。

在西倫敦跟蹤他讓她覺得緊張，這裡對她很陌生，充斥著銅臭味，喬治亞式華宅和坐在露天咖啡座的外國人。他來到住宅區街道的一家時髦辦公室，直接消失在裡面，頭也不回。

她那天又回去監視他住的大樓。鮑黎巷莊園是一處雖大卻荒涼的U形六層公寓，中央有一條長橢圓形草坪。公寓是水泥粗獷派風格，二戰之後建造的市建住宅，當年倫敦大部分地區都是廢墟。而現在，六十年後，公寓變成了建築史上的重要地點。水泥結構列入了文物保護名單，每間公寓的起價是幾十萬——較富裕的新居民和原本的租戶不舒服地擁擠在這裡。

主入口和樓梯間以前就對著馬路，但是八〇年代末期的一次武裝攻擊讓這裡被圈進了強化玻璃裡，而平板玻璃門入口還有保全監視系統。

從馬路對面的另一家網咖監視，席夢努力想出進去的方法。最明顯的方式就是等住在裡面的某人進出。這一招對別人鮮少奏效：有兩次她看見外送人員被正要外出的年老居民擋住。居民使用塑膠鑰匙卡開門，按在門鈴網格下方的方形觸板上開鎖。

這一點令席夢擔心。她擅長開鎖，可是要無聲無息弄到一張塑膠鑰匙卡就難了。至少得先處理善後。

然後，到了下午兩點，她觀察到一群老婦人從大玻璃門出現，每一個都拿著一捲浴巾。她們蹣跚穿過草坪，進了U形大樓後面的一扇門。一個小時後，她們回來了，頭髮是濕的，嘰嘰喳喳聊著天，穿過陽光照射的草坪，用鑰匙卡開了大門。

席夢上網搜尋「鮑黎巷莊園」，看到那裡有個市議會經營的小游泳池。每週四天舉辦「六十歲以上長者」的游泳課。

席夢記住了這一點，等待著恰當的時機。她跟蹤那人到滑鐵盧的三溫暖，再折回鮑黎巷莊園，及時看到老太太們游泳完出現。

席夢發現越簡單的方法越能成功，所以，她穿著護士制服，戴上了深色短假髮（是她從新近病逝的一名癌症患者的置物櫃裡拿的），在老婦人出現時走向玻璃大門。只需要一抹微笑，一聲抱歉弄丟了鑰匙，老太太們就讓她進去了。有時平平凡凡不起眼反倒有用。

他的公寓是三十七號，在二樓。每一樓都是一條長長的水泥走廊，露天的。席夢很有自信地走動，經過了每一戶公寓的前窗，發覺每扇窗望進去都是廚房。有扇窗裡有個老太太在站著洗東西，另一戶她從廚房的一處開口看到客廳，兩個小孩子坐在地毯上玩玩具。

她來到了三十七號——從盡頭數來第三間——手裡拿著鑰匙。她自己打賭前門會是彈子鎖，這是最常見的鎖，鑰匙只有薄薄的一支。公爵告訴了她一切的撞匙用法。用特製的鋸齒邊鑰匙是有可能強行打開彈子鎖的，唯一的問題是可能很吵。插進鎖孔之後，鑰匙必須非常輕地往外拉，再拿鎚子或是鈍器重敲。彈子鎖裡的五個小彈子就會被上抬，騙它以為是正確的鑰匙。

公爵幫她在網上買了一支撞匙，還有自殺袋。席夢用她自己的後門練習開鎖，但是她在接近那個人的門時心跳仍漏了拍。她很慶幸確實是彈子鎖，她插入鑰匙，另一手則握著一塊光滑的小石頭，然後用力敲鑰匙——

一下，兩下——門把就能轉動了。

門打開時她心中湧入了無限的得意。要是有道輔助鎖，那她幾乎就等於是白費功夫，但是門開了，她悄悄溜了進去。她查看是否有警報器，很高興並沒有。看來前門的監視系統讓這個人相信他不需要額外的保全設施。

她背對著門站了一會兒，讓呼吸平緩。

然後她在公寓中迅速移動。左手邊的第一扇門打開來是廚房——雖然小卻摩登。走廊直接通向大客廳。她從一面大玻璃窗可以看到勞埃德大廈一柱擎天，其他的大樓都相形見絀。客廳裡有一台大平板電視和一套L形的大沙發，沙發上方掛著巨幅相片，是一個裸男，不懷好意地瞪著她。有一整面牆擺滿了書，底層的架子全部放的是酒類：五十個瓶子，或許更多。

酒瓶太多了。她會需要使用針筒嗎？

後面角落裡有一架金屬螺旋梯消失在天花板裡。席夢拾級而上，看見樓上的格局也很小：很有挑戰性。

她的心跳開始因為興奮和期待而加快。這一個比起另外兩個更讓她興奮。她查看了電箱和電話線的位置，滿意之後，才回到前門。門邊牆上掛了一堆的外套：長的、短的、厚的、薄的。牆上拴了一塊小飾板，掛著幾支鑰匙。她一支一支拿起來開前門，最後找到了正確的那一支。

有時候事情就是注定好的，她心想，離開了公寓，鎖上了門。

52

馬克忌日這天摩斯邀請愛芮卡去她家烤肉，說還請了彼得森。愛芮卡很感激他們的關心，但是她說她想要一個人過。

讓她意外的倒是艾塞克無聲無息。這一週來他很安靜，她發覺她只在傑克·哈特的解剖報告那天見過他。說不定她對史蒂芬的反感讓他們兩人的友誼變冷了。

愛芮卡早早就醒了，她做的第一件事就是拿下廚房的時鐘和臥室的時鐘。她的電視、筆電、手機全部關機。下午四點半烙印在她的腦海中了。就是這個時間，在兩年之前，她發令攻擊傑若米·古德曼的屋子。

今天又是酷熱的一天，但是她出去慢跑，在濕氣中推逼自己，雙腳踏著馬路，再繞進丘陵原野公園，公園裡有遛狗的，有在免費球場打網球的，還有在玩的兒童。戳進她心窩裡的是那些在玩的兒童，她跑了兩圈之後停下來，回家。

回到家後，她開始喝酒，把她為彼得森打開的格蘭傑喝光。

她坐在沙發上，熱氣在屋內循環，背景裡有割草機的聲音。儘管她叫自己放下、放下，她還是覺得被拉回到那個酷熱如火爐的一天，在羅奇代爾那條失修的馬路上……

她能感覺到警察的防護裝備濕透了上衣，黏在皮膚上。邊緣僵硬銳利的克維拉防彈衣往上縮，抵著她的下巴。她蹲伏在透天屋的矮牆下。

她的小隊有六名警員，也都挨著牆根蹲著，以大門門柱為界，兩邊各有三人。她旁邊是湯姆．布萊德貝利，大家都叫他布萊德——她從加入曼徹斯特警務處之後就和他共事了。他在嚼口香糖，呼吸緩慢。汗水從他臉上流下來，他焦躁地動了動。

布萊德旁邊是吉姆．布萊克，外號「如花」。他有一張嚴肅的臉，但是笑起來卻是笑靨如花，才會贏得這個外號。愛芮卡每次想到他在執行警務時鐵面無私，卻能綻開最亮麗的笑容就忍不住覺得好笑。她跟馬克和如花和他太太米雪兒變成了好朋友，而他太太也是警局裡的社區警察。

大門的另一邊是提姆．詹姆斯，是她小隊的生力軍，也是明日之星。他是一位傑出的警察，又高又瘦，而且帥得掉渣。白天他逮捕一臉凶悍的人，晚上再到酒吧去跟他們稱兄道弟。提姆．詹姆斯加入她的小隊時被取了個「TJ」的外號，後來他的同事聽說他喜歡男人，就變成了「BJ」——但是這個綽號沒有別的意思，他也很懂情理，欣然接受。

BJ旁邊是沙爾，全名是沙爾曼．杜馬，是位絕頂聰明的印度裔英國人，頭髮和眼珠烏黑如玉。他的家族在布拉福已經定居四代了，但是巡邏時他仍得忍受那些混蛋對他拋出「滾回你的國家」的嘲諷。他太太蜜拉照顧他們的三個孩子，同時也是西北區「安桑莫斯」情趣用品店的頂尖業務。

而在最旁邊的就是馬克。馬克就是馬克，沒有什麼綽號，不是因為他這人很無趣或冷淡，他是大家的朋友，極其隨和，同時忠心耿耿。馬克對誰都有時間，愛芮卡知道他是她有這麼多朋友的原因——他拿掉了她性格中引起摩擦的銳利邊緣。他軟化了她的強硬，而她也反過來教會他不要當什麼都接受的老好人。

所以在七月二十五日下午四點二十五分他們全員到齊，在毒販傑若米．古德曼的屋子外排成一列，汗流浹背。他們已經調查他好幾年了，一年半來他甚至涉入了摩斯區酒吧裡一名大毒販被殺的血案。在緊接而來的權力真空中，傑若米掌控了冰毒和搖頭丸的製造及供應。而在這個酷熱難耐的日子，在這條位於羅奇代爾的破敗街道上，他們正等著攻破這棟大宅——他的一個據點。

警局提供了愛芮卡小隊一個龐大的支援網。這棟屋子被監控了幾週的時間，它的影像烙印在她的腦海中。前面是清水模，有輪垃圾桶滿溢而出，牆上有瓦斯表和電表，蓋子都被扯掉了。

一名臥底警察弄到了屋子內部的平面圖，他們計畫了進攻點：直接從前門攻進去，衝上樓。樓梯平台左邊的門通往裡間的一間臥室，據信他們就是在這裡製作冰毒的。

幾天來秘密監視看到一個女人帶著一個小男孩進出。這是個風險。他們必須要算到傑若米可能會利用這個孩子當人肉盾牌，當談判的籌碼，或是索性冷酷無情地以小男孩的性命要脅——但是他們已經有了充分的準備。愛芮卡跟小隊一遍又一遍演練，他們的默契十足。

她看著分針漸漸接近四點半，恐懼之情流過全身。她抬起頭，發出命令，看著她的同事迅速移動，衝向了前門。由她殿後，悄悄經過門柱。這時，什麼明亮的東西照到她的眼睛，害她眼花，她猛然驚覺是電表旋轉反射陽光。閃光又現，再現，幾乎和破門錘的撞擊聲同步，第三下時，木頭碎裂，前門轟的一聲向內撞開。

她當下就明白傑若米已經得到線報了。就在生死交關的幾分鐘內，布萊德、如花、沙爾倒地死亡。愛芮卡的防彈背心挨了一槍，打得她向後倒，接著一顆子彈射穿了她的脖子，所幸沒有射到主動脈。她緊緊抓著脖子，鮮血從指間流出來，而這時馬克則緊靠在她身邊。

他看著她，滿臉驚恐，了解了當下的情況——然後他似乎停頓了。

就在這時愛芮卡看見他的後腦勺被打爆了。

愛芮卡和提姆．詹姆斯被直升機送離現場，身受重傷。她丟下了她的警員——她的朋友和她的先生——任由他們死亡。

現實上只是幾分鐘內的事情，但是打從那個劫數難逃的那天下午四點三十分開始，愛芮卡的人生就慢下來了。從那時開始，她覺得她是走在惡夢裡，而且永遠也醒不了。

53

席夢向後站，看著瑪麗彆扭地躺在床上，半個身體掩在一件印花睡袍下。她喘息不定，而且滿心憤怒。

她在貝肯翰姆的二手店裡看見了這件睡袍，當下就決定要幫瑪麗買。那裡是買便宜貨的好地方，而且貝肯翰姆這地區會捐衣服給二手店的人也比她居住的地區要富有多了，你可以揀到好東西。

這件睡袍花了她十二鎊，她掏錢之前還猶豫過，但是她喜歡這件的白底櫻桃圖案，覺得會非常適合瑪麗。

問題是睡袍不合身。瑪麗的肩膀太寬，席夢花了十五分鐘想把睡袍套進她軟弱無力的身體，卻卡住了。睡袍堆在老婦人的頭上，把她的肩膀擠成一起，連帶的兩條胳臂抬了起來，軟軟地伸在面前。

席夢在小病房裡踱步。再幾分鐘就是用餐時間了，護士會進來餵病人。瑪麗不進食，但還是會有人開門。

「妳為什麼不告訴我妳要穿比十二號大的？」席夢說。「妳又沒在吃飯。我在這件衣服上花了很多錢欸！」

她一把揪住睡袍的衣領，用力拉。瑪麗的頭猛地向前點，再後仰，完全沒有支撐，上半身被從床墊上揪起來。席夢跟睡袍奮戰，突然一聲撕裂聲，瑪麗倒向一側，頭重重撞到安全護欄。

「看妳做的好事，」席夢說，把撕破的睡袍折起來。「我不能拿回去退了！」她搖撼老婦人，感覺到她軟弱無力的身體，既嬌小又脆弱。她放開了手。「為什麼大家老是讓我失望？」

她粗魯地幫瑪麗穿回背部中空的病人袍，把她塞進毯子下。

「我有一陣子不要跟妳說話了，」席夢宣布，折好睡袍，塞進皮包裡。「妳讓我失望。妳只是一個又胖又老的女人，而且不知感激。我把辛辛苦苦賺來的錢拿來幫妳買新衣服，妳卻連穿都穿不下！」

席夢揹好皮包，打開了門。外頭走廊上迴盪著呻吟聲。

她轉向瑪麗。「難怪喬治不要妳了……我還有人要去拜訪呢。」

54

愛芮卡睜開眼睛。客廳昏暗陰森，外頭天黑了，一陣微風從打開的陽台門吹進來。她站起來，覺得頭好痛：是喝了那麼多威士忌要開始宿醉了。

一小堆樹葉從陽台門被吹了進來，這時被風吹得在地毯上抖動。她彎腰撿起來，拿在手裡，樹葉是長形的，帶著一層蠟，她認出是尤加利樹，拿到鼻端吸入蜂蜜薄荷的味道，既清新又溫暖。馬克的回憶回來了，她感覺到胸中的暖意。尤加利是他最喜歡的味道。她總幫他買小瓶的尤加利精油讓他加到洗澡水裡。她把葉子舉在鼻端，穿過陽台門到黑暗的花園裡。清涼的陣風吹亂了她的頭髮，她能看到房屋後方馬路上的高大尤加利樹翦影。

一聲霹靂，一顆豆大的雨滴落在她的腿上。幾分鐘後又一滴，再一滴，然後，嘩啦一聲，大雨傾盆。她站了一會兒，仰臉承接雨水。閃電霹靂，雷聲隆隆，雨勢變大，連綿直落，淋濕了她，洗去了這一天的淚水和汗水。

然後她發覺了。她在沙發上坐下來睡著時陽台的門是關著的，她轉身看著打開的陽台門，像幽黑的大嘴。她看不見室內。她移到花園的邊緣，從籬笆下的狹窄花床上抓了一個大石頭，握在手裡，回到公寓去。

她打開了電燈。客廳空落落的。她沿著走廊前進，一路打開電燈，握著石頭，在打開浴室燈時隨時準備出手擊打。什麼也沒有。她來到臥室門，打開了燈。也是空蕩蕩的。她蹲下來查看床底下，然後她看到了。

一個奶油色的厚信封擺在她的枕頭上，用藍色墨水寫著：愛芮卡·佛斯特總督察。

愛芮卡瞪著信看，心臟怦怦跳。她握著石頭，硬著頭皮走到客廳，用力關上陽台門，鎖上。戶外伸手不見五指，大雨落在草地上。她走向皮包，找出了一雙乳膠手套，但是她雙手發抖，戴了幾次才戴上。她回到臥室，小心謹慎地接近那封信，從枕頭上拿起來。

她來過……進到她的家裡。是黑夜惡煞，愛芮卡很肯定。她把信帶到廚房，放在流理台上。大雨持續敲打著窗戶。她拿刀子輕輕把信封口割開，抽出一張卡片，是海上落日的圖案。太陽就像一個血紅色的大蛋黃，在地平線上綻放。她深吸一口氣，小心打開信封，裡頭以整齊的藍色墨水寫著：

不要站在我的墳前哭泣。
我不在裡面。我沒有沉睡。
我是吹著的千縷微風，
我是雪地上閃耀的鑽石，
我是成熟穀物上的太陽，
我是溫柔的秋雨。

當妳在早晨的寂靜中醒來
我是那一群昂揚向上
繞圈飛行的安靜飛鳥。
我是在夜晚閃爍的溫柔星子。
不要站在我的墳前哭泣。
我不在裡面。我沒有離去。

這首詩底下寫著：

妳得學會讓他走，愛芮卡……
一個寡婦給另一個的忠告。**暗夜殺手**

愛芮卡手中的卡片落在流理台上，退後一步，用發抖的手摘掉手套。她又在公寓中走動，檢查窗戶和門是否上鎖。黑夜惡煞來過這裡，她趁愛芮卡睡覺的時候進來過。她在裡面多久？她是不是盯著看愛芮卡睡覺？

愛芮卡環顧客廳，打了個哆嗦。她不僅進來她家裡，她更感覺是住進了她的腦子裡。詩寫得很美，扣動了她的心弦，切中了她的失落與喪夫之慟。為什麼如此病態又扭曲的一個人竟能和她有這麼深的連結？

55

席夢在後街上跑得很快，這是中倫敦少有的後街。大雨如注，她能感覺到她的脖子一側有血在流；她的嘴巴麻痺，上唇充血腫脹，痛得要命。計畫出錯了。她搞砸了。

一開始是很順利的。她穿著護士制服進入了鮑黎巷莊園公寓。二樓的走道一個人也沒有，她鬼鬼祟祟前進，經過了敞開的廚房窗戶。一扇窗戶裡有個男的躺在閃爍的電視前睡覺。席夢停下來，瞪著他一會兒。他的腳伸長在前面，一隻手臂擱在胸口，在閃爍的光線中上下起伏……

她強迫自己在陰影中移動，最後來到了三十七號，史蒂芬．林利的前門。她把耳朵貼在紅漆上聽，什麼也沒聽見。她把鑰匙插入鎖孔，輕輕的一聲嗒，門應聲而開。

史蒂芬．林利在一個小時後返家。她埋伏起來等他，在樓下的陰影中，聽著他在廚房裡移動。她從客廳的玻璃門盯著他倒了一大杯的果汁，她已經在裡頭摻了約會強姦丸了。他喝得很快，然後又倒了一杯，拿到樓上。

他經過了席夢的藏身處，非常接近，就在大玻璃窗的厚重窗帘之後。他經過時她感覺到空氣變動，她聞到了他：甜膩的、過濃的古龍水、汗臭和性交的味道。更強調了她對他的憎惡。

她聽著他走進浴室，在黑暗中跟隨，在柔軟的地毯上悄然無聲。浴室門打開了，她聽見他解開腰帶，開始小便。

慢慢尿吧，這是你最後一次用那玩意了。席夢心想。她移動到臥室，輕輕打開了她的腰包，掏出折疊整齊的塑膠袋。

她移向床鋪，在地毯上躺下來，滑進床底下。席夢很享受這個部分：躺下來等待，它強調了兒時有鬼怪躲在床底下，有妖魔藏在陰暗的衣櫃裡的所有惡夢。她就是妖怪，她知道，而她深以為喜。

她聽見史蒂芬在浴室中的模糊聲響。水龍頭打開了，他把浴簾拉上了。

幾分鐘後他終於出來了，她盯著他的兩隻腳出現在她的視線中，搖晃不穩地在床鋪四周走動。他的手機響了，他咒罵一聲，在長褲口袋裡掏摸，嗒的一聲，他拒接電話，接著手機掉在她旁邊的地毯上。螢幕發光。然後他失去了平衡，倒在床上。席夢更往裡縮，躲進了陰影裡。上方的床墊震動。

「咦，我是喝了多少啊？」她聽見他喃喃說。席夢又等了一分鐘，這才挪向手機掉落之處，伸手把手機拉過來，把手機關掉。她緩緩地、輕輕地爬出了床底下，看到他側躺著，背對著她，一隻手顫巍巍地在臉上移動。她默立了一會兒，盯著他，聽他呻吟，然後悄悄離開了臥室，下了樓。電箱是在螺旋梯下的一個小櫥櫃裡。她打開來，關掉了總電源。

她的眼睛已適應了微光。她看向他寫的書，排列在書架上：《墜入黑暗》、《從我冰冷死亡的手中》、《地窖的女孩》。她最痛恨最害怕的是史蒂芬・林利的心理。她先生很愛他的書，很享受裡面的恐怖和折磨。她想到史丹是如何壓制住她，往她赤裸的身體上倒熱水……他是如何從《從我冰冷死亡的手中》學到這一招的。

她站了一會兒，掬飲著沉默，只被樓上史蒂芬的呢喃聲打斷。

「我來了，我來找你了，你這個邪惡的雜種。」席夢低聲說。她快速移動，回到樓上，進入臥室。

席夢爬上床，床鋪吱呀晃動。她伸長手把塑膠袋套在他頭上，發出輕微的劈啪聲。

史蒂芬驚慌起來，兩手亂揮，拳頭打中了席夢的太陽穴。她不去理會疼痛和眼前亂冒的金星，用力拽繩子，緊緊纏住他的脖子。他抗拒得更用力，兩手又亂揮，打中了她的嘴巴。他的力道令她意想不到，她心想，到這時候他應該被血液中的藥物弄得非常疲軟虛弱才對。她粗魯地拉扯繩子，讓繩子咬進他的頸部肌肉。他開始在床墊上亂滾，想要躲開她。她以為他是想逃走，沒想到他卻高舉胳臂，用什麼又重又硬的東西猛擊她的後腦勺，不過他的力氣不足以給她致命的一擊，那個物件從她的頭上擦過，滾到床墊上。

這時塑膠袋緊緊套在他的頭上，塑膠在他的臉上和呻吟的嘴上漸漸形成真空。席夢一隻手牢牢抓著塑膠袋，另一隻手去摸打中她的東西。不料史蒂芬的手肘重重撞上她的太陽穴，但是她的手也握住了一個沉重的大理石菸灰缸。他正瘋狂地抓著臉上的塑膠袋，又是乾嘔又是咳嗽。他兩腳踩著床，以雙腿之力往上推。席夢感覺到他的頭掙開了，立刻把菸灰缸高舉起來，使盡全身之力，打在他的頭上。很噁心的一聲砰，他的前頭骨凹了一塊。她又舉起菸灰缸，再打一次，又一次。第三次時，塑膠袋迸破，鮮血和骨頭噴在牆上。

她坐在床墊上，全身發抖。她做到了。她做到了。可是卻做得一點也不乾淨俐落。就在這時，她跑出了臥室，摔落了半截樓梯，然後一直跑，跑出了公寓。她一直到安全地遠離之後才停下來，被黑暗與大雨包裹住。

56

愛芮卡的手機響了起來，打斷了嘩啦的雨聲，嚇了她一跳。她不知道自己瞪著卡片上整齊的筆跡多久了。她從前門邊的地毯上抓起手機，接了起來。

「愛芮卡，幫我，他死了！」一個她幾乎聽不出來的聲音說。

「艾塞克，是你嗎？」

「對！愛芮卡，妳一定得幫幫我。是史蒂芬……我剛來他的公寓，就發現他……天啊……好多血，到處都是血……」

「你報警了嗎？」愛芮卡問。

「沒有，我不知道能打給誰……他躺在床上，沒穿衣服……」

「艾塞克，聽著，你得撥九九九。」

「愛芮卡……他死了，而且他頭上有塑膠袋……」

愛芮卡趕到鮑黎巷莊園時雨像是一盆盆地倒下來，她的雨刷奮力清走洪流，圍攏在入口的警車藍燈似乎和一條條的雨水融合了。她停在一輛支援廂型車的後方，下車衝進暴雨中。

「女士，移開妳的車子，妳不能停在這裡！」一名警員跑過來，一面大喊。她亮出了警徽。

「我是佛斯特總督察，我是被叫過來的。」她說謊道。

「妳是這件案子的高級調查警官？」警員問，舉起一隻手遮擋眼睛。雨打在他的帽子上的防雨罩上簌簌響。

「等我看到現場再說。」她說。他揮手讓她經過。她走向警戒線。警車停在人行道上，一輛救護車開進了庭院的草皮上，燈光和閃在公寓上的警車紅藍燈互相輝映。

愛芮卡抬頭發現燈光是來自公寓的窗戶。一名警員在吆喝民眾進屋去，愛芮卡看到一群年輕女孩穿著睡衣被她們的母親往屋裡趕。

她在警戒線外亮出警徽。

「妳不在名單上。」警員大聲喊，壓過雨聲和警笛聲。

「我是第一反應小組的。佛斯特總督察。」她大聲說，又亮出警徽。他點頭，讓她在寫字板上簽名，這才撩起警戒線讓她進去。

一扇大玻璃門打開了，她走進去立刻看到一處極簡風格的樓梯間。灰色的水泥上有斑斑點點的多年污漬。她來到史蒂芬．林利的公寓，裡面擠滿了人。她亮出警徽，拿到了一件連身服、一個口罩和一雙鞋套，她迅速在走廊上穿戴好。進屋後，小公寓中每一處可用的空間都被採過指紋，也拍過照。犯罪現場的警員默默工作，完全不理她。她懷著一股恐懼感爬上螺旋梯。她能聽到樓上輕柔的喃喃聲，犯罪現場攝影師按快門的聲音。

臥室比她想像中還要可怕。一個裸體男人倒在白色床墊上，床墊吸飽了鮮血。他的身體倒沒什麼傷，但是套在塑膠袋裡的頭卻面目全非。後方的牆上一條條紅痕。房間裡到處是警察——有一個身高格外突出。他旁邊站著一個矮得多、胖得多的警察，打開了大五斗櫃的一個抽屜，正在拉出一堆的假陰莖、皮革束帶和像是束縛面罩的東西。他拿起了一件黑色聚氯乙烯面罩。

「看樣子像是一種戀物控制呼吸的工具。」他說。

「天喔，難怪他會死得這麼慘。」那個高個子警察說。愛芮卡一聽出是誰的聲音心立刻往下一沉。

「佛斯特總督察，妳來這裡做什麼？」史巴克斯總督察說。

他旁邊的矮胖男子把面罩放進證物袋裡。他的眉毛又長又硬，兩眼粗獷。

「……我接到召喚。」她說。

「是誰叫妳來的？第一反應單位是倫敦市警察，他們叫我這一隊來，」史巴克斯說。「這位是尼克森警司。」

史巴克斯和尼克森都從面罩後瞪著她，攝影機的閃光燈亮了兩次。

「妳有點撈過界了，不是嗎？」尼克森說，聲音低沉生硬，一本正經。

「我……呃……我接到了鑑識病理學家艾塞克．史壯的電話。」愛芮卡說，聲音顫抖。

「我是鑑識病理學家鄧肯．馬斯特思。」在角落忙的一名目光炯炯的矮個子男人說。「史壯醫師正由警員訊問中。他不是以專業人士的身分來這裡的。」

「哈囉，馬斯特思醫師，」愛芮卡說。「我一直在調查傑克．哈特和葛瑞格利．蒙羅的窒息致死命案，我是以專業身分來的。我相信這宗命案有可能是由同一名凶嫌犯下的。」

「妳憑什麼會這麼覺得？妳才剛闖進我的命案現場。」馬斯特思醫師說。

「這個人被大理石菸灰缸活活打死，而且他的屁眼裡充滿了精液，」史巴克斯說。「看起來像是我們的案子，接下來就交給我們了。」他示意一名警員過來。「你能把這個女人帶到外面的支援車輛那兒嗎？問清楚她是怎麼得到命案現場的線報的。」

「我是佛斯特總督察——」愛芮卡才開口就感覺到有一隻手緊緊抓住了她的臂膀。「好、好，不需要來硬的。我看得到門，我自己出去。」

一身藍色犯罪現場連身服的警員陪著她走出去。即使愛芮卡只露出了雙眼，她也能知道每一個人都能看見她的羞辱。

57

就跟許多高階的醫生變成病人之後會非常不合作，愛芮卡也不很高興在一輛警方的支援車輛中被訊問。大雨仍下個不停，敲在車頂上咚咚響。

兩名男性警員威爾金生督察和羅伯茲督察坐在她對面，打開的車門口則有一名女性警員在看守。她紅褐色的頭髮往後攏，露出了一張年輕的臉。

「為什麼艾塞克・史壯不先報警卻先打電話給妳？」威爾金生督察問。他的一張瘦臉像老鼠，牙齒也像。

「他嚇壞了。他處於極度震驚的狀態。」愛芮卡答道。

「那你們很親近？妳在和艾塞克・史壯交往嗎？」羅伯茲督察問。他金髮，跟同事比起來算英俊。

「不，他只是我的朋友。」愛芮卡說。

「只是好朋友？」羅伯茲說，挑高了一道眉毛。「沒別的了？」

「你們的偵查工作還包括這個，查出誰在跟誰上床？」

「回答問題，佛斯特女士。」威爾金生督察命令道。

「我已經跟你們說了兩遍了，我是佛斯特總督察。」她說，掏出了警徽，啪地按在桌上。

「我一直在調查兩件命案，凶嫌都闖入被害人家中，在被害人頭上套塑膠袋使他們窒息而死。兩名死者都是男性。你們八成聽說過：被害人是葛瑞格利．蒙羅醫生以及傑克．哈特。我是案件的高級調查官，而艾塞克．史壯醫師是鑑識病理學家。我和史壯醫師在工作外也是朋友，我們偶爾會來往，而且我知道他是同志。而現在，我們在公私兩方面似乎都因為艾塞克的伴侶史蒂芬．林利而糾纏不清了，他就是樓上那個腦袋被打凹了的男人。史壯醫師發現他時當然會傷心失措，他就打了電話給我。你們回頭去聽那通電話，就會聽到我清楚表明他應該報警。然後我掛斷電話就趕來現場。我可以告訴你們使用在前兩起命案的塑膠袋是非常特殊的物品，我相信殺死史蒂芬．林利的也是同一種塑膠袋。所以你們最好現在開始聽我說，拿出點敬意來，因為幾個小時之後，要是你們仍然負責偵辦本案，那你們就得聽我的命令。」

她往後坐，打量兩名刑警。兩人互換了緊張不安的一眼。

「好的，長官。」威爾金生說，一臉難堪。

「那你們還有什麼問題要問我的？」

「我想暫時沒有了。」羅伯茲說。

「謝謝。我想跟史壯醫師談一談。他在哪裡？」愛芮卡問。

門口的警員正在講無線電，聞言抬起了頭。

「是控制中心，」她說。「我剛聽說史巴克斯總督察讓尼克森警司留在現場，他把艾塞克．史壯醫師帶去查令十字路警局了。」

「帶去？」愛芮卡問。「他被捕了？還是他自願去的？」

警員對著無線電重複問題，停頓了一下，接著是幾聲嗒和嗶，然後一個聲音回報，確認艾塞克是以涉嫌殺害史蒂芬·林利的罪名被捕了。

58

愛芮卡遲疑了一下才伸手去敲大銅門環。她向後站，仰望漆黑的屋子。雨停了，緊接著又吹起了寒風，即使她仍全身濕透，她還是很願意在熱浪之後接受低溫的洗禮。她把丹寧外套拉緊，正要再敲門，前門上的小窗就亮了。

「誰啊？」馬許粗聲粗氣地問。

「老大，我是愛芮卡，佛斯特總督察。」

「他媽的。」她聽見他嘟囔，幾道門栓打開，兩道門鎖轉動，他終於拉開了前門。只穿著一件四角褲。

「我有非常好的理由過來。」她說，舉高了雙手。

二十分鐘後，愛芮卡的丹寧外套被爐子烤得微微冒蒸氣，她跟馬許坐在廚房的橡木長桌上。他套上了運動褲，而他太太瑪西披著長髮，沒有化妝，正往茶壺裡舀茶葉，等著水沸。

「要命。」馬許說，聽完了愛芮卡報告史蒂芬．林利命案。

「很抱歉打擾了你們兩位，可是我也不想拿我的手機打給你。」愛芮卡說。

「妳就沒有私人的手機？」馬許問。

「沒。」

「那妳要打私人電話的時候怎麼辦？」

「我沒多少私人電話要打，」愛芮卡說。這句話在空中停留了一會兒。水壺響了，瑪西往茶壺裡倒開水。「我的重點是，」愛芮卡接著說。「我跟艾塞克的通話會是案子的證據，因為他現在成了嫌犯。可是，長官，不是他做的。我看了命案現場。是黑夜惡煞，我有把握。」

「妳說史蒂芬．林利被菸灰缸打爆了頭？」

「塑膠袋是同一款的，自殺袋；他赤裸地倒在床上。可能是哪個環節出了錯，凶手可能是慌了。他一定是反擊了。」

「妳真的認為是個女的？」瑪西問，難以置信。

「是的。」愛芮卡說。瑪西走過來，在兩人面前放下茶杯。馬許放在桌上的手機響了。

「是尼克森警司。」馬許說，先看著螢幕才接聽。

「他和史巴克斯總督察在現場。」愛芮卡說。

「喂？約翰，我是保羅．馬許……」他離開了廚房，關上了門。愛芮卡聽著他的聲音在走廊上漸行漸遠。瑪西過來坐在她對面。

「要不要？」她問，打開了一盒餅乾，放在兩人之間。「妳的臉色有點蒼白。」

「謝謝。」愛芮卡說。兩人各拿了一片，默默咀嚼。

「我知道今天是什麼日子——週年，」瑪西說。「我很遺憾。妳知道我很遺憾。一定不好過。」

「謝謝，」愛芮卡說，又拿了一片餅乾。「不過我覺得今晚我有點接受了。妳知道我的意思嗎？我仍然一直想著他，可是我有點接受他不會再回來了。」

瑪西頭點。愛芮卡覺得少了平常那些妝容，她真是漂亮。讓她變柔和了。

「妳有沒有想過留在南部？」瑪西問，又拿了一片餅乾，輕輕浸著茶水。

「不知道。這兩年又像是我人生裡的頭兩年。剛開始是馬克死後一天，然後是一週、一個月、一年……」

「做什麼計畫都是不可能的。」瑪西幫她說完。

「對。」

「妳北部的房子還在嗎，拉斯金路的那棟？」

「在。」

「那棟房子好漂亮，好溫馨。」

「我沒回去過，從那之後。我叫了一群專業的搬家工去打包，收進倉庫。現在租出去了。」愛芮卡說，懊惱地又咬了一口餅乾。

「妳應該把它賣了，愛芮卡。妳記得我們在山景台地的房子嗎？我在網上看到剛賣了五十萬鎊！我知道曼徹斯特的房價上漲了，可也太離譜了。六年前我們搬到這裡的時候，房子賣了三十萬。妳可以在倫敦買個房子。丘陵原野公園附近有些很可愛的房子……我在森林山也看到一間美麗的待修屋……」

愛芮卡伸長耳朵在聽馬許在走廊上說話。

「瑪西，我不是來討論房價的。」她說。

瑪西一僵。「可妳確實是在半夜三點來敲我家大門，妳起碼可以表現得有禮貌一點。」

「今天實在是又漫長又不順，瑪西。」

「妳的每一天都很漫長嗎，愛芮卡？」瑪西說，站了起來，把沒喝完的茶倒進洗碗槽裡，茶水都濺到瓷磚上了。

「對不起。」

「保羅的部門沒有一個人覺得可以半夜三更上門來打擾。」

「我不是——」

「妳憑什麼覺得自己特別？」

「不是的。我們認識很久了，而我不想在電話中討論。」愛芮卡說。

馬許回來了，看著眼前的一幕：瑪西站在愛芮卡面前，手指比著，正要發話。

「瑪西，可以迴避一下嗎？」

「當然。為了你的手下，什麼都行。那明天見了。」她惡聲惡氣地說。

馬許的臉上掠過一種表情。他們分房睡嗎？愛芮卡心想。

馬許關上了門，迅速恢復鎮定。「他們要羈押艾塞克一夜。他們在等DNA報告。」

「什麼DNA？」

「看來史蒂芬・林利是挺……亂來的。他有一堆羽毛和束縛的玩意，他們在公寓裡找到的東西有的極色情。」

「哪一種？」

「都是合法的，卻是戀物癖的玩意，有的跟窒息有關……他們聽取了林利電話上的留言，看來他和艾塞克的情路走得不順。艾塞克留了幾通留言說他想要，我直接引述，『他媽的宰了』他。」

「我也留過那種話，長官。」

「愛芮卡……」

「不，你也知道那種流程。只要有心，無論是誰的私人通訊都會變得有罪。不是艾塞克做的。」

「那妳要我怎麼說，愛芮卡？好，就因為妳覺得他是無辜的，我們就中斷程序？」

「我們兩個都知道這類玩意會糾纏你不放！他有律師嗎？」

「我相信他有。」

「你可以讓我去看他嗎？如果要偵訊他，我寧願是我。」

「我們都知道那是不可能的……」

愛芮卡伸手到皮包裡，掏出那張卡片。

「你應該看看這個。」她說，把攤平放在塑膠袋裡的卡片推過去。馬許走去拿放在流理台上的老花眼鏡，再回來瞪著卡片許久。他把卡片翻過來，閱讀裡面寫的文字。

「妳是在哪裡拿到的？」

「我今天下午睡著了，醒來時發現陽台的門開著，枕頭上擺著這個。」

「枕頭上！妳為什麼不告訴我？」

「我現在不就告訴你了嗎！我醒了，發現了卡片——我沒碰，我先戴上手套才處理的——然後我接到了艾塞克的電話。我直接開車到史蒂芬．林利的公寓，然後我就過來了。」

「整個情況都失控了，」馬許說。「明天一大早就召開說明會。我來打電話，我們需要叫鑑識科到妳的公寓去。」

「沒關係。」

「妳想睡在沙發上嗎？」

「不了，長官。快要四點了，我會去住旅館，睡個幾小時。」

「好，那明天九點整局裡見。」

59

愛芮卡下了車衝進路易申街警局的入口時又是傾盆大雨。沃夫值勤，服務台的一排塑膠椅上坐滿了一群臭著臉的年輕女人，兩個在搖晃推車裡的哭泣寶寶，三個小娃娃站在盡頭的椅子上，兩男一女。他們在綠色的塑膠椅上跺著小腳，沒穿鞋襪，一面笑一面在玻璃窗凝結的水氣上亂畫。他們頭頂上搆不著的地方某人以油膩的手指寫了：**所有的豬都該死**。這些兒童邋遢吵鬧，但是在他們後方，水泥地板上的三雙夾腳拖卻排列得整整齊齊，這一點讓愛芮卡印象很深。

「早。馬許叫大家到事件室集合。」沃夫說，從值勤台抬起頭來。

「他有說是為什麼嗎？我是應該要在九點跟大家簡報的。」

沃夫向前傾，壓低聲音說：「是跟史壯醫師用菸灰缸殺了他男朋友而被捕的事有關……我都不知道他抽菸呢，更別提他從屁眼上了！」

「你難道沒有比八卦更好的事情做了嗎，巡佐？還有，你都不下班的嗎？」愛芮卡說，狠狠瞪了他一眼。她刷卡進門，把門重重甩上。

沃夫在監視螢幕上看著她大步從走廊消失。

「喂！我是還要等多久啊？」一個女的大喊。

「妳很快就會跟妳的畢生所愛團圓了，」沃夫說。「妳們兩個也是。他們正在採指紋，被控重傷害。」

女人對他大皺眉頭，又回頭去聊天了。

「今天早晨好像誰都沒幽默感。」沃夫自個兒嘀咕著，攤開報紙，咬了一口丹麥麵包。

愛芮卡走進事件室時，大家都到齊了，默默靜坐。馬許在前面等，喝著咖啡。

「啊，愛芮卡，坐。」

「不是我要簡報的嗎，長官？」

「我本來也是這麼想的，不過情況有了變化。坐，坐。」

愛芮卡坐到後面那一長排桌子上，印表機不尋常地沉默著。

馬許開始說：「昨晚，和我們一起調查這件案子以及其他幾件命案的鑑識病理學家艾塞克．史壯醫師被控殺害了他的伴侶，作家史蒂芬．林利。」

馬許停下來等著大家吸收消息。

「這讓我們的情況變得複雜。在葛瑞格利．蒙羅和傑克．哈特命案的法庭證據很多都是由史壯醫師經手的，而在兩件案子上，他的發現幫助我們剖繪出凶手。史蒂芬．林利命案有許多特徵都和葛瑞格利．蒙羅以及傑克．哈特命案相同。史蒂芬．林利被發現血液中有高濃度的氟硝西泮，他也因為同一款的『自殺袋』而窒息，但是在他這件案子上他似乎是和攻擊者有過打鬥。驗屍和毒物檢驗結果都發現林利固定使用娛樂性藥物——苯二氮平類和羅眠樂，這是氟硝西泮的學名藥——所以對這類藥物的耐受度較高。在現場唯一發現的DNA物證是屬於男性的。」

馬許又停頓，讓事件室中的警員吸收，這才往下說：「史蒂芬似乎有許多的性伴侶，昨晚他去過同志三溫暖。監視器拍到他從晚上六點起就在滑鐵盧的『戰車』同志三溫暖，晚上十點才離開。除了這個證據之外，史蒂芬．林利的命案是發生在鮑黎巷莊園1棟，是倫敦市警隊的管轄區。所以這件案子不但不在我們的轄區，也在倫敦警察廳的管轄權之外。」

「長官，他們總不會是把艾塞克．史壯當成那個連續殺人犯了吧？」愛芮卡問。

「可以讓我說完嗎？」

「如果你可以先讓我知道的話，我會很感激，長官。我是本案的高級調查官，可我卻是現在才聽到這個消息。」

事件室中的警員不自在地在椅子上挪動。

「愛芮卡，我也是在二十分鐘前從助理總監那兒知道的，」馬許說。「我可以說完嗎？」

「請，長官。」愛芮卡說。

「史壯醫師是在現場被發現的。他一開始是因為例行性訊問被羈押的——他說是他發現了史蒂芬的屍體。後來各種結果開始從命案現場回傳。史蒂芬．林利的筆電裡找到了大量的照片，其中一個被指認出是喬迪勒維。」

「他是我們偵訊過的那個應召男。他在葛瑞格利．蒙羅命案發生前幾天去過他家。」柯廉說。

「對，筆電裡的幾張照片拍到喬迪勒維和史蒂芬·林利以及艾塞克·史壯在一起：是他們性交的相片。警方搜查過史壯醫師的家，找到了少量的快樂丸、大麻和氟硝西泮，用在三件命案上的藥物。他們也找到了幾樣戀物癖的工具：面罩和塑膠袋，使用在性愛窒息或是呼吸控制遊戲的那類東西——為性交樂趣而讓你自己或是你的伴侶半窒息……」

愛芮卡坐在房間的後面，血液變冷。她的心思開始飛轉，想到她去過艾塞克家的幾次。會是真的嗎？

「好，一如往常，」馬許接著說。「除非證明有罪，否則就是無辜的，同時這樁案子又多了幾分敏感，因為史壯醫師是我們的自己人，是一位優秀的鑑識病理學家，紀錄無可挑剔。可是不利於他的證據卻累積得相當令人心驚，所以市警局別無他法，只能以謀殺史蒂芬·林利的罪名逮捕他。艾塞克·史壯現在也被當成殺害葛瑞格利·蒙羅以及傑克·哈特的嫌犯。」

「那麼我們這支小組要怎麼辦？」愛芮卡問。

馬許頓了頓。「大家都知道，我們需要保持透明。你們在這件案子上的表現都很優秀，感謝你們每一位。佛斯特總督察，妳也一直和史壯醫師合作，我們必須要仔細調查他的報告，看他是否影響了調查方向。史壯醫師也從命案現場打電話給妳，在他報警之前——」

每一雙眼睛都轉向愛芮卡。

「我認識艾塞克——史壯醫師——在社交方面，」愛芮卡說。「他只是走進了男友被殺害的現場。」

「我並沒有指控妳什麼，愛芮卡。可是他打給妳就越線了。我們不能讓一宗命案的高級調查官接到命案嫌犯從命案現場打的電話。我們的前同事史巴克斯總督察昨晚也去了命案現場，再加上他現在領導一支經驗豐富的命案調查小組，也就是說他會以高級調查官的身分接手這件案子。」

事件室中的幾名警員轉頭看著愛芮卡，她努力保持鎮定。

馬許接著說：「我是來感謝各位的辛苦的，但是我會需要你們今天早晨盡可能完成移交。史巴克斯總督察可能會留用幾位警員到他的小組裡。」

愛芮卡站了起來。「長官，可以跟你談一談嗎？」

「愛芮卡……」

「我想跟你到辦公室去談一下，長官。現在。」

60

「愛芮卡，我很抱歉。」馬許說。

她在他的辦公室中站在他對面。「我不敢相信你居然當著我的小組的面前告訴我，不先提醒我一下。」

「我說過，我一早就接到歐克利的電話，他已經做好決定了，只是來通知我一聲。」

「歐克利。那就難怪了……」

「這事並不是衝著妳來的，妳在事件室也聽見我說的了。」

「你覺得是他，艾塞克？」她說，在馬許對面坐下。

馬許移向椅子，也坐了下來。「別問我。我幾乎不認識他。他是位優秀的鑑識病理學家。倒是妳跟他最近挺有交情的——妳怎麼看？」

「我們沒有交情。我到他家吃過幾次飯。」愛芮卡發覺她是在輕描淡寫兩人的友情，一驚之下猛然打住。*我真的是這麼一個冷酷無情的賤人？*她心想。*他是我最親近的朋友之一。*但是她得承認，她剛才聽見的對他不利的證據令她震驚。

「那個男朋友呢？妳覺得他們相處的情況如何？」馬許問。

「我知道艾塞克和史蒂芬．林利的關係並不穩定。雖然他沒有細說，但是我知道是史蒂芬偷腥，他們才分手的。然後有一天我去吃飯，史蒂芬又莫名其妙回來了。我覺得史蒂芬不喜歡我，不過話說回來，我最近好像也不是個一眼就能討人喜歡的人。」

「只有最近嗎？」馬許嘻嘻笑著說。儘管情況嚴肅，愛芮卡也忍不住回以笑容。

「妳讀過史蒂芬．林利的小說嗎？」馬許問。

「沒。」愛芮卡說。

「瑪西下載了一本，《夜幕降臨》，我們上次度假的時候帶去讀……她連前四章都沒看完。」

「為什麼？」

「他似乎很喜歡折磨女人。」

「他寫的是犯罪驚悚小說啊，長官。」

「我也是這麼說的。我跟瑪西說她應該還是看她的浪漫喜劇……算了。我得安排把跟葛瑞格利．蒙羅和傑克．哈特命案有關的一切卷宗移交給史巴克斯總督察和他的小組，他們會請另一位鑑識病理學家來重新審視。」

愛芮卡站起來瞪著外頭的路易申區，天空烏雲密佈。「為什麼那個混帳史巴克斯會接手我的案子？感覺好像有人重重踢了我的牙齦！」

「妳到處樹敵就會有這個問題，愛芮卡。他們躲到一邊去密謀，而且通常在陰影裡茁壯。史巴克斯現在就幹得很出色。」

「怎麼個出色法？」愛芮卡問。「因為他絕對是非常賣力……他帶領自己的小組，還被找去協助亨姆斯洛行動的暗中監視。」

馬許愣住。

「長官，別告訴我他也在爭取警司一職？」

「爭取的警官有很多，不只是你們兩個。」

「那我還能做什麼？」

「別管這件案子。而在我看來，妳不管這件案子唯一的理由就是利益衝突。妳和這位鑑識病理學家來往，而他現在成了嫌犯。」

「既然要我不管這件案子，那就分派給我別的。我很樂意參加亨姆斯洛行動。史巴克斯現在沒空了，他們用得上另一位總督察級別的人。」

「尼克森警司對妳昨晚衝到犯罪現場的事不是很高興……他也不喜歡妳處理他的警員的方式。」馬許看到愛芮卡的表情。「對，我是聽說了。歐克利也是。」

「長官，對不起，可是，相信我，我的所作所為都只是想要當個最好的警察。我沒有故意要惹火誰，可——」

「妳不是一個第一眼就能讓人喜歡的人，」馬許幫她說完。「聽著，妳還有三週的假沒休，我建議妳去曬點太陽。有時候讓自己清閒個幾天不是壞事。」

「長官，我不是那種在海灘上做日光浴的人。」

「試一試也不壞。給自己買點防曬乳，躲到一個漂亮的地方。黑夜惡煞這個案子，妳是躲過了一劫，真的。」

「是，長官。」

「喔，對了，愛芮卡，要是我聽見妳又插手，那妳的升遷夢就算完了。」

「那不是夢……」

「妳聽懂了就好。去休假吧。」

「遵命，長官。」愛芮卡朝馬許點頭，離開了他的辦公室。

事件室空空如也，日光燈沒關，愛芮卡在寂靜中站了一會兒，看著白板上釘著三週來辛苦取得的證據。她的小組的辛苦成果。

有人敲門後進來了。是一名後勤的女警，愛芮卡不知道她的名字。「抱歉，長官，我們可以開始移交證據的程序了嗎？」女警問，環顧空蕩的辦公桌。

愛芮卡點頭，離開了房間。在走廊上正好遇見迎面而來的沃夫。

「剛才很抱歉，老大……妳跟史壯醫師很熟嗎？」他問。

「對，可是現在想想，不是……」

「啊，早晚會真相大白的。」沃夫咧嘴笑著說。

「這是什麼意思，這句諺語？」

「我知道才有鬼呢。我媽老愛說這一句，願她安息。可憐的老太太。對了，我幫妳弄到了這個。」他把一支舊的諾基亞手機給她。「還能用，沒問題。」

「你沒忘。」她說，接了過來。

「妳剛來路易申街的時候，跟我說的第一句話就是這個。『給我一支有按鍵的手機，混蛋死胖子！』」

「我才沒說『混蛋死胖子』呢！」愛芮卡也笑嘻嘻地說。

「對，是我捏造的。」他說。兩人透過玻璃隔間看著後勤部拿下白板上的犯罪現場照片。

「大家都去哪兒了？」愛芮卡問。

「一大堆人接到命令回家，等待重新分派，今天還是星期天呢。我想他們是想在另一個忙碌的星期開始之前好好利用突如其來的一天休假。」

愛芮卡覺得失望，也有一點被遺棄的感覺。她甩掉這種想法，知道自己有多愚蠢。工作就是工作。

「那妳現在打算做什麼，老大？」

「接下來的三週我都休假。」

「好棒喔。現在給我三週的假，叫我殺人我都幹。好好玩吧！」沃夫拍拍她的肩，朝服務台移動。

玩……愛芮卡不記得她上一次玩是幾時了。她回頭望著白板，現在差不多空了。她把皮包拎上肩頭，離開了警局，不確定接下來要做什麼。

61

早上剩餘的時間愛芮卡漫無目的地開車閒晃，覺得無力又喪氣。她經過了艾塞克在布萊克希斯的家，看到警察正在搜索。前門外有警員在站崗，入口拉著警戒線。看見他時髦的屋子，閃亮的黑色大門外的兩盆絲蘭，紗窗在陽光下發光，卻知道他被關押了，感覺很奇怪。

然後她駕車到榭利，經過了潘妮・蒙羅的屋子。街道安靜，好幾棟屋子的窗帘都放下來抵擋熱氣。唯獨潘妮家的草皮翠綠茂密，與眾不同。看來蓋瑞仍然在違反澆花禁令。愛芮卡想知道他還做了什麼，正要放慢車速，常識就在腦子裡唸叨了，所以她調頭返回森林山。

到家時又下雨了。她到處翻，找東西喝，但是冰箱是空的，大多數的櫥櫃也一樣。

她在公寓裡走來走去，感覺像一頭被困的動物，然後立刻打開電腦，擺在流理台上，一面倒完最後一點威士忌。她瞪著房間，討厭自己的人生，討厭自己的事業，討厭一切。雨下得更大了。她打開了陽台門，站在門框下，點燃香菸。她身後有一種濕濕軟軟的撲通聲——是她的Skype彈出了。鈴聲響起，她衝進屋子，以為可能是黑夜惡煞。

是她妹妹蓮卡，從斯洛伐克打來的。

「我要瘋了，」愛芮卡嘀咕著說，發覺自己竟然失望。「我寧可接到連續殺人犯的電話，而不是我妹妹的。」她深吸一口氣，接了電話。

「*Ahoj zlatko*！」她妹妹開心地說。蓮卡坐在她客廳的大皮革沙發上，蓋著一條羊皮毯。後方的牆壁是一片炫目的橘色，兩個孩子凱若琳娜和雅庫布的幾幀照片點綴其中。她的金色長髮束在頭頂挽了一個髻，而儘管她的孕肚很大，她仍穿著桃紅色的細肩帶上衣。

「嗨，蓮卡！」愛芮卡微笑道，說著斯洛伐克語。「妳的樣子像是快爆開了！」

「對，不會很久了，」她妹妹說。「我非打給妳不可。我最後一次掃描，有新消息。又是個男孩！」

「太好了，恭喜。」愛芮卡說。

「馬立克興奮死了。他剛帶我到城裡的珠寶店——記得嗎，大街上那家很豪華的——幫我買了一條腳踝鍊。」

馬立克是蓮卡的先生，最近因為收受贓物而坐牢。

「馬立克怎麼會有錢？」愛芮卡問。

「他又在工作了。」

「工作？他不是在坐牢嗎？」

「一個月前假釋了。」

「他怎麼會突然就假釋了？他不是被判了四年？」

「愛芮卡，我就知道妳會這樣……他記得一些事情警察覺得有用，所以就放他走了……我打來也是要跟妳說妳不用再寄錢來了。謝謝妳。」

「蓮卡……」

「不，我沒事，愛芮卡。現在馬立克回來了，日子就會好了。」

「妳何不去開個新帳戶？我可以繼續寄錢給妳，妳可以把錢自己留起來。」

「妳不需要照顧我，愛芮卡。」

「胡說。妳也知道為黑幫幹活的人最後不是被殺就是被活活打死。妳想要當個單親媽媽帶兩個孩子——三個，妳跟他又要生一個了。」

「他很努力在改，而且他也得到假釋了，」蓮卡說，生氣地舉高雙手，彷彿這樣就讓他比別的父親要強。「這裡的生活不一樣，愛芮卡。」

「不一樣並不表示就是對的。」

「妳不懂。妳難道就不能替我高興就好？馬立克照顧我們，孩子們有漂亮衣服，有iPhone。我肚子裡的這一個什麼都不會缺。我們能讓他們進好學校——」

「馬立克隨時都能跑到學校去威脅老師要打碎他們的膝蓋，誰還敢盯著孩子讓他們好好用功！」

「愛芮卡，我不想再談這件事了。我不是來跟妳吵架的，」蓮卡說，扶了扶頭頂的髮髻，表現出不容質疑的態度。「對了，妳好嗎？我一直在打妳的Skype。我在馬克的忌日打了四次。」

「我沒事。」

「妳應該擺些照片的，」蓮卡說，透過鏡頭注視。「感覺像牢房。」

「我是特意為妳和馬立克來訪保持的，這樣他才會覺得賓至如歸。」

儘管話說得難聽，兩姊妹還是哈哈大笑。

「孩子們跟妳問好，」蓮卡笑完了之後說。「他們跟朋友去游泳了。」

「幫我親他們一下，」愛芮卡說。「還有時間到了要讓我知道，好嗎？」

「好……我會讓妳知道。愛妳喲。」蓮卡把手指按在唇上，給了她一個飛吻。愛芮卡也回應了她，接著螢幕就黑掉了。

結束通話之後，公寓中的沉默緊逼而來。愛芮卡的眼睛移向光禿禿的牆壁，最後落在書架上，那兒堆滿了各種雜物。《格雷的五十道陰影》旁是史蒂芬．林利簽名的那本書。她站了起來，抽出《從我冰冷死亡的手中》，讀了起來。

62

摩斯利用了突然自由的週日，很高興能回家來幫兒子雅各洗澡，送他上床。她剛唸完了一篇故事，看著他睡著了，就吻了他沉睡的小臉，打開了他的小夜燈，讓它再演奏一會兒搖籃曲。

她走出房間就發現她太太西麗亞在打電話。

「是愛芮卡・佛斯特。」西麗亞說。摩斯接過電話，沿著平台走向她們當作辦公室的小房間，關上了門。

「很抱歉打到妳家裡來，摩斯。」愛芮卡說。

「沒關係，老大。有什麼事？」

「大家今天好像是作鳥獸散了似的。」

摩斯這邊一時不知如何回答。「我們是啊。對不起。我還以為妳會忙著跟馬許爭呢。」

「我是啊。妳今天過得好嗎？」

「嗯，我們去了聖詹姆斯公園。很漂亮。」

「妳方便嗎？」

「方便。我剛讀了《好餓的毛毛蟲》給雅各聽，我現在好想吃沙拉——我覺得這還是有史以來第一次。」

「我在看一本巴賽羅繆總督察小說，史蒂芬・林利寫的……」

「妳想成立讀書會？」摩斯說。

「真好笑。不是，我開始讀《從我冰冷死亡的手中》，我發現讓人滿不舒服的……」

「怎麼說？」

「我對腥羶色沒有意見，可是這是很黑暗的東西。這個連續殺人犯趁晚上綁架女人，然後把她們關在地下室裡，折磨她們。」

「像《沉默的羔羊》？」

「不，《沉默的羔羊》在描寫暴力時有節制，而且格調也高。這個卻是虐待和色情。我剛才硬逼著自己吞了一頁又一頁冗長、拖沓的強暴場面，而且凶手還會在空檔往她們赤裸的身上倒滾水。」

「天啊。」

「感覺差不多就像是他寫這種東西會性亢奮……雖然機會渺茫，可是黑夜惡煞會不會就是因為史蒂芬・林利對女人的態度才殺了他的？」

「新的調查方向不是艾塞克・史壯殺了史蒂芬的嗎？這件案子不是不歸妳管了嗎？」

「妳相信艾塞克會殺人嗎，摩斯？」

「不信。可是話說回來，我根本就跟他不熟。」

「我去過命案現場，摩斯。各種跡象都指向同一名凶手。我剛上網查過史蒂芬・林利，他的書賣了好幾車，可是他在文學場合上卻經常會引起爭議，有很多人會當面質問他對女人的暴力對待，還有人發起抵制他的作品。如果這就是關聯呢？如果是他的書激發了某人對黑夜惡煞施暴呢？在她打給我的電話裡，她說她先生凌虐她，卻在她能動手殺了他之前就猝死了。」

「這個推論很不錯，老大。還是說妳是想要從犯罪小說裡查出凶手是誰？」摩斯說。

「我只是覺得我們沒有仔細研究過動機，我們浪費時間在找被葛瑞格利．蒙羅一腳踢開的同志情人，而傑克．哈特又因為是公眾人物也害我們的調查偏離。」

「現在只有一個問題，老大。案子不歸我們管。我暫時被派到一支監視器控制小組了，」摩斯說。

「那彼得森呢？」

「不知道。我聽說他也被分派了，不過我不確定是哪兒。」

「嗐，我現在是放假中。」愛芮卡譏誚地說。

「那妳該知道一般人放假都做些什麼吧？他們會去看朋友……也許妳應該去看看艾塞克。既然妳現在不能當警察，那就當朋友吧。」

63

愛芮卡在貝爾馬什監獄的會客中心排隊等待通過安檢，這裡是一棟又長又矮又陰濕的建築，擠了四十個人等著通過金屬偵測器。外頭在下雨，又高又窄的窗戶都凝結了水霧。潮濕皮膚、體臭、香水，再加上工業地板清潔劑，百味雜陳。有些男女是獨自來的，有的一臉震驚，大概是第一次來監獄探望朋友或情人。一群吵鬧的犯人的妻子帶著尖叫的孩子在金屬偵測器前舉起一樣樣東西，有個警衛要看嬰兒尿布裡面，孩子的母親在抗議。

等人人都通過了安檢之後，還得在一個長形接待室裡進一步等候，然後才被帶進一間像是大體育場的房間裡，一排又一排的塑膠桌椅坐滿了文風不動的犯人，都繫著黃色腰帶，以防他們在會客結束時混入人群中逃獄。

她在第三排的最後一張桌子找到了艾塞克，被他的外表嚇到：眼睛充血，黑眼圈。通常柔順的頭髮亂成一團，臉上還有刮鬍子的傷口。

「看到妳真好。」他說。

「很遺憾史蒂芬的事。」愛芮卡說。

艾塞克搜尋她的眼睛。「謝謝。妳為什麼會來？」

「我是以朋友的身分來的。」她說，伸出手去握住他的一隻手，又冷又黏，而且他在發抖。「對不起，我應該早點來的。」

「這個地方就像是活著的惡夢。污穢，尖叫個不停，暴力和威嚇不斷，」艾塞克喃喃說。「不是我殺的。請妳相信我。不是我……妳相信我的，對吧？」

愛芮卡遲疑了。「對，我相信。」

「我發現了他去滑鐵盧的一家同志三溫暖，他在跟別人亂搞，不用保護器具——就是沒用套子。我懷疑過，質問他過，他說他只是去健身房。然後那個白痴拿了我的iPod，忘在三溫暖的置物櫃裡，他們就聯絡了我……我猜妳也聽過那通我說我要他媽的宰了他的電話了吧？」

「對。」

「我沒有，我沒殺他。我衝去他的公寓要吵架，我用鑰匙開了門……」艾塞克吞嚥一口，眼中帶淚，淚滴落在桌面上，嗒的一聲。他舉起衣袖擦眼睛。

「等等，你是用鑰匙開門的？」

「對啊，我們已經到那個階段了。他承認了我們的關係，給了我鑰匙。我還可憐巴巴地感激涕零呢。」

「他的公寓在二樓，沒有陽台？」

艾塞克點頭。

「那就不是破門而入了，既然你抵達時門是鎖著的。他要不是開門迎客，就是他們有鑰匙可以自己開門。」

「妳就是為這個來的嗎？查案？」

愛芮卡很快把情況告訴了他，案子移交的事。

「那妳是自己一個人在調查？妳覺得妳能幫我？」

「我不知道能做什麼，艾塞克。」

「拜託。我沒辦法……在這裡。」

愛芮卡發現她已經耗掉了珍貴的半小時裡的十分鐘了。

「艾塞克，我不得不問：為什麼是史蒂芬？你的人生那麼井井有條：有可敬的工作，家，朋友。他究竟是哪一點吸引你？他嗑藥，還花錢買春。」

「他讓我興奮，愛芮卡。他是個壞小子，我是那個戴牙套、戴眼鏡、體育課上四肢不協調、瘦得像棍子的好學生。我二十三歲從醫學院畢業都還沒破處。我總是做正確的事，努力勤奮，可是史蒂芬性感又危險，而且無法預測。他有這種痞子似的幽默……」艾塞克聳聳肩。

「他在床上超強。我知道他不對勁，也無法融入我的生活……可是我讓他回來，卻跟妳疏遠了……對不起，愛芮卡。妳需要我，是不是？我連馬克都忘了，他的忌日。對不起。」

愛芮卡向前傾，抓緊他的手。

「沒關係的，艾塞克。沒關係。我來了，你是我的朋友。」她說。

他抬頭看她，虛弱地一笑。

「聽著，我還有很多問題得問，」愛芮卡說。「我看了兩本史蒂芬的小說，《從我冰冷死亡的手中》和《地窖裡的女孩》……」

「我知道，」艾塞克說，幾乎讀出了她的心思。「他寫的東西很驚世駭俗。」

「有太多折磨女人的東西……還有巴賽羅繆總督察。他應該是書裡的正面人物，可是他會打老婆？」

「他也是一個反英雄，」艾塞克說，聳了聳肩。「那是他的作品，史蒂芬總是這麼說。有他自己身上的一切壞東西。想一想外面那些驚悚小說作家——他們未必會把寫在書裡的事情做出來。再想想我們的工作——嗯，我的工作。我是靠把別人剖開謀生的。我分割他們的身體，挖掘他們的腦。我做的事一樣是在侵犯。」

「可那不一樣，艾塞克。你是在幫忙抓住壞人，史蒂芬卻是在創造壞人，雖然只是純粹的虛構人物。」愛芮卡說。

「對他的粉絲來說，他的人物就跟妳我一樣真實。」

「史蒂芬有什麼瘋狂的粉絲嗎？你知道他可能收到過什麼令人不安的粉絲來信嗎？」

艾塞克舉起衣袖擦鼻子。「我不知道。他幾乎不會收到信件。我知道他的很多粉絲都會在他的臉書上留言。」

「那他的經紀人會代他收信嗎？」

「會。可能會吧。他們的辦公室在西倫敦……我有自己的人生，愛芮卡……妳覺得我還能回得去嗎？我知道司法體制是怎麼回事。我的紀錄有了瑕疵。我的職位深受敬重，可現在卻有了疑慮。」他哭了起來。

「艾塞克，不要哭，不要在這裡哭，」愛芮卡說，注意到有些犯人在瞄這邊。「我會盡一切力量把你弄出去的，」她說。「我保證。」

他抬頭看她。「謝謝妳。如果有誰辦得到，那一定是妳。」他說。

64

公用電話亭是在倫敦的外圍，在巴恩斯綠地，席夢記得。那是多年前的一段快樂回憶，她母親帶她到邱園，她還得躲在母親的大衣底下逃票，不過進去後她愛極了那兒的花花草草。她母親急著想進熱帶屋，那兒就像一座大溫室，非常溫暖，種滿了來自世界各地的植物。「罕見動植物」，席夢記得標示牌上是這麼寫的。

當然了，她母親到邱園是為了做生意。她和客戶到灌木叢裡去辦大人的事，可是幼小的席夢很享受這珍貴的兩小時，自由自在地閒逛，而且她早已知道只要她母親開心，她也會開心。

搭公車回家途中，她把臉貼在車窗上，看見紅色電話亭襯著綠油油一片的巴恩斯綠地，分外閃亮。多年之後，它也沒怎麼變。乾旱把綠地變成了黃色，電話亭的紅漆也剝落了，但是附近一個人也沒有。

愛芮卡．佛斯特在幾聲鈴響後接了電話。

「妳收到我的卡片了嗎，佛斯特總督察？」

片刻停頓。

「收到了，謝謝。不過大多數的人會用郵箱。」愛芮卡說。

「我不是大多數的人，佛斯特總督察。」席夢說，緊握著話筒，透過骯髒的玻璃看著空蕩蕩的綠地。

「妳覺得妳很特別？」愛芮卡問。「妳是因為什麼更偉大的宏旨才被派到這裡的？」

「不，差遠了。我一點也不起眼。我不漂亮，也不聰明，可是我充滿了憤怒和傷心……傷心尤其可以給你一大堆的能量，是不是？」

「對。」愛芮卡說。

「我決定要利用這股能量來報復……我看過妳的資料。知道妳有多盡忠職守，多想抓到那個毒販，結果卻出了大紕漏。妳不但失去了朋友和先生，妳共事的那些人還反咬妳一口。」

「要是我說只要妳停手，妳可以得到幫助呢？」愛芮卡打斷了她。

「要是我說只要妳停手，妳可以得到幫助呢？」席夢反問道。

「這是什麼意思？」

「我看過妳住的地方。可憐兮兮的公寓。妳沒有身外之物，除了把人生都奉獻給警隊之外，妳還有什麼？如果妳不要再想拯救世界，妳的人生難道不會輕鬆一點？」

又是片刻的停頓，然後愛芮卡以顫抖的聲音回答：「我會找到妳的。等我找到了，我會看著妳的眼睛，我倒要看看妳是覺得自己有多聰明。」

「抓得到我就來啊。我還沒完呢。」席夢說。

喀一聲，席夢聽見嘟嘟聲。

她縮了縮，不是因為害怕，而是因為痛。她一笑被菸灰缸打到的地方就痛。

65

摩斯用空著的那隻手去敲門，另一隻手托著一盒披薩。幾分鐘後門開了，愛芮卡站在門口，頭髮倒豎。

「我覺得妳可能會想吃點披薩，」摩斯說，把盒子舉高。「義式辣香腸？」

「謝謝，進來吧。」愛芮卡說，讓到一邊讓她進來。雨停了，從陽台窗能看到美麗的薄暮，夕陽緩緩落下，天空一片柔和的藍和橙。

「我剛把西麗亞和雅各送到雷迪維爾去游泳，就想過來一趟，看妳的假期過得怎麼樣……」

「找個地方放盒子吧。」愛芮卡說，從櫥櫃裡拿出盤子。

摩斯東看西看，看到每一處可用的空間以及部分的地板都散置著黑夜惡煞案的卷宗。

「他們讓妳帶回來？」

「沒有。我把它下載到我的筆電裡了。」

「那妳的假期過得很好嘍？」摩斯說，把兩個灰色檔案夾移開，把披薩盒放到咖啡桌的尾端。

「我又接到了電話。」

「黑夜惡煞打的？」

「對。」

「她說了什麼？」

「她是故意打來惹火我的。她說她還沒完。」

「他們追蹤到了嗎？」

「有，柯廉打給我。他被分派到這件案子，應史巴克斯的要求。他們追蹤到了西倫敦的一處電話亭。還是一樣，沒有監視器……他不能再跟我多說什麼……她怎麼能不犯錯？怎麼可能？我把案子的每份文件都印出來了。白紙黑字在眼前，有幫助。我一直在重新審視每一點。」

愛芮卡遞給摩斯一個盤子和一張餐巾。她掀開盒子，熱氣立刻從薄皮披薩上冒出來。披薩烤得十分完美。兩人吃了起來，愛芮卡講述了她去看艾塞克的經過，詳細說明她在接到電話後如何重新研究所有的證據。

「我就是覺得我們在剖繪她——暗夜殺手——的時候始終沒有找到真正的突破點。像是她給我的卡片。」愛芮卡把掃描列印出的卡片拿給摩斯看。「她為什麼挑這首詩？」

「她是個邪惡的連續殺人犯。她為什麼會比我們這些人更有想像力？」摩斯說。「單就詩來說，〈別站在我的墳頭哭泣〉並不難找，這是葬禮最常見的一首詩。就跟書一樣：我們都會瀏覽暢銷書排行榜，看書評怎麼說，然後我們就買下來讓自己顯得高明。我就是幾百萬個《金翅雀》只看了一半的讀者之一。」

「黑夜惡煞在電話裡也是這麼說的。」

「說她《金翅雀》讀了一半？」

愛芮卡惡狠狠瞪了摩斯一眼。

「抱歉，老大，只是想讓氣氛輕鬆一點……」

「她在電話裡說她不聰明。」愛芮卡說。

「可她很聰明啊。不然就是他媽的運氣很好。到目前為止三具屍體，卻幾乎沒有證據。她神出鬼沒，誰也沒看見。」摩斯說，咬了一口披薩。

愛芮卡搖頭。「何必費那個力氣找出我的公寓來，闖進來放卡片呢？而且她還簽了『黑夜惡煞』。」

「說不定是她是把妳當成了新朋友或是盟友呢，老大。」

「那為什麼不簽上她的本名，如果她那麼有自信？連續殺人犯往往會痛恨媒體給他們的封號，他們覺得在別人眼中的他們被腐蝕了。他們認為他們做的事是嚴肅的：是一種高貴的行為，是在服務社會。」

「說不定她只是想要混淆妳的頭腦。」摩斯說。

「我也回頭研究了被害人，想看是否有什麼共同點，可是他們是極其不同的人。唯一的共同點就是他們是男性，被害的方式一模一樣——只除了史蒂芬的頭被打凹了。我也查了在網上買這些自殺袋的人。」

「我也看過這些名字。太多買袋子的倫敦女人現在都死了。」摩斯說。

「我今早去看艾塞克，他說了一句話。他發現史蒂芬的屍體時，他是自己拿鑰匙開門進去的。門是關著的，而且上鎖了。沒有強行闖入的痕跡。公寓在二樓，沒有陽台或是別的門。」

「所以黑夜惡煞有鑰匙？」摩斯問。

「對。我拿到了命案現場的報告。門鎖被動過，是從裡面受損的，某人用了一支撞匙。」

「那在竊盜案很常見，現在上網就能買到，便宜得很。」摩斯說。

「沒錯。有一個人在網上買了自殺袋，同時也買了一支撞匙。」愛芮卡說。

「真的？」

「對，我們追查那些名字時，我們甚至還取得了銀行戶頭和金融交易明細。這個人在三年前買了一個自殺袋，然後三個月來又買了五個。誰會需要五個？他也在三個月前買了那支撞匙。」

「見鬼了！我們為什麼沒追查？」摩斯問。

「一定是忽略了——我們找的不是撞匙，我們找的是個女人。這個人是個三十五歲的男性，從小就坐輪椅，住在沃辛，在南岸，距離倫敦不遠。」

「妳跟馬許說了嗎？」

「還沒。」

「那妳打算怎麼辦？找一天到海邊去？」摩斯問。

「妳有興趣嗎，找一天到海邊去？」愛芮卡說。

摩斯一愣。「抱歉，我明天得去監視器控制小組報到。我不能……不，我不能冒險。」

「放心吧。」愛芮卡咧嘴笑道。

「可是我支持妳。背地裡的事，能幫上忙的我都可以。」

「謝謝。」

「千萬要小心點，老大。妳已經惹惱了夠多人了。」

「通常要得到真相就得要惹惱別人，不過我不是為了自己的虛榮才這麼做的。」愛芮卡說。「妳昨天沒看到艾塞克。不是他殺的。而我會幫他證明。」

66

席夢從史蒂芬．林利命案現場逃離之後就保持低調，被菸灰缸打到的地方留下了一片極腫的嘴唇，頭的側面也有嚴重瘀青。她也掉了一顆牙：她的左門牙被打斷了，直斷到牙齦。她不知道牙齒是被她吞進去了，或是滾到史蒂芬．林利公寓的黑暗角落了。暴露的神經害她痛得要命，但是她太害怕了，不敢去看醫生。他可能會幫她照X光，那她就會有病歷。

她努力回想過去是否照過牙齒的X光。她隱約記得被留在一間牆壁絕緣的房間裡，被吩咐要躺著不動，而她母親則在外面等。那就是拍X光嗎？她不知道。她知道她沒被採過指紋，也沒被採過DNA。

起初她深信完蛋了，她搞砸了，事情沒有按照計畫進行。她請病假，沒去醫院上班。日子一天天過去，她晚上完全睡不著，吃多少藥都沒用。

第三個無眠的夜裡，剛過午夜，她躺在床上聽到臥室門外傳來輕輕的啪、啪、啪，像是水滴落在地毯上，而且還有吃力的喘息聲，像是鼻子塞住了。

席夢翻身下床，拿梳妝台的椅子去頂住門。聲響持續：啪、啪、啪、啪……吸氣、吐氣。她雙手抱住痠疼、抽痛的頭。不是真的。但是，聲響仍持續。

啪、啪。吸氣、吐氣。一種鬆散的、有痰的咳嗽。

「你不是真的！」她大聲喊。「史丹，離開這裡！」

啪、啪、啪、啪……吸氣、吐氣。

她把椅子搬開，轉動門把，打開了門。看到站在那兒滴水的不是史丹，而是史蒂芬・林利，她立刻喉嚨緊縮。

啪、啪、啪……

他穿著運動鞋、藍色牛仔褲、白色T恤，一件黑色薄外套。脖子上緊緊綁著塑膠袋，一半是血一半是黏黏的東西，正從脖子上的拉繩往下滴，滴在衣服上，再落到淺色地毯上。

他的額頭凹進去一塊，是被席夢拿菸灰缸打的，而且他的面目幾乎無法辨識。塑膠袋裡的那張嘴緊緊貼著袋子，在移動。血肉模糊的臉在努力呼吸。

「**不！**」席夢尖叫。「**你。死。了。**」每說一個字，她就上前一步，戳著血淋淋的屍體。屍體踉蹌退後，退向樓梯口，兩手亂揮。

「**你本來就該死！**」她大喊。兩人來到了樓梯口。席夢推了屍體一把，它立刻向後倒，從樓梯上滾下去，乒乒乓乓，在樓梯腳摔成一團肉泥。

席夢閉上眼睛，數到十再睜開來。它不見了。一切又恢復正常。只有她一個人。她全身發抖步下樓梯，檢查客廳和廚房。什麼也沒有。她走向電腦，打開來。螢幕出現後，她立刻開始打字。

夜貓子：你在嗎？

有一會兒，沒有動靜。她正要去給自己弄個飲料，公爵就上線了。

公爵：嘿，夜貓子，什麼事？

夜貓子：我想你。

公爵：我也想妳。

夜貓子：我嚇壞了。我又看到東西了。

公爵：妳換新藥了？

夜貓子：沒，我不吃了。

公爵：我還擔心妳怎麼了呢。

夜貓子：我沒事。

公爵：成功了嗎？

夜貓子：是也不是。我被打了。嘴巴腫了。

公爵：騙人。妳是在我們一起去旅行的時候豐唇的！打膠原蛋白。哈哈。

夜貓子：只有下唇。

公爵：非常理性。所以妳是在為上唇存錢。

席夢吃吃笑，雙手摸臉，感覺還是會疼。她好想念和公爵聊天。嗶的一聲，她看見螢幕底下有文字出現。

公爵：那，夜貓子！我們要去嗎？

夜貓子：去哪裡？

公爵：旅行啊。我們談過好多次了。來玩真的吧！

公爵：妳還想去吧？

公爵：夜貓子？

夜貓子：我在。

公爵：怎樣啊？

夜貓子：我的名單上還有一個人。

公爵：我已經等了三個了。再一個也沒關係。可是我要知道是幾時。

夜貓子：一天。

公爵：一天！

夜貓子：不，一週，一個月。一年……不知道啦！別催我，公爵，聽到了嗎？

公爵：對不起。我只是想知道……

公爵：……不過不會拖過一年吧？

夜貓子：對。

公爵：咻！***擦汗***

夜貓子：我很快會通知你。我保證。然後我們就可以一起去了。

公爵：好。我愛妳。

席夢盯著螢幕很久，兩人聊天這麼多年來，公爵告訴了她許多事情——他最深沉、最黑暗的秘密——而她也回饋了。可是這是第一次他說愛她。讓她覺得充滿了力量。

她退出聊天室，又回到床上。她覺得好多了。她會回去上班，然後她要開始為四號準備。四號，也是最後一個。

67

「好吧，老大，我們究竟是要去哪裡？」彼得森問，一面坐進乘客座。他穿著便服：牛仔褲和T恤，帶了一個小背包。現在幾乎早晨九點了，愛芮卡到他的公寓外接他，那是在貝肯翰姆一條綠意盎然的安靜街道上一棟時髦方正的大樓。平整的草皮上立的牌子寫著「塔維斯達村」。

「沃辛。」愛芮卡說，交給他一張對折的地圖。一樓前窗有窗帘抖了抖，一名嬌小漂亮的金髮女郎向外望，只露出了臉蛋和一邊光裸的肩膀。她朝彼得森揮手，同時上上下下打量了愛芮卡一遍。他也揮揮手，從背包裡掏出一副墨鏡。

「你女朋友啊？」愛芮卡問，而彼得森正拿一小塊灰布在擦拭雷朋墨鏡，架到鼻梁上。女郎仍在看。

他聳聳肩。「走吧，老大。」他說，一臉不自在。兩人默默行駛了一分鐘，頭頂上的綠蔭在擋風玻璃上掠過。

「我們需要走M23，再接A23，」愛芮卡說，明白了彼得森並不想要說明他的客人是誰。

「妳今天為什麼會找我？」他說，打開地圖，從墨鏡上緣看著她。

「摩斯被分派任務了，而我打給你，你說你沒事……你為什麼要答應？」

「我被妳騙了。」他笑嘻嘻地說。

她也回以嘻笑。

「我也被分派了。」他說。

「哪裡？」

「亨姆斯洛行動。」

愛芮卡轉頭看著他，汽車偏向右線，彼得森靠過來穩住方向盤。

「別太興奮了。我只是在控制中心。滿無聊的，主要是監視潘妮．蒙羅和彼得。」

「然後呢？」

「他們很安全……小男孩上學，回家，一週去游泳一次，喜歡餵鴨子……」彼得森把兩腮鼓起來。「他們就快要收網了。現在的焦點是水晶宮的一處車庫。他們只需要讓蓋瑞．威姆斯洛走進那處車庫。就這樣，可是非常複雜。他自己不經手，弄了三個人來製作影片、誘拐兒童……現在就看我們能等多久才會衝進去取締了。」

「你非得逮到威姆斯洛不可。」愛芮卡說。

「沒有人比我更想看他被拿下……妳知道我是不應該告訴妳這些的，老大。」

「我知道。謝謝。」

「妳知道史巴克斯就快要控告艾塞克殺害葛瑞格利．蒙羅和傑克．哈特，以及史蒂芬．林利了嗎？」

「靠。」

「妳為什麼還不跟他們說？我們今天的事？」彼得森問。

「因為我需要調查這件事。他們顯然已經做了決定了。起訴艾塞克比較輕鬆……乾淨俐落就結案了。」

「妳不覺得是他？」

愛芮卡看著彼得森。「不，我不覺得。我就是需要自己來查清楚。雖然機會不大，可要是我通報上去，只會被塞到一堆線報底下，等有人去查的時候只怕已經來不及了。你有意見嗎？」

他聳聳肩，咧嘴嘻笑。「妳不是在電話上說了嗎，老大，只是到海邊去玩一天嘛。」

「謝謝。」

愛芮卡思索著事情是如何變化的。她現在成了局外人。她開始說明她發現的東西，以及她想要如何進行。

九十分鐘後他們下了雙線道公路，從某個複雜討厭的單行道系統接近沃辛，不過抵達鎮上後，卻景色如畫。這是一座舊濱海城鎮，在夏季的高峰不顯得破敗，反而覺得繁榮。海邊擠滿了做日光浴的人，坐在舊式的躺椅上。鎮上的透天屋、公寓櫛比鄰次，也有林林總總的商店。愛芮卡把車子停在海邊，兩人下車走上繁忙的步行街，遊客信步閒逛，吃著冰淇淋，享受著陽光。

「我們要怎麼做？」彼得森說，也站到路邊的停車計時器旁。

「我們在這裡沒有管轄權，但是他並不知道，」愛芮卡說，往機器投硬幣。「我是希望攻其不備可以讓我們佔優勢。」

她取出停車票卡，鎖上了汽車。他們在找的地址要沿著海邊再往前，這裡的紀念品店和茶館也變得稀少，透天屋更加老舊，被改裝成公寓和單人套房。

「這裡，就是這兒。」愛芮卡說。兩人來到了一棟五層樓大房子，前院覆蓋著水泥，擺了五個黑色帶輪垃圾箱，箱蓋上以白漆寫上公寓號碼。每扇窗都是打開的，音樂從頂樓直衝而出。

「我能聞到大麻。」彼得森說，停下來嗅著空氣。

「我們不是為大麻來的，」愛芮卡說。「別忘了就好。」

兩人拾級而上，愛芮卡按了一樓公寓的電鈴，等著音樂停止一秒鐘，接著又響起了「超脫樂團」的〈有少年精神的味道〉（*Smells Like Teen Spirit*）。

樓下的窗戶全都燈火通明，這裡可直接看到垃圾箱，窗上掛著衣服遮掩了一半的視線。愛芮卡又按一次門鈴，從門上的毛玻璃看到陰影中有又大又黑的一團陰影出現。門開了一吋，隨即定住。幾分鐘後傳出一陣嗡嗡聲，門緩緩打開。

她看見的那個黑黑的一團原來是一台巨大的輪椅，有馬達，輪子堅固耐用，後面還綁著氧氣瓶。某種六角琴裝置轉動，可把座位抬高，上頭坐著一個瘦小的男人。他的五官小而飽滿，鏡片很厚，禿頭上殘存著幾綹灰褐色的頭髮。他的鼻子底下插著輸氧管。他的身體很瘦小——看得出他罹患了侏儒症——而他的兩條腿甚至更細瘦，剛搆到座位的邊緣，跟他的瘦小身體形成對比。他的一隻手臂塞進了座位的一側，另一隻握著一條他用來開門的繩子。他放開了繩子，抓住椅子旁的遙控器，向前移動，擋住了門檻。

「你是凱思．哈迪嗎？」愛芮卡問。

「對。」他說，眼睛在兩人之間瞟來瞟去。他的嗓音比較高。

愛芮卡和彼得森亮出警徽。

「我是愛芮卡總督察，這位是我的同事彼得森督察。我們可以談一談嗎？」

「談什麼？」

愛芮卡看著彼得森。「我們希望能進去談。」

「哼，你們不能進來。」

「我們不會佔用你太多時間的，哈迪先生。」愛芮卡說。

「你們連一秒鐘都不會佔用。」

「哈迪先生——」彼得森才開口。

「你們有搜索令嗎？」

「沒有。」

「那就等拿到再說。」他說。伸出手去抓連在內鎖上的繩子。愛芮卡一彎腰就把繩子奪了下來。

「哈迪先生，我們在調查三件命案。凶手使用自殺袋……我們調查過你的銀行戶頭，發現你買了五個，可是你卻仍然活著。我們只是想澄清可能的誤解。」

凱思皺皺鼻子，把眼鏡往上推，然後讓輪椅後退，放他們進來。

68

凱思·哈迪的公寓全都鋪著陳舊的萊姆綠、黃、紅六邊形圖案地毯，愛芮卡和彼得森跟著他走上走廊，輪椅的高椅背只看得到他一點點頭頂。左邊的第一道門是他的臥室，後牆上，與大廣角窗正對的是一張有輪子的液壓式大病床，床鋪旁邊擺了一張舊的木頭梳妝台，鏡子是三面的折疊鏡。梳妝台上放了各式各樣的藥：大管的乳膏、藥劑、一包棉花球。窗帘桿上掛著衣服，廣角窗面對著海濱步道，行人熙來攘往，隱約還能聽見海鷗叫。一盞吊燈燈光明亮，床邊和梳妝台上還有兩盞小檯燈。

他們又經過了一個小房間，裡頭堆滿了雜物，有一張舊式的手動輪椅、幾堆書、另一張電動輪椅，背板拆掉了，電線和內部結構裸露出來。走廊的右手邊又有一扇門，門後是一間特殊配備的大浴室。

凱思來到了走廊盡頭的一扇毛玻璃門前，輪椅駛入，他們尾隨他到了一間逼仄的廚房兼客廳，從這兒只能看到一片極小的院子，其他風景則被一棟大樓的磚牆擋住了。廚房老舊不潔，低矮的流理台是特別訂製的，散發出下水道和油炸食物的味道。

在房間的另一半，三面牆都是架子，擺滿了幾百本書、錄影帶和影碟。壁爐架裡是一台小瓦斯爐，上方有更多架子，裝了更多的書、檔案和兩盞不成對的檯燈，燈都開著，所以這個地方儘管又小又擠卻光線明亮。房間一角的舊金屬架上放著一台個人電腦，螢幕上跳躍著一連串的彩球。

「我不常有訪客，」凱思說，指著瓦斯爐對面的一張小扶手椅，上頭覆滿了雜誌和報紙。「冰箱旁邊的縫隙裡有兩張折疊椅。」他又說。彼得森過去拿。

凱思移向角落的電腦，利用操縱桿把輪椅轉過來面對他們。他把眼鏡推開，透過油膩的鏡片注視他們，大眼睛轉過來轉過去。愛芮卡的想像力啟動：要是有隻蒼蠅飛過，他的舌頭可能會射出來捉住蒼蠅。

「你們不能逮捕我，」凱思開口就說。「我沒離開過公寓……我什麼也沒做。」

愛芮卡從皮包裡抽出一些文件，攤開來，撫平折痕。「我這兒有桑坦德銀行的對帳單，你能確認這是你的戶頭銀行代碼嗎？」她把紙推過去。凱思看了一眼，立刻又推回來。

「對。」

「上面說三個月來你從一個叫尿囊素的網站訂購了一件商品。五個自殺袋套組。我在你的交易明細上特別標明了出來……」愛芮卡俯身把文件推給凱思看。

「我不需要看。」他說。

「那麼你是承認這是你的銀行對帳單，而這些採購沒有錯誤了？」

「對。」他說，咬著下唇。

「你也訂購了一件叫撞匙的商品。交易明細上也標明了出來……」

「我是從eBay上買的，都是合法的。」凱思說，往後坐，雙臂抱胸。

「對，是合法的，」愛芮卡說。「但是問題就出在這裡。我手上有三宗倫敦地區的命案，兇手使用自殺袋使被害人窒息而死，也使用了撞匙進入一處屋子。」

愛芮卡伸手到皮包裡掏出了一張史蒂芬．林利的命案現場照片，舉高給凱思看。他縮了縮。

「你也看見了，這一個自殺袋爆裂……闖入者使用了撞匙進入屋子裡。」

愛芮卡把照片收好，又拿出了葛瑞格利．蒙羅和傑克．哈特頭上套上塑膠袋死亡的相片。

「在這兩宗案子上，塑膠袋完整無缺，但是仍然達到了目的……」

凱思用力吞嚥，別開了臉。「買這些東西的又不是只有我一個。」他說。

「我們取得了一張三個月來購買自殺袋的顧客名單，許多人都是買來自我了斷的，因此，很遺憾，他們不能和我們說話了。你卻是少數幾個購買許多自殺袋卻仍然可以活著說話的。」

「我有自殺傾向。」凱思說。

「很遺憾。你企圖自殺過嗎？」

「對。」

「五個袋子現在在你這兒嗎？如果你能拿給我們看，我們就能把你從名單上剔除了。」

「我拿去丟了。」

「為什麼？」彼得森問。

「不知道。」

「那撞匙呢？」

凱思擦了擦汗濕的額頭。「我是為了預防被反鎖在門外才買的。」

「你不是說你沒離開過公寓？」彼得森說。

「有個看護工每週會來三次。我是為她買的。」

「那何不給她一把普通的鑰匙？」彼得森反問道。「或是再幫她打一支？何必那麼費事去上網買一支萬能鑰匙呢？」

凱思用力吞嚥，舔掉下唇的汗水，兩隻在鏡片後的大眼睛來來回回看著他們。

「現在這個國家是變成警察國家了嗎？我又沒犯法。」他說，突然恢復了鎮定。「我沒離開過這間公寓，你們什麼也證明不了。你們現在是在濫用職權欺壓我，我要你們現在就離開，不然我就要打電話給你們的上司了。」

愛芮卡看著彼得森，兩人都站了起來。

「好吧。」她說，收拾好照片和對帳單，塞進皮包裡。彼得森把兩張折疊椅收起來，塞回冰箱旁。凱思讓輪椅前進，輪椅朝他們過來時，他們都不得不離開房間，經過了毛玻璃門，退回到走廊上。

「我可以投訴你們，我會說你們騷擾我！」凱思說。

「我們這不是要走了嗎。」愛芮卡說，停在大浴室門口，推開了門，走了進去。彼得森也跟上去。

「現在又是怎樣？」凱思說，停在門外。浴室裡有一個大浴缸，有機械式平台，低矮的洗手台和鏡子，無障礙馬桶，一側有金屬護欄，鎖在牆上的樞紐可以把護欄收起以免擋路。

「要是你拉這個繩子，誰會回應？」愛芮卡問，碰了碰馬桶旁邊天花板上垂下來的紅繩。

「警察和社工。它是連接到控制中心的。」凱思說。愛芮卡從浴室出來，看著對面的小雜物間。

「那是什麼？」她問。

「我的儲藏室。」凱思說。

「你是說，第二間臥室？」

「是儲藏室。」凱思咬牙切齒地說。

「不對，這是第二間臥室，凱思。」愛芮卡說。

「是儲藏室。」凱思說。

「不，我絕對會說是第二間臥室。」彼得森說，從浴室裡出來。凱思這時死命握著椅臂，一臉惱怒。

「裡頭可以擺得下一張大床……絕對是第二間臥室。」愛芮卡說。

「對，第二間臥室。」彼得森附和。

「才**不是**臥室！你們什麼也不懂！」凱思大吼。

「喔，我們懂得可多了！」愛芮卡說，靠近凱思。「我們大老遠過來不是來讓你當出氣筒的！我們知道政府削減了你的殘障福利因為你有第二間臥室……我們也知道你沒能把房間出租出去，而且你也沒辦法再住多久了。等他們把你驅逐出去，一定會的，你要去哪裡？我猜你唯一能靠殘障福利金住得起的地方就是那些鄉下，離商店、銀行和醫院好幾哩路。到時你只能搭滿是尿臊味的電梯，泥濘的人行道上到處是毒販。」

「在那種地方生活誰都不容易，更別說是像你這樣的人了。」彼得森說。

「不然你也可以因為妨礙司法，外加協助及教唆殺人的罪名去坐牢。吃牢飯對你來說大概反而像是去野餐吧。」愛芮卡說。故意頓了頓。「當然了，要是你協助我們調查，而不是說謊騙人，那，或許我們能幫你一把。」

「好嘛！」凱思吼叫道。「好嘛！」他現在滿眼是淚，正焦急地拉扯剩餘不多的頭髮。

「好什麼？」愛芮卡說。

「我會說，我知道的都會說……我好像一直在線上跟她聊天。那個凶手……」

「她叫什麼名字？」愛芮卡問。

「我不……我不知道她真正的名字，她也不知道我的。她只知道我是公爵。」

69

「我是幾年前在網路上認識夜貓子的。」凱思說。他們又回到他擁擠明亮的客廳裡了。

「『夜貓子』？」愛芮卡問。

「對，她的帳號名稱，她在聊天室使用的名字。我睡得不多，會上去跟志同道合的人聊天。」

他看見彼得森瞄了愛芮卡一眼。

「我沒有跟夜貓子志同道合……我是說，她跟我不一樣。我們在某個很深的層面是有連結的，我們可以無話不說。」

「她跟你說過她的真正姓名嗎？」愛芮卡問。

「沒有，我只知道她是夜貓子……不過那不是說我們不親密。我愛她。」

愛芮卡恍然大悟，他們處理的是比預期中還要黑暗的東西。凱思深陷其中。

「你到底都跟她聊什麼？」彼得森問。

「什麼都聊。一開始我們只是東拉西扯，有好幾個月，喜歡什麼電視節目，喜歡吃什麼……後來有天晚上聊天室很忙，別的使用者一直打岔，我就邀請她跟我私下聊，是別人在聊天室裡看不到的。然後就變得……沉重了。」

「『沉重』是什麼意思？網路性交？」彼得森問。

「別說『網路性交』——沒那麼膚淺。」凱思說，不自在地欠身。

「我懂，」愛芮卡說。「那晚還有的事嗎？」

「她談起了她先生，還有他是怎麼強暴她的。」

「強暴她？在哪裡？」

「家裡，床上，晚上……他會醒過來就逼她。她說很多人不認為那是強暴，可就是，對不對？」

「對。」愛芮卡說。

凱思沉吟了一會兒。

「我只是聽……嗯，是讀——她寫在螢幕上的話。她一股腦的全說了。他很暴戾，虐待她，她覺得無路可逃。更糟的是她睡不著。她是失眠患者。跟我一樣。」

「這是幾時的事？」愛芮卡問。

「四年前。」

「你跟她聊了四年？」彼得森問。

「有時她會無影無蹤，有時是我，不過我們大多數晚上都會聊上幾句。我們打算在一起，她想跟我一起走……」凱思低頭看了一會兒，有所頓悟。「唉，計畫是那樣的。」

「你都跟她說了什麼你的事？」愛芮卡問。

凱思的嘴巴張開又閉上了幾次，不確定該怎麼說。「她以為我有自己的事業，主持一個乾淨飲用水的慈善組織。她以為我也一樣婚姻不幸福，我的妻子不了解我。」

「我猜你並沒有結婚？離婚了？」彼得森問，環顧狹小的起居室。

「都沒有。」凱思回答。

「你是怎麼描述你自己的，生理上？」彼得森問。愛芮卡瞅了他一眼，她不要凱思又關上話匣子。又一陣彆扭的停頓。

「沒關係。那你並沒有對她百分之百坦誠。後來呢？」她問。

「她說她幻想殺死她先生……那時我也經歷了人生中非常黑暗的時光，我正在研究如何自殺。知道嗎，以我的狀況，我也沒幾年好活了……我經常病痛纏身……我一直在上這個論壇，它告訴你怎麼買到這種自殺袋，再使用氣瓶的話就能自殺。不會痛，就只是睡著了。」

愛芮卡和彼得森互望了一眼。

「而你告訴了她袋子的事，教了她如何殺死她的先生？」

凱思點頭。

「她要求你幫她買自殺袋嗎？」

「沒有。那時我正好有一個，就寄去給她。」

「你寄去給她？」

「對，嗯，我請我的看護去寄的，寄到西倫敦阿克斯橋的一個郵政信箱。她說她會去開個信箱，她的先生不會知道。是瞞住他了，可是在她動手之前她先生就死了。」

「怎麼死的？」愛芮卡問。

「心臟病發作。我以為她會很開心，可是她覺得她被剝奪了親手殺了他的機會。後來她變得非常執迷、非常生氣，審視她自己的人生。她似乎很混亂。她開始談起她希望能殺掉的那些男人。她的醫生就是一個，她會去就醫是因為她先生開始用別的方式虐待她。他把她壓住，往她身上倒熱水。」

「天啊，那是史蒂芬・林利小說裡的情節。」愛芮卡對彼得森說。

「所以他才是她第三個受害人，」凱思說。「她恨透了史蒂芬・林利。她先生迷死了他的小說，把書裡的很多情節搬演到現實生活裡。」

「而你都不覺得需要跟別人說，應該報警？」

「你們得了解……我是在濃縮我們好幾年、好幾小時的對談。」

「得了吧，凱思！」

「我愛她！」他大聲喊。「你們不懂！我們……我們要逃走。她會幫我離開……離開……**這個！**」

凱思崩潰了，頭低垂在胸前，哭了起來。愛芮卡走過去摟住他的肩。

「凱思，對不起。你現在還跟她聊天嗎？」

他抬起頭來，點點頭。骯髒鏡片後的眼睛噙滿了淚水。

「聊什麼？你們要一起離開了嗎？」

彼得森抽出一小包面紙，抽了一張給凱思。

「謝謝，」凱思邊哭邊說。「我們要搭火車到法國去。歐洲之星有殘障座，我查過了。然後我們會搭火車慢慢南下，去看法國的城堡，再到西班牙去住在海邊。」

愛芮卡注意到電腦上方釘著一些巴塞隆納和西班牙一座海邊小鎮的照片。

「你們計畫幾時走？」彼得森問。

凱思聳肩。「等她做完。」

「做完什麼？」愛芮卡問。

「做完……她名單上的人。」

「她名單上有多少人？」

「她說四個。」

「她有沒有讓你知道第四個會是誰？」愛芮卡問。

「沒有，我只知道等她做完我們就會在一起。」凱思咬著嘴唇，看看愛芮卡又看看彼得森，又哭了起來。「是真的。她愛我。她可能不知道我的情況，可是我們真的有一種連結！」

他做了幾次深呼吸，摘掉眼鏡，抓起T恤一角擦拭。

「凱思，你知道既然你跟我們說了，就會有可能的結果吧？這個女人是三件命案的通緝犯。」

凱思戴回眼鏡，五官皺在一起。

愛芮卡放軟了聲音。「你確定她從來沒有說過她真正的名字，或是她住在哪裡——任何一點透露她身分的東西？」

凱思搖頭。「她有一次說倫敦。我查過了，信箱是匿名的。」

「你有沒有用**IP**位址追查過她？」彼得森問。

「有，可是找不到她的**IP**位址。她可能用的是Tor。我就是。」

「Tor是什麼？」

「加密軟體，這樣誰也不知道你在網上做什麼。」

愛芮卡一手按著太陽穴。「那你是說，就算她進入聊天室也不可能找到她的下落。」

「對，」凱思搖頭。「不可能。」

70

愛芮卡和彼得森暫時走出凱思的公寓，過街到海濱步道上。小波浪輕輕打上岸邊的鵝卵石，海灘上傳來說笑聲。

「我知道不對，可是我替他難過。」彼得森說。

「我很遺憾他的人生居然是這個結局。可是他一直在保護這個女的，夜貓子。」愛芮卡說。

「我們不應該離開他太久，」彼得森說，回頭看著公寓。「誰知道他會做什麼？」

「他反正哪兒也去不了，」愛芮卡說。「你覺得我們應該怎麼做？」

「我們應該要把這個消息交給這件案子的高級調查官，也就是史巴克斯。」彼得森說。

「可是史巴克斯堅信是艾塞克・史壯殺死史蒂芬的，而且他也堅信他能把艾塞克跟另外兩樁命案綁在一塊。」愛芮卡說。「要是我跟史巴克斯或是馬許說了，他們會叫我把線索交出去，或是不准我去追查，那就等於如果我去追查，我就違反了直接的命令。」

「那，我們現在……」彼得森說。

「我們現在仍然在拜訪某個住在沃辛的人。」愛芮卡說。

「我們的好朋友凱思……」彼得森幫她說完。

愛芮卡扭頭看著「亭台劇院」，它像個龐大圓弧的果凍山矗立著，背後的碼頭向海面延伸，盡頭有一大群海鷗群聚，鳥頭埋進羽毛裡。

「要是我們能設計讓凱思和『夜貓子』見面呢？」愛芮卡說。

「在哪裡？我們又要怎麼把他弄過去？要是她看見了他，她難道不會轉身就跑……」

「不，彼得森，等著她的人不會是凱思。是我們。以及半個倫敦警察廳的人。」

71

那天稍後愛芮卡跟一名倫敦警察廳的前同事討了個人情，他叫李．葛拉漢，現在調到了索塞克斯警隊。他到沃辛來查看凱思的電腦。他是個聰明的年輕人，對鑑識稍微有點狂熱的電腦分析師。

兩個小時後，李、愛芮卡、彼得森和凱思都擠在凱思的小客廳裡。

「好，你們現在把他的電腦——」李開口說。

「我的名字叫凱思。」凱思說，懷疑地盯著李。

「對，你們把凱思的電腦跟這些都接上了。」李說，交給愛芮卡兩台筆電。「你們就能同步看到有什麼情況，也可以隨時進來查看。無論是誰在網上跟凱思在聊天都不會察覺。」

「謝謝你。」愛芮卡說。

「我也可以弄個紀錄，從我的辦公室遠端監視聊天室。我可以在追蹤這個夜貓子的去向時取得突破口，可如果她使用的是 Tor 網路，那就沒轍了。」

「那這個 Tor 網路是如何運作的？」彼得森問。

「這麼說吧，你正常使用網路，像是給我發郵件，郵件會從你的電腦透過伺服器傳到我的電腦上。我們兩個都可以很容易就用他們的 IP 位址找出另一個人來。IP 位址是一連串獨一無二的數字，以點隔開，標誌出每一部使用網際網路協定來通訊的電腦。而 Tor 軟體則是透過一個自由的、全球的志工網路來交流，一共超過七千個在接力，可以隱藏住使用者的位置和使用情況，避開一切的網路監視或是網路流量分析。」

「他們叫它洋蔥技術，因為有太多層在接力了。」凱思說。

「沒錯。使用Tor會讓網路活動更難被追溯回使用者身上。包括瀏覽的網站、線上郵件、即時通訊和其他形式的通訊。」李說。

「那隨便一個人都能下載這個Tor軟體嗎？」愛芮卡問。

「對。免費的線上軟體，」李說。「根本是給我們找麻煩。」

「既然你們追蹤不了夜貓子，那你們為什麼要監視我跟她說話？」凱思問。

愛芮卡和彼得森互看了一眼。

「我們要你跟她安排會面。」愛芮卡說。

「我不能跟她會面。我還沒準備好。我要能事先準備！」

「你不會真的跟她見面。」愛芮卡解釋道。

「不，不，我不能……對不起。不行。」

「你會的。」彼得森說，語氣不容置疑。

「倫敦滑鐵盧火車站。」愛芮卡說。

「我是要怎麼突然之間想到辦法讓她來見面？」凱思大喊，驚慌失措。

「你會想到辦法的。」彼得森說。

「我看到你把你跟這個夜貓子的聊天紀錄全都儲存下來了，」李說。「我會複製到你們的筆電裡。」他跟愛芮卡和彼得森說。

「可是……那是私人的談話欸！」凱思不退讓。

「我們不是說定了，記得嗎？」愛芮卡說。

凱思緊張地點頭。

一切安排妥當之後，愛芮卡和彼得森從公寓出來向李道別。空氣滯悶，他們能聽到遠處的海灘上傳來了尖銳的木偶戲表演聲。

「我也複製了他的硬碟，我會查一查有沒有什麼我們需要知道的貓膩。」李說，走向他停在路邊的汽車。他打開後車廂，把袋子放進去。「我有時會希望沒有發明網路。太多閒人在上面耽溺在病態的幻想裡了。」

「好像每次我看到你都會丟給你一些噁心的東西去調查，」愛芮卡說。「謝謝你的幫忙。」

「說不定下次見面應該是跟工作無關。」他嘻嘻一笑說。

彼得森看著他們兩個，愛芮卡紅了臉，而且無言以對。「再謝謝你一次！」她終於說。

「沒事。我希望可以幫妳逮到這個可惡的女人。等妳打開電腦，我會在線上聯絡。」他說，坐進了車裡。

「我不知道妳跟他這麼熟呢。」彼得森說，兩人看著李的車子沿著海濱步道駛離。

「你有意見嗎？」愛芮卡問。

「沒。」他聳肩。

「好，我們進去吧。我擔心凱思會臨陣退縮。」

72

席夢步行去上班時興奮得全身酥麻。她搭公車到國王十字站，走路穿過車站後的街道到安妮女王醫院。她喜歡上夜班，喜歡那麼多人回家她卻去上班的感覺。她就像鮭魚，逆流洄游。上夜班的話，她不必因為睡不著覺，一個人在家裡脆弱不安而有壓力。

她不必因為看見幻覺而有壓力。

今晚溫暖宜人，她等著過馬路，發現她很興奮能再見到瑪麗。老婦人是個鬥士，仍頑強地活著，席夢很肯定。她給瑪麗帶了禮物：一個相框，給她裝她和喬治的合照，還有一把新梳子。她敢說瑪麗的頭髮又會糾結在一起了。

席夢走在長廊上，朝瑪麗的病房前進，鼻端聞到尿和紙尿布的臭味。一些護士跟她點頭，她也回禮，互相寒暄。許多護士看到她通常陰沉的臉上露出大大的笑容，都一臉意外。

席夢來到了瑪麗的病房，沒敲門就打開了門，震驚地看到一名衣著時尚的年長女士坐在她的椅子上，在瑪麗的床邊。她的頭髮是光亮的銀色，剪成鮑伯頭。她穿著筆挺的白色休閒褲，黑色漆皮高跟鞋，花朵圖案的絲質襯衫。床鋪是空的，瑪麗坐在她旁邊的輪椅上，穿著俐落的炭黑色長褲和一件犬牙織紋外套，頭髮整齊地以紅緞帶綁住，而那個女人正俯身幫瑪麗套上一雙新鞋子。

「妳是誰？」席夢問，看著她們兩個。女人幫瑪麗把第二隻鞋穿上，這才站了起來。她的個子非常高。

「嗨，護士小姐。」女人說。有懶洋洋的美國口音。

「這是怎麼回事？」席夢尖銳地說。「醫生知道妳在這裡嗎？」

「知道，甜心。我是桃樂絲．范．賴斯特，瑪麗的姊姊。我是來帶她回家的。」

「姊姊？我不知道瑪麗有姊姊。妳是美國人！」

「我是在這裡出生的，甜心，不過我離開英國好一段時間了。」桃樂絲環顧骯髒的病房。「看起來這裡並沒有多少改變。」

「可是瑪麗，」席夢說，「妳屬於這裡，跟……跟我們……」

瑪麗清清喉嚨。「妳是誰啊，親愛的？」她問，搜尋席夢的臉。她的聲音發抖，非常虛弱。

「我是席夢護士，我一直在照顧妳。」

「是嗎？我姊姊聽我的鄰居說我在這裡，就從波士頓飛過來了。要是她沒來，我真不知道會怎麼樣。」瑪麗說，聲音虛弱。

「可妳是……我的……我會——」席夢結結巴巴，覺得眼眶紅了。

「醫生說她恢復得很不錯，」桃樂絲打斷了她。「我會住下來陪她，等她的身體更好。」她拿掉了瑪麗輪椅的煞車，推著她繞過床鋪。

「可是瑪麗……」席夢說。

瑪麗抬頭看著她。「這是誰？」她問她姊姊。

「她是護士，瑪麗。看久了她們全都長得一樣。我沒有惡意喔，甜心。」

桃樂絲推著輪椅經過了席夢，出了病房，從走廊離開。席夢來到門口，看著瑪麗被推走。瑪麗甚至沒有回頭看，然後她們轉過轉角，消失不見了。

席夢把自己鎖進一間無障礙廁所裡，站了一會兒，渾身發抖。然後她打開皮包，拿出她為瑪麗買的相框，重複在洗手台上敲打，直到把它砸碎。她瞪著鏡中的自己，憤怒在心中燃燒。她被拋棄了。又被拋棄了。

73

愛芮卡在名符其實的「海風飯店」訂了兩個房間，飯店便宜，氣氛愉快，而且距離凱思的公寓只有幾戶人家。房間是緊鄰的，又小又簡陋，只能看見後面擺滿了垃圾桶的院子。他們從樓下餐廳弄了些食物，再回到愛芮卡的房間，準備守株待兔。

為了殺時間，他們開始瀏覽李從凱思的電腦下載的聊天紀錄，總共是四年份的，想要一頁一頁讀根本是不可能的。在把紀錄按照年份切割之後，兩人把每年的紀錄都輸入Word檔，接著花時間搜尋一張關鍵字清單，直接就能查到特殊的對話。

「這個紀錄太讓人不舒服了，」彼得森說，坐在小窗邊的椅子上。「我才打了關鍵字『自殺』，就找到一頁又一頁凱思在說要自殺，以及他會怎麼自殺的文字。妳聽這一條：『我會把公寓裡的燈關掉，這會是唯一一次我讓黑暗包圍我的時刻。我會打開氣瓶，把袋子套在頭上，裝滿氣體，讓我不會驚慌。然後我會把繩子拉緊，呼吸，大口吸進氣體，直到我昏過去。我就會無痛的、輕鬆地慢慢死去……像是一場沒有盡頭的夢。』」

「這是什麼時候的？」愛芮卡問。

「三年前，在他們開始通訊的早期。」彼得森說。

「我搜尋了關鍵字『輪椅』和『殘障』，」愛芮卡說，敲著筆電。「只有夜貓子提過幾次，一次說在街上看到一位殘障人士，她為他難過，另一次只是一筆帶過。凱思沒跟她說過。」

「她在這裡說到被她先生燙傷，」彼得森說，在一陣沉默之後。「日期大約是在同時。他想強暴她，她跑進浴室裡鎖上了門，他端著一鍋滾水來追她，打她的臉，把半昏迷的她放進浴缸裡，剝光了她的衣服，再慢慢把滾水澆在她的身體上。她說她的燙傷嚴重，卻沒去看醫生，直到一週之後，還是因為傷口感染了。」

「她有說是誰嗎？她寫了醫生的名字嗎？」愛芮卡問。

「沒有，但是她說醫生不相信她說是她先生把她燙傷的。」

愛芮卡驚恐地抬頭看著彼得森。

「她說醫生認為她服用的藥物，再加上慢性失眠，使她產生了幻覺……她之前也因為浴缸裡的水太熱意外跨進去而有過類似的傷勢。她先生跟醫生說她以前曾精神病發作，曾被強制留院治療。」

「天啊，」愛芮卡說。「醫生相信她先生……」

外頭暗下來了，他們從打開的窗戶能隱約聽見海浪拖行鵝卵石的聲音。

「媒體總是把惡人形容為禽獸，我們也會使用這個說法，」愛芮卡說。「可是禽獸不是天生的吧？小貝比就不會是禽獸。我們每個人來到這個世界上不都是善良的嗎？難道不是他們的人生和環境害他們變壞的嗎？」

彼得森使用的筆電嗶了一聲。

「是凱思，」他說。「他開始跟夜貓子在網上聊天了。」

74

凱思坐在擺在小客廳的電腦前，燈光似乎無情地打擊他，他滿身是汗，從頭髮上滴到黑色的聚氯乙烯座位上。愛芮卡和彼得森坐在他後面的折疊椅上。

「我不知道該說什麼。」他說，轉頭看著他們。

「就跟平常一樣聊個幾句。我們可不要她起疑。」愛芮卡說。

他點頭，回過頭去開始打字。

公爵：嘿，夜貓子。啥事？

夜貓子：嗨。

公爵：啥事？

幾分鐘過去了。愛芮卡又解開了一顆鈕釦，拉著衣料搧風。她看著彼得森，他也熱得冒汗。「可以關幾盞燈嗎？」他問，舉起衣袖擦汗。

「不行！不行，我不喜歡黑暗。有陰影，」凱思說。「你想開窗的話可以開。」

彼得森走進小廚房，打開了水槽上方的窗子。堵住不通的下水道氣味飄了進來，但起碼涼快了一點。

「她沒有打字。」凱思說，又轉頭看愛芮卡和彼得森。

「這樣正常嗎？」彼得森問，回來坐在折疊椅上。

「不知道……我跟她說話的時候通常不會有觀眾。不會有人在我的脖子上吹氣。萬一她知道了呢？」

「她不會知道的。」愛芮卡跟他保證。三人默默又坐了幾分鐘。

「我要借用你的浴室。」愛芮卡說。凱思點頭，回頭看著螢幕。她離開了客廳，來到走廊上。她能聽見樓上隱隱有音樂聲，電燈泡發射出強光。她進了浴室，關上門。

她小心翼翼蹲在污穢的馬桶上，盡可能快速解決。等她轉身找衛生紙時，肩膀卻猛地撞上了護欄。她把護欄推開，看著它向上收合，幾乎像是一架反著的斷頭台。她趕緊完事，洗了手。浴室讓人心情很差，幾乎像醫院。她得蹲下來才照得到鏡子，照了立刻後悔。她一臉疲憊。

回到客廳後，在熾熱的燈光下房間似乎更熱了。彼得森在瀏覽影碟架。

「等等，她在打字了。」凱思說，傾身盯著電腦。愛芮卡和彼得森也都靠過去。

夜貓子：抱歉，我爐子上煮著東西。

公爵：喔，我們要吃什麼？

夜貓子：水煮荷包蛋加吐司。

公爵：棒。有我的份嗎？我的能不能加一滴褐醬？

夜貓子：有，我特別為你買了一些。

「這樣很好。」愛芮卡說，跟彼得森坐在凱思的背後定睛看著對話展開。

「這一次是我的第一次，看著一個連續殺人犯拉拉雜雜談她的工作，說明她的水煮荷包蛋要幾分熟。」彼得森嘟囔著說，坐著盯著螢幕，一手托著下巴。「現在幾點了？」

「兩點半。」愛芮卡說，看著手錶。

五點半，天邊亮了起來，交談仍持續。廚房窗外的院子也開始泛出藍光。

愛芮卡用手肘推了推彼得森，他在折疊椅上睡著了，頭向後仰著。他揉揉眼睛，醒了過來。

「我想他終於要切入正題了。」愛芮卡低聲說。兩人盯著螢幕。

公爵：嗯……我有一件事一直想告訴妳。

夜貓子：啥？

公爵：我昨天去看醫生了。

夜貓子：是喔？

公爵：我知道妳討厭醫生。
夜貓子：他媽的恨透他們了。
公爵：我的是個女的。她還行。
夜貓子：你背著我偷腥？
公爵：才沒有。她說我的膽固醇太高了，我的工作壓力太大……我需要舒緩下來，不然會……
夜貓子：會怎樣？
公爵：心臟病發作。我嚇壞了，真的。讓我不得不好好思考。
夜貓子：你不是想死嗎。一了百了。
公爵：那個想法一陣一陣的。現在是太陽出來了，人生苦短……而且我愛妳。
公爵：所以，我想問，我知道這是大事，妳想不想跟我見面。真的。面對面。

漫長的停頓。

「我完了，我把她嚇跑了。」凱思說，疲憊的眼睛開始浮現惶恐。「我試過了。你們都看見了，試了一整個晚上！」

「沒關係，」愛芮卡說。「看。」

凱思回頭看著螢幕。

夜貓子：好吧。我們見面。

「天啊！」凱思說，開始打字。

公爵：太好了！！！

夜貓子：可是我不想害你失望。

公爵：不會，**絕不會**！

夜貓子：哪裡？

夜貓子：還有幾時？

「哪裡？我該怎麼寫？」凱思問。

「跟她說你想在倫敦的滑鐵盧車站見面。」愛芮卡說。

「不，先問她的意見，你建議滑鐵盧，」彼得森說。「如果她說好，就安排在今天下午五點，在大廳的大鐘下。」

凱思點頭，開始打字：

公爵：那倫敦滑鐵盧車站好嗎？

夜貓子：好。幾時？

公爵：明天。嗯，其實是今天。下午五點在大鐘下。

夜貓子：OK。

公爵：太棒了！我好高興！！！我要怎麼知道是妳？

夜貓子：放心吧。

夜貓子：你會知道的。

她退出了聊天室。三人靜坐了一會兒，凱思咧嘴笑著。頭髮濕透了，倒豎了起來，散發出體臭。

「下午五點是滑鐵盧車站的尖峰時段，」彼得森說。「我們應該要他訂早一點時間的。」

「要逮住她會更棘手，」愛芮卡也同意。「不過退路也更少。」

「老大，妳得跟馬許說。不然妳沒辦法執行大型的監視行動……希望他會授權。」

「對，」愛芮卡說，看著手錶。五點四十五分了。「我們去吃點東西，先讓馬許醒過來再告訴他。」

「我得回去了。我再兩個小時就得值班。」彼得森說。

「對，對，」愛芮卡說。「對不起。你走吧。我可不想害你惹上麻煩。還有，呃，你沒來過這裡。嗯，要是捅了馬蜂窩，你沒來過。要是成了，你就來過。」

75

早上六點半了，愛芮卡和彼得森在凱思的屋外海濱步道上說再見。她很意外看著他走竟然這麼難過。他的計程車開到路邊，他忽然給了她一個大大的擁抱，嚇了她一跳。

「抱一下！」他嘻嘻笑著說。「我一定臭死了！」

「不會——嗯，一點點。我一定也是。」她也報以一笑。

他搖頭。「隨時通知我，老大。」

「我會的。」她說。他交叉手指，坐進車裡。愛芮卡看著計程車駛離。

她過馬路到海灘上。美麗的一天正要展開，大清早的陽光下空氣清新，沙灘上空無一人，只有兩個遛狗的人和一個年輕的傢伙正把出租的躺椅攞出來。她走過去坐在鵝卵石上，輕輕打著海岸的波浪就在幾呎外，她做個深呼吸，打給馬許。她先打家裡的電話。瑪西接的——聽見是愛芮卡語氣可不愉快。她沒有寒暄，直接把電話丟在桌上，朝樓梯上大喊。她聽見馬許跑步下樓來拿起電話。

「愛芮卡，我希望妳是從某個熱帶地方打電話過來的，而且是來要我的地址好寄明信片給我的？」他說。

「說到這個，」愛芮卡說。「我不在倫敦。我在沃辛。」

「沃辛？妳跑去那兒幹什麼？」

愛芮卡告訴了他，很快說到重點，她在黑夜惡煞一案上有了重大的突破，詳盡說明了今天安排在倫敦滑鐵盧的會面。

「所以妳又抗命了？」馬許說。

「你只有這句話要說嗎，長官？這可是**重大**的突破欸。我知道我應該先告訴你的，可是你知道我都是靠直覺辦事的。現在我們需要盡快搞定監視人員。滑鐵盧的裡裡外外。我真的認為她會出現，而我們需要在那裡逮捕她歸案。我有她跟這個人，凱思．哈迪的談話證據。他的聊天室名稱是『公爵』。她自稱『夜貓子』。」

「摩斯和彼得森呢？」

「他們被重新分派任務了。我是自己一個在這裡的，長官。」

長長的沉默。

「愛芮卡，妳實在是太天真了。妳表現得好像沒有規則，好像沒有職權關係似的。」

「可是長官，我得到了突破，很重大的一個！等我回飯店，我可以把東西都傳給你——會面的細節，聊天室紀錄。我們剛摸到了冰山一角。這個傢伙，凱思，跟她在網上聊了四年。那些對話我們都有紀錄。我也相信她是葛瑞格利．蒙羅的病人，她曾嚴重燙傷過。我們可以利用這條線索來追查病歷。」

「好吧，妳一掛斷電話就把東西都傳給我。」

「一定。」

「還有，愛芮卡，我命令妳去度假，而且認真想想妳在警隊的位置。要是我在警局，或是別的警局附近看到妳，我就停妳的職。別以為第四次也會那麼容易就讓妳把警徽拿回來！要是讓我在滑鐵盧車站附近看到妳，我不會只拿走妳的警徽了事。我會開除妳。聽見了沒有！」

「那你的意思是你會去行動嗎，長官？」

「我會再打給妳。」他說，立刻掛斷了。

儘管馬許聲色俱厲，愛芮卡還是聽見了他聲音中的興奮。

「我們要逮到妳了，夜貓子。我們要逮到妳了。」愛芮卡說，往後一坐，看著遼闊的地平線，腎上腺素也開始在血液中竄流。

76

「我看不出來有這個需要。」凱思抗議道。愛芮卡蹲在他的電腦架下，拉出電線插座，好像全都連接在一條延長線上。萊姆綠、黃、紅六角形圖案的地毯上覆了一層厚厚的灰塵，現在大多飛了起來，黏在她身上。

「你應該要小心一點，這麼多插頭插在同一條延長線上。」愛芮卡說，從電腦架下爬出來。凱思把輪椅上的操縱桿往他的方向扳，輪椅就退向後面的架子，讓出空間給愛芮卡站起來。

「沒關係。」他說。

他油膩的電鍋上方的時鐘指著下午三點。「那只鐘準嗎？」愛芮卡問，掏出自己的手機。

「準。現在會怎樣？」他問，透過骯髒的鏡片看著她。他的樣子突然好脆弱。

「一名警察準備要去和夜貓子會面，拘留她問話……」

愛芮卡在輕描淡寫。按照她傳送給馬許的聊天紀錄，嚴重的程度足以讓他匆忙安排一項滑鐵盧車站的重大監視行動，在五點整逮捕夜貓子。愛芮卡環顧擁擠明亮的房間，努力告訴自己她並不是局外人。留下來盯著凱思是很重要的一步，以免他給凶手通風報信。

「我是說，我會怎樣？」凱思說。

「你會被列為證人。而且非常有可能你會因為協助、教唆及隱瞞證據被捕，可是以你的情況，而且你也很合作，檢察官可能不會起訴你。只要你充分合作。而且我們會幫你解決居家問題，我至少要把這一點處理好。」

「謝謝妳。」他說。

兩人默默坐了半晌。油膩的電鍋上的時鐘滴答響。

「妳對我是怎麼想的？」凱思問。

「我什麼也不想。我想的是被害人。我想的是抓到她。」愛芮卡說。

「我一生最重要的友情之一竟然是一個殺死很多人的凶手。我愛她……那我又算是哪種人？」

愛芮卡俯身握住他的小手。「很多人都被朋友、被情人和伴侶騙過。你是在網路上認識她的，大家會在網路上假裝成別人，他們經常為自己創造出另一種人生，讓別人用不同的眼光看他們。」

「在網路上我可以當我想當的那個人。我並沒有被限制在……」凱思調整了鼻下的管子，俯視著輪椅。「妳要看DVD嗎？我放我最愛的『超時空奇俠』給妳看，湯姆．貝克重生的那一集。」

「好啊。」愛芮卡說。他們還有兩小時，她知道感覺會非常漫長。

77

倫敦滑鐵盧車站是英國最大的火車站，第一道曙光乍現之前就開始忙碌，一直忙到深夜。中央大廳超過八百呎長，二十多個月台，商店和餐廳林立。每年進進出出的旅客超過一億人。

馬許總警司和史巴克斯總督察部署在廣大的監視中控室裡，這裡位於車站的上方，像無窗的水泥塊。一面牆壁架設了二十八台監視器，能夠從每個角度監視火車站。三十五名警察被徵召過來，絕大多數是便衣，監視各入口，並且在大廳來回巡邏。支援車輛在東西南北出口等待，外加三輛警車。交警也在車站周邊例行巡邏，有些還帶槍。

下午四點半一到，火車站裡好像有一億人同時湧入，大廳的大理石地板都消失在人流中。旅客從底下的車站搭電扶梯上來，四個主出入口也是萬頭攢動，他們在有二十二條月台那麼長的巨大電子看板下走動，聚集在商店外，或是在月台對面的售票處排隊。

「這簡直是他媽的在大海撈針，長官。」史巴克斯說，靠著一排電腦螢幕，倫敦交通局的員工正默默監視著車站。他佈滿痘疤的臉上閃著汗光。

「倫敦沒有一個地方比這裡有更多眼睛。她只要一現身，我們就能逮到她。」馬許說，掃視了滿牆的監視器一眼。

「你覺得佛斯特總督察的直覺是正確的嗎，長官？」

「不是直覺，史巴克斯。你也看了她傳來的資料了。」馬許說。

「我是看了。可是沒有一個地方提過這個女人的名字，或是描述過她的外形。不管怎麼說，這次行動都會很燒錢。」

「這個由我來擔心就行了。你把你分內的事做好就對了。」馬許說。

一名年輕的亞裔青年上前來自我介紹。「我是譚維爾，今天由我負責中控室。我們有四台螢幕會監視你們的主區域。」他說，而螢幕上也應聲亮起了大鐘的遠景，底下站著柯廉巡佐，穿著牛仔褲和薄外套，手裡緊握著一把模樣很廉價的玫瑰。

「聽見我說話嗎，柯廉？」史巴克斯對著無線電說。「聽到的話摸摸耳朵。」

遠景鏡頭中的柯廉模樣正常，但是另一個角度的近景就看到他歪著頭偏向外套領子，正用手摸著左耳。「你們確定我的樣子不奇怪嗎？只有我一個人穿外套——這裡熱得跟火爐一樣！」他說，聲音從無線電傳來。

「沒事，柯廉。這個叫凱思的傢伙跟她約在大鐘下。是很浪漫的事，按照情理他會盛裝打扮，」馬許對著無線電說，又補充道：「而且也看不出你戴了耳機。好了，閒話少說……我們會隨時用無線電通知你。」

「幾點了？」柯廉問。

「天啊，他不就站在他媽的時鐘底下嗎？」史巴克斯說，抓起無線電。「四點半。下次想知道就抬頭看。」

馬許回頭看著譚維爾。「哪個監視器會拍到從大鐘下離開的側門？」

「把十七號放上來好嗎？」譚維爾對著角落一個戴著耳機的女人說。從背後拍到的柯廉畫面出現了，不過這一次是從大鐘後面的一部電扶梯上方的角度。

馬許又抓住無線電。「好了，柯廉，我們全都盯著你。保持冷靜。我們會幫你倒數。要是她提早出現，別太接近她，每個角度都拍到你了。她只要動一動，我們立刻就會趕到。」

「幾點了？」柯廉又問，緊張兮兮的。

「他就站在他媽的時鐘下面。」史巴克斯嘟囔著說。

「四點三十三，」馬許說。「保持警覺。」

78

愛芮卡坐在排了一排垃圾車的旁邊牆上，點燃了一根菸。凱思反對她在屋裡抽菸，但是她說她不會丟下他一個人，所以折衷的辦法就是他來到正門邊。

「你要不要沿著海濱步道走一走——我是說坐輪椅？天氣很好。」愛芮卡說。

「我不喜歡離開公寓。」凱思說，伸長脖子懷疑地看著頭頂碧藍的天空。

愛芮卡繼續抽菸，瞪著海面，海面平靜，閃爍著陽光。一群小孩在岸邊蓋城堡，他們的父母坐在躺椅上照看。一列粉紅加白色系列的觀光列車駛過，鈴鐺在一臉悲慘的司機頭頂上叮鈴響。一群群的小孩吃著冰淇淋和棉花糖，在霧濛濛的塑膠車窗後揮手。

凱思也揮回去，愛芮卡覺得很感動。她看看手錶：快要四點五十了。她查看手機，看到訊號很強，電力也充足。

「就像一只被盯著看的鍋子，」凱思說。「怎麼也煮不沸。」

愛芮卡懊惱地搖頭，又點了一根菸。她沮喪得好想尖叫，不能親自參與行動。她想到史巴克斯總督察，他會帶隊，發號施令，奪走榮耀。

除了沮喪之外，她也感覺被搶了。

79

五點二十分了，沒有人接近柯廉，他仍站在滑鐵盧車站的大鐘下。

馬許和史巴克斯在中控室中監視，大廳的人流更多了，越來越難用近景鏡頭看見柯廉了，所以他們現在用的是大廳對面的遠景鏡頭，中控室正中央的螢幕上播放著放大的畫面。

「柯廉，還好嗎？撐著點，站在原地別動。」史巴克斯對著無線電說。他們從長鏡頭中看到湧入的人群在推擠他。

「是，長官。」他喃喃說，聲音顯得慌張。

馬許看了一遍螢幕，對著無線電說話。「我們盯著你呢，柯廉。你附近有六個便衣，隨時都能支援你。你後面的走道上還有兩名持槍交警。別慌……她是個女人，她決定要像女人一樣搞遲到。」他又說，想讓氣氛緩和一點。

「他媽的她不會來了，」史巴克斯說。「我們應該要鎖定艾塞克．史壯才對，而不是把資源浪費在什麼盲目約會上。」馬許瞪了他一眼。「長官。」他趕緊說。

說時遲那時快，大螢幕上柯廉四周的人群移動，一群女人被推向前，朝柯廉接近，有一個跌倒了，摔在大廳地板上，害得她四周的人也相撞推擠。柯廉被推了一把，手上的花也掉了。

「怎麼回事？」馬許說。「柯廉，說話。」

「等等，長官。」柯廉說，被推擠著移動。

「看，是打架，他媽的打架。」史巴克斯說，指著監視畫面，畫面上是大鐘後方的電扶梯。一群戴棒球帽的年輕人出現了，又叫又鬧，把通勤乘客像紅海一樣分開來。兩個傢伙，一個黑髮一個金髮，正在打架，滾在地板上。黑髮的一拳打中金髮的，金髮的臉上立刻就鮮血四濺。人群從四面八方散開，英國交通警察局插手，緊握著槍，反而引起了更多的尖叫和騷動。

柯廉奮力站到了瑪莎便利商店的門口，看著他的會面點被警察佔據，恢復秩序。兩個年輕人被上了銬，警察開始冗長的登記手續。

「去他媽的！」馬許對著無線電大吼。「叫他們快點走開，我們的會面地點給搞砸了。」

「她就算出現，也不會膽子大到跟他碰頭！」史巴克斯說。

「柯廉，聽到嗎？」馬許說，不理會史巴克斯。

「有，長官。有點驚險。」柯廉說，從瑪莎便利商店的門口出來。

「我們還是看得到你，柯廉。沒事吧？」

「我的花掉了。」他說。

「沒關係。我們會叫那些警員移走，然後你再回去。」馬許說。

「他媽的什麼玩意？現在拖地？」史巴克斯說，抬頭看著大鐘下的畫面。一個乾癟的老清潔婦把推車停在金髮青年剛才流鼻血的地方，將拖把浸到一桶灰灰的水裡，動作緩慢專注。被訊問的一個青年對著她起鬨，但是她不是沒聽見就是漠不關心，只是擦拭著大廳的地板，動作極慢。

「華倫警員呢？」史巴克斯問。一聲嗶，華倫以無線電回覆。

「是，長官。」

「你的位置在哪兒？」

「我在大廳對面的WH史密斯便利店。」

「把那個老太婆弄走好嗎？還有，叫她別在大鐘下放那個黃色警示牌。」他開口說。

「等等，等等，等等，」馬許說。他正回頭看著柯廉在大鐘近處等待的地方。一名穿著一件時髦的黑色外套、深色頭髮的女人正在接近他。馬許抓住無線電。「靠！所有單位，一名深髮色女子正在接近柯廉巡佐。重複一遍，一名深髮色女子正在接近柯廉巡佐。待命。」

「所有單位待命中。」無線電傳來一個聲音。牆上又有兩面大螢幕切換到柯廉，一個從上方，一個從另一側。女人正跟他說話，詢問地抬頭看著他。他們又說了幾句，然後柯廉回了什麼，她就走開了。

「柯廉，報告，是怎麼回事？」馬許問。

「抱歉，長官，沒事。她問我要不要買汽車保險。」

「呸！」馬許說，一巴掌拍在桌上。「呸！史巴克斯，我還是要人去訊問那個女人。攔下她，查她的身分，找出她的一切資料。」

「我有預感她的業績是達不到了。」史巴克斯說，看著那個女的被三名便衣警察包圍。

80

傍晚六點半，愛芮卡無聊得幾乎要在凱思的小公寓裡爬牆了，這時她的手機在皮包裡響了，她掏出來，是馬許的簡訊：

我們要退出滑鐵盧了。她沒來。我們要談一談。今天晚一點打給妳。

「怎麼回事？」凱思問，看著愛芮卡沮喪地捧住了頭。

「她沒去……」她說。「你都沒有她的消息嗎？聊天室？」

凱思搖頭。

「你確定？」

「確定，看，我是登入狀態……」

愛芮卡有一種恐怖的下沉感，像是一枚巨大的沉重的砲彈壓在她的胃上。她揉了揉汗濕的臉。

「喂，凱思，我們得關幾盞燈。這裡實在是太——」

「不行！對不起，不行。我說過我不喜歡黑暗……」

愛芮卡看著鐘，覺得被徹底打敗了。

「現在怎麼辦？」凱思說。

「我在等我的上司打給我……晚一點……」

「我會怎麼樣？」

「呃，我不知道。不過我說的話算數。」愛芮卡看著凱思坐在大輪椅上，她剛幫他換過氧氣瓶。

她做了決定。「我需要出去個一小時左右……我可以放心留下你一個人在這裡嗎？你的電腦仍然被我們監視著。你應該不會逃跑吧？」

「妳說呢？」他說。

「好。這是我的手機號碼，」她說，草草寫在一張紙上。「我要出去呼吸一點新鮮空氣……你要吃什麼？要不要吃炸薯片？」

凱思的臉亮了起來。

「搗碎的香腸、炸薯片、豌豆泥，謝謝。碼頭對面的那家最棒。我的照護員總是到那兒買。」

愛芮卡來到涼爽的海濱步道上。太陽正緩緩下沉到海平面下，一陣清風從海面吹來。她瞪著馬許的簡訊，打電話給他，結果直接轉進語音信箱了。

「靠。」她嘟囔著。她朝之前在海濱步道上看到的一家酒吧前進，前窗向後收折了，裡頭坐滿了喧囂吵鬧、滿臉通紅的老男人和喝醉的女人。音響大聲播放著〈瑪卡蓮娜〉（*Macarena*）舞曲。愛芮卡擠到吧檯前，點了一大杯酒。酒保的動作很快，砰的一聲就把她的酒放在吧檯上。

「我可以端到海邊去喝嗎？」愛芮卡問。女酒保沒搭腔，只翻了個白眼，拉出一只塑膠杯，把她的酒倒進去。

「可以給我一點冰塊嗎？」愛芮卡說。

她端走飲料，從販賣機又買了一點香菸，回到海灘。潮水退得很遠，她坐在鵝卵石上，看著一大片濕濕的沙地。她正要點菸，手機就響了。她把塑膠杯插進鵝卵石中，接了電話，聽著另一頭的聲音，瞪大了眼睛。

81

夕陽已經落到了地平線下，一陣冷風從對街吹來。席夢在那排房屋旁邊的人行道上快速移動，揹著一個小背包，而且穿著她那身黑色慢跑裝。

有幾盞街燈被打破了，她一接觸到鈉燈的弧形橙光立刻加快腳步，回到陰影中才放鬆下來。她覺得心驚肉跳。現在才剛傍晚，她經過的這排透天屋似乎充滿了活動。燈光亮起，音樂聲揚，樓頂有扇窗戶的窗簾拉開來，天花板上只有一盞光禿禿的燈泡，傳出了吵架聲。

席夢看到迎面有個男人過來立刻低下了頭。他又高又瘦，腳步很快。她的心臟開始狂跳，感覺血壓上升。他正對著她過來。就連她的傷疤都開始悸動，彷彿是裂了開來，鮮血淋漓。幾乎就在那個男的衝到她面前的時候她才看見他也穿著慢跑裝，他目不斜視，直接跑過，耳機發出極微弱的音樂聲。她這才明白她必須要冷靜下來，要控制好自己。

席夢知道她要找哪一家，她也沒費多少力氣就在磚牆上找到了。門牌號就漆在擺在水泥小前院裡的有輪垃圾桶上，字寫得俗氣得很。

她倒數門牌號，一點也沒有平常的急迫感，一點也沒有憤怒和興奮。

然後她找到了那棟房子。她接近了窗戶，做個深呼吸，兩隻小手按著窗台，東張西望，接著把自己撐了起來。

82

「愛芮卡！我生了，可是他們弄錯了。是個女孩！」她妹妹高聲喊，氣喘如牛又筋疲力盡。愛芮卡愣了愣才明白是蓮卡。

「啊，蓮卡啊！太好了！怎麼回事？妳不是還有兩個星期才要生嗎？」

「我知道，可是馬立克帶我去吃午餐，我們才剛點好菜，我的羊水就破了。妳也知道他那個人——他堅持要等餐廳把我們的菜都裝好外帶——可是事情發生得太快了……宮縮開始了，我們趕到醫院的時候，根本連止痛的時間都沒有，她就生出來了。」

「她叫什麼名字？」

「我們要叫她愛芮卡，跟妳一樣。當然也跟媽一樣。」蓮卡說。

愛芮卡覺得情緒激動，舉起沾到沙子的手背擦臉。「喔，蓮卡，喔，太好了。謝謝妳。」她說，眼淚和疲倦一併潰堤。

「真希望媽能在這裡，還有妳。」她妹妹說，也珠淚盈盈。

「對，嗯，這裡沒有一件事對勁的……」

一陣窸窣聲，然後愛芮卡的妹夫馬立克接了電話。她跟他聊了幾分鐘，感覺好超現實，坐在黑暗的沙灘上，而她的家人卻在幾百哩之遙，慶祝著。又換蓮卡接電話，然後她說得掛斷了。

「我保證等這件案子辦完了，我會去看寶寶。」愛芮卡說。

「妳每次都這麼說！別拖太久了。」蓮卡疲憊地說。有孩子的哭聲，然後她就掛斷了。

愛芮卡坐了很久，抽菸喝酒，慶祝妹妹生了女兒。天空越來越暗，愛芮卡的心情也一樣。她當阿姨了，儘管她和妹妹並不親近，她還是為蓮卡高興。高興，卻也沮喪，沮喪兩人的人生走上了那麼不同的道路。

一直到冷風吹，外加凱思還在公寓裡等，她才依依不捨從清冷的沙地上站起來。

她沿著海灘往回走，看到一排排的房子和民宿一路朝她在海濱步道盡頭的旅舍延伸。她從台階離開海灘，停在凱思的公寓前。上頭的窗戶亮著燈，西塔琴聲和大麻味飄出來，但是凱思的窗戶卻是漆黑一片。她正要敲門，又收回了手。凱思總是會亮著燈，他怕黑。

愛芮卡離開了前院小徑，走向有帶輪垃圾桶的水泥地，移向正面的廣角窗，發現窗子開著。她凝視黑暗，一股濕濕的消毒水味飄了出來。

她做了決定，用力撐上了窗台，爬進屋裡。

83

愛芮卡站在凱思黑暗的臥室裡聆聽。空氣悶熱，佈滿了灰塵。她盡量排除掉樓上的音樂，卻聽不到臥室門外的任何聲音。她經過了凱思笨重的病床，走進走廊。前門的玻璃投射進來一圈燈光，但是她悄悄前進時卻避開光線，她經過了第二間臥室的門，門是打開的——她能看到兩張輪椅，寂然空蕩。兩張大輪椅停駐在陰影中。

音樂暫停一會兒，寂靜中愛芮卡伸長了耳朵。然後又開始了：悶悶的、不成曲調的彈奏聲。她繼續前進，提高警覺，經過了敞開門的浴室。海濱的燈光從洗手台上方的小窗照進來，幫助她的眼睛適應黑暗。

愛芮卡聽見了吸鼻聲，然後是劈啪聲。她慢慢移向走廊盡頭的毛玻璃門，掏出了手機，轉過轉角進入客廳時，她打開了手機的手電筒。

愛芮卡險些驚呼出聲。有個女人站在房間中央，矮個子，皮膚蒼白如鬼魂，粗糙的黑髮剪成參差不齊的鮑伯頭。她的眼睛像兩潭黑水，愛芮卡的手機燈一照到她，她的瞳孔就收縮成兩個小點。在她旁邊，愛芮卡看到凱思癱倒在椅子上，雙臂大張，頭上套著一個塑膠袋，緊得把他鏡片都壓碎進眼窩裡了。

「妳是誰？」

「我叫席夢，」女人吸著鼻子說，擦掉一滴淚。「我並不想殺他。」

「天啊！」愛芮卡說，聲音顫抖。把燈照向凱思的身體，再直接照在席夢的臉上，想要讓她眼花，給她自己足夠的時間思考，但是席夢的動作很快，愛芮卡還沒回過神來就發現自己被撞到後牆上，喉嚨上抵了一把刀。

「手機給我，」席夢說，聲音平靜，高得不尋常。愛芮卡感覺到冰冷的鋼刀刺痛了她的皮膚。「妳看到了我有什麼能耐。我可不是在唬妳。」

愛芮卡緩緩交出手機。她要讓眼睛不閉上並不容易。席夢個子雖矮兩眼卻帶著一種森冷的精光向上瞪著她。席夢另一隻手的動作很快，手機的燈光滅了，愛芮卡聽見電池撞到了地毯。在陰暗中，席夢的瞳孔放大，就像是一個嗑藥嗑到茫的人。她丟掉手機，愛芮卡聽見手機被她的腳踩壓。

「妳為什麼要來這裡，愛芮卡．佛斯特？我本來是想做完這一件就從地表消失的。妳再也不會有我的消息。」

愛芮卡瞄了瞄四周。

「不、不、不——妳只能看著我，」席夢說。「我們要到那邊去。」她又說，朝凱思動也不動的屍體歪歪頭。她稍微放鬆了手勁，但是刀子仍抵著愛芮卡的喉嚨。兩人有如在跳一支可怕的雙人舞，拖著腳步移動，最後愛芮卡站到了輪椅旁。

「好，我現在要退後，妳敢動一下，我就會動刀子。我會割妳的眼睛，和妳的喉嚨。聽懂了嗎？」

「懂。」愛芮卡嘸口氣說。她在冒汗，也能聞到旁邊凱思的味道，混合體臭和屎尿。席夢退到門口，打開了燈。房間瞬間亮得刺眼。她回來，刀尖始終對著愛芮卡。

「拿掉他頭上的袋子。」席夢說。

「什麼？」

「妳聽見了。拿掉。」她向愛芮卡逼進，刀子在明亮的燈光下閃著光。

「好、好。」愛芮卡說，舉高了雙手。她慢吞吞抬高凱思的頭，他脖子上的汗仍沒乾，一時間她以為他可能還活著——但是他的臉孔卻漲成了青紫色。

「動作快點。」席夢說。愛芮卡開始解開纏繞他脖子的繩子，可是繩子好像纏住了，她忍不住驚慌，但是她立刻鎮定下來，把繩子慢慢解開了。愛芮卡把塑膠袋扯開時凱思的頭抬了起來，發出一種吸吮聲。他的眼鏡也從鼻子上滑脫，跟著塑膠袋一塊摘掉了。他的頭又垂了下去，抵著輪椅。席夢突然上前來，愛芮卡抓起塑膠袋，伸到面前，忍不住縮了縮。

「把他的眼鏡拿出來，幫他戴回去。」席夢說。愛芮卡照做，輕輕把眼鏡架回凱思的鼻梁上，再把鏡架別在他的耳後。

「妳為什麼要殺他？」愛芮卡問。

「他得死，因為他把我摸透了。他告訴了妳。」

「他沒告訴我，是我自己查出來的。」

「他想見面。他之前從來不想見面……我以前約過他，他卻臨陣退縮。我就猜到可能是妳。我的疑心病是正確的……疑心病在感情世界裡可行不通。」她說完，回頭看著凱思。

「他愛妳。」愛芮卡說，看看凱思的屍體又看看席夢。

「是喔，我需要的就是這個，男人的愛。」席夢說，嘴巴譏誚地彎了起來。

「被愛有什麼不好？」愛芮卡問，心思飛轉。她是想預測這個女人的下一步，而在那之前，她要讓她說個不停。

「人對了又怎樣，他們又不會愛妳！」席夢不屑地說。「母親應該要愛妳。先生。妳信任的人。可是他們全都害妳失望！而一個人害妳失望，就跟骨牌效應一樣……妳變得脆弱，大家會剝削妳，他們在妳的盔甲上看到裂縫。」

「很遺憾。」愛芮卡說，看出席夢的情緒越來越激動，變得更危險了。

「不，妳才不會。可是我敢說妳懂的，對不對？妳先生死了之後妳四周的人變了多少？他們看見了妳的弱點。他們丟下妳，要不就是留下來欺壓妳。」

「席夢……我懂。」

「是嗎？」

「對。」

「那……妳就知道我為什麼要這麼做了。我為什麼要殺了那個醫生，他在我痛苦害怕的時候都不相信我：那個作家，他變態的心靈創造出新的手法來激發折磨我的人；那個記者，都是他害我在九歲的時候被他們從我母親身邊帶走……」

「傑克．哈特？」

「傑克．哈特。那個人的姓倒像是個有心的[10]，其實根本沒有！我把他宰了特別開心。他把別人的傷心事當作晉升踏板，靠眼淚和愁苦賺錢。他以為他是個英雄，報導我的母親……暴露我的童年……可是我知道怎麼在她身邊活下去，因為骨子裡她是愛我的，她愛我……每次出了什麼事，我都可以接觸到那份愛……我再也沒看過她。我最後被送進了孤兒院！妳知道被送進那種地方的孩子會怎樣嗎？」

「我能想像得到。」愛芮卡說，向後縮了縮，因為席夢握著刀子歇斯底里地在空中揮舞。

「**不**，妳不能！」

愛芮卡兩手摀住臉。「對不起，對，我不能，拜託，席夢。事情都結束了，讓我幫妳找人幫忙。」

「我需要**幫忙**，我？我一點毛病也沒有！我只是不再忍受丟到我身上來的屁事了！我又不是天生這個樣子的！我是天真無邪的，可是天真無邪也被人從我身上撕掉了！」

「好、好。」愛芮卡說，舉高雙手保護自己，因為席夢揮舞著刀更靠近了。

「得了，誠實一點，愛芮卡。妳難道不想殲滅那些男人，那些一直是妳恨之入骨的男人？那些把妳的人生揉捏得更糟糕的？傑若米．古德曼？那個殺了妳先生跟妳朋友的毒販？看著我的眼睛跟我說，妳不想像我殺了凱思一樣殺了他。拿過主導權來，然後報仇！」

愛芮卡吞嚥一口。她感覺到額頭的汗往下流進了眼睛裡，刺痛了眼睛。

「說啊！說妳也想跟我一樣！」

「我想跟妳一樣。」愛芮卡說。話一出口，她就明白她這麼說是為了活命，為了讓席夢開心——但是她也知道部分的她和席夢心有戚戚焉，而她因此而深受震撼。她環顧房間，努力思索該如何逃命。

「不准妳亂看！」席夢大吼。

「對不起，」愛芮卡說，慌亂地動腦筋。她知道她一腳踏進了鬼門關。「我知道他燙傷妳，席夢。妳先生。我是想要了解妳的痛苦和妳的憤怒。幫我再多了解一點。給我看。」

席夢開始發抖，眼淚從兩頰落下。

「他毀了我。他毀了我的身體。」她說，揪住T恤往上掀。愛芮卡看到席夢肚子和肋骨上一圈圈的傷疤組織，猛地嚥了一口氣。那兒的皮膚光滑皺縮，肚臍都不見了。

「我很難過，席夢，」愛芮卡說。「我懂。看看妳……看看妳……這個勇敢的鬥士。」

「我是，我很勇敢……」席夢哽咽著說。

「妳是，妳很勇敢。而且妳毫不羞恥地展露傷疤。」愛芮卡說。

席夢把T恤更往上掀，露出更多肌膚，就在布料擋住她臉部的那一秒，愛芮卡重心向後，

⑩ 哈特（Hart）的英語發音與心（heart）相同。

對準紅色傷疤組織立刻出腳。席夢大吼一聲，痛得彎了腰。愛芮卡急忙搶過她面前，不料席夢恢復得很快，抓住了她。兩人撞上了毛玻璃門，愛芮卡又踹又打，才爬起來一半就跑，在席夢趕上來之前已經跑過一半走廊了。

「臭婊子！」她大罵，撲向愛芮卡。兩人重重撞到了浴室門口的水泥地上，愛芮卡翻身朝上，席夢矗立在她上方，揮拳打她的臉，然後再一拳。愛芮卡眼前金星亂冒，眼看就要昏倒了。

「說謊的臭婊子。」席夢惡狠狠地罵。愛芮卡覺得自己被拖過了冰冷的浴室地板，然後被拉起來坐著，背靠著冰冷的馬桶。席夢嚴峻的小臉在她的上方，然後愛芮卡的頭被塑膠袋套住，視線變模糊。是席夢用來殺死凱思的同一個塑膠袋。

愛芮卡聽見塑膠袋隨著她的呼吸劈啪響，血液衝進耳朵，緊接著就感覺到脖子上的繩子抽緊。席夢坐在馬桶蓋上，兩腿夾住愛芮卡，使勁把愛芮卡的雙臂鉗制在兩側，不讓她動彈，同時收緊繩子。愛芮卡又是喘息又是乾嘔，袋子開始在她的頭上形成一個真空。

「妳要死在這裡了，我會丟下妳的屍體，讓妳孤伶伶的。」席夢狠狠地說，力道極大。

愛芮卡的雙臂在地板上無力地亂動，一隻手擦過馬桶後面的牆，忽然摸到一塊厚厚的什麼織物在壁腳板邊亂抖，那東西連接著可移動式的大護欄。她的手指用力抓，才剛抓住，眼前就一陣黑，她奮力一搏，把自己向前拉。席夢把馬桶蓋都拉掉了，同時愛芮卡猛拽那塊織物，沉重的護欄倒下，重重砸中席夢的頭。

席夢抓不住愛芮卡，跌到地板上。愛芮卡抓住纏著脖子的繩子，設法鬆開來，驚慌地亂扒，終於把塑膠袋拿掉了。她用力把清新的冷空氣吸進肺裡，拉拽馬桶旁紅色緊急呼叫鈕的繩索，警報器立刻應聲響起。

席夢躺在她的面前，開始晃動呻吟。愛芮卡又拉了一次紅繩，誰知用力太大竟把繩子扯斷了。她坐在席夢的腿上，把她的雙手反剪到背上，拿紅繩綁住她的手腕。

「我要逮捕妳，席夢，」愛芮卡上氣不接下氣地說，每個字都說得無比艱難。「因為妳殺害了葛瑞格利．蒙羅、傑克．哈特、史蒂芬．林利以及凱思．哈迪……而且妳襲警並且試圖殺害警員。妳一句話也不必說，不過如果被問起，如果妳保持沉默，可能會危及妳的辯詞，而之後上了法庭妳的辯詞會是妳的救命丸。妳說的每一句話都可以納入呈堂證供。」

她向後癱坐在席夢的雙腿上，緊緊抓著她被綁住的手腕。她臉上被打的地方在痛。她的呼吸漸漸緩和下來，同時也聽見了遠處傳來警笛聲。

84

後花園下著小雨，早晨的天空一片灰霾。摩斯和彼得森跟愛芮卡擠在露台門口，吃可頌喝咖啡。

報紙散置在他們四周。

「這才像英國的夏天嘛：被困在室內瞪著雨，假裝很好玩。」摩斯說。這是四天前席夢被捕之後她和彼得森第一次見到愛芮卡。「最後一句是在開玩笑。」她又補充。

「謝謝你們帶這些過來。」愛芮卡說，舉起了外帶咖啡。

「我們只是很高興妳沒事，老大。」彼得森說，跟她碰杯。

「我被打了。只是小意思。」愛芮卡說。

「不過妳的黑眼圈還滿嚴重的。」摩斯說，看著愛芮卡的眼睛和臉頰上的紫色瘀血。

「我從來沒有對殺人凶手的感覺這麼矛盾過，」愛芮卡說。「他們把她放上擔架的時候，她喊我……她的眼裡都是恐懼。她說她想要我在救護車上陪她，握著她的手。我差點就答應了。真是瘋了……」

三人啜飲著咖啡。

「那，我很高興妳沒答應，老大，」摩斯說。「記不記得《沉默的羔羊》的結局？那些跟漢尼拔．萊克特坐上救護車的人。」

彼得森白了她一眼。

「怎樣？我是想要讓氣氛輕鬆一點啊。」摩斯說。

愛芮卡微笑。

「他們好像都絞盡腦汁想給席夢．馬修斯想出一個名號來，」彼得森說，從地板上抓起一份報紙。「死亡天使……黑夜惡煞……夜貓子。」

「她有哪裡像天使？」摩斯問，喝了一大口咖啡。

「《太陽報》刊登了她穿護士制服的照片，」彼得森說，舉起報紙給她們看。照片是席夢和一群護士在員工廚房裡，前排的護士舉著一張三百鎊的大支票，是她們為弱勢兒童募集來的。席夢站在左邊，咧著嘴笑，拿著支票。「國民保健署這下子可慌了，因為她殺害病人，他們是怕被告，我一點也不懷疑。」

「我不覺得她殺害了什麼病人，她殺的都是她想殺的人，」愛芮卡說，拿起了《每日快報》看著報導，這篇報導最讓她不安。那是傑克．哈特對席夢母親的原始報導，也複述了席夢恣意殺人的細節。

席夢是在卡特福長大的，住在環境低劣的頂層公寓中。她母親也叫席夢，是名妓女，也有毒癮。關心的鄰居報過幾次警，警察隨即破門而入，發現席夢的母親把女兒綁在浴室的散熱器上。年輕的傑克．哈特隨著警察一起破門。讓愛芮卡心碎的照片是一個瘦小、臉頰凹陷的小女孩，打赤腳，穿的衣服像污穢的枕頭套。她的一隻細瘦的胳臂被綁在骯髒泛黃的散熱器上，她抬頭看著鏡頭，大眼睛裡寫滿了迷惑。

「她並沒有得到機會，對不對？她只想要愛……有個人愛她。」

「別說了，老大，妳又要惹哭我了。」摩斯說，抓住愛芮卡的一隻手。彼得森伸手到口袋裡，掏出了一包面紙，抽了一張給她。

「你總是有面紙。」愛芮卡說，擦拭眼睛。

「他故意帶的，才能跟淚眼婆娑的女人搭訕。」摩斯說。

彼得森翻個白眼，咧嘴笑。

「反正呢，」愛芮卡說，恢復了常態。「也不全是壞事。你抓到了蓋瑞．威姆斯洛……」

「我沒抓到他。他落網的時候我在控制組，」彼得森說。「武裝警察掃蕩了水晶宮的那個點，他們逮捕了威姆斯洛和六名共犯，他們正要把儲存了兒童色情照片和影片的硬碟還有一萬兩千片光碟運走，分銷到歐洲去。」

「你覺得他們能證明那些混蛋有罪，讓他們翻不了身嗎？」摩斯問。

「希望是。」彼得森說。

「你覺得潘妮．蒙羅現在會怎麼樣？」愛芮卡問。

「絕對輕鬆不了。先是她的先生死了，然後又是她弟弟出事。」彼得森說。

「那小彼得呢？這件事對他的將來會有什麼影響？」愛芮卡說。三人回頭看著小席夢和老席夢的照片。

摩斯看看手錶。「嘿，我們該走了。警局的這個簡報我們可不想遲到了。」摩斯咧嘴笑道。

「馬許有說為什麼把我們叫進局裡嗎？」

「沒，我想應該是席夢・馬修斯案的最後一次簡報。」愛芮卡說。

「我覺得不只是這樣，老大，」彼得森說。「我覺得妳會被大大的表揚一番！」

三人抵達路易申街警局後，被指示直接進事件室。裡面擠滿了人，愛芮卡、摩斯、彼得森才剛跟幾名隊員打了聲招呼，在後面找到位子，史巴克斯和馬許就進來站到前面了。最後，歐克利助理總監也進來了，還有三名警員端著幾瓶軟性飲料和塑膠杯。

「注意這邊，**拜託**！」歐克利大喊。他站在前面，制服完美無瑕，頭髮整齊，有辮飾的帽子拿在胸前。他身後的大排白板上空無一物。整個房間都靜了下來。「這一週對倫敦警察廳來說可說是大有斬獲。我要感謝大家成就了如此艱難的任務。昨天早晨，參與亨姆斯洛行動的警員破獲了一個英國最大的地下戀童網路，扣押了六萬七千多張受虐兒童的照片以及一萬兩千份光碟，同時也逮捕了倫警察廳監視了一年多的蓋瑞・威姆斯洛和六名共犯。」

在場的警員有的歡呼有的鼓掌。摩斯嘻嘻笑，拍了彼得森的後背一下。

「我還沒說完！」歐克利說。「多虧了史巴克斯總督察的小組與馬許總警司的部門的通力合作，我們逮捕了黑夜惡煞！席夢・馬修斯因為殺害了葛瑞格利・蒙羅、傑克・哈特、史蒂芬・林利以及凱思・哈迪而落網了。」

又一陣掌聲。愛芮卡盯住了馬許的眼睛。他俯身對歐克利說了什麼，後者又說：「我們當然非常感激愛芮卡・佛斯特總督察，她選對了時間選對了地點，或者該說是選錯了地點！我們希望妳能徹底康復。」他往她在的大致方向看過來。事件室中的警員紛紛轉過來看愛芮卡，但是歐克利卻接著往下說。

「最後，我很榮幸宣布由於這些可敬可佩的成果，有幾人獲得了升遷。首先，我要跟大家介紹我們的新指揮官，保羅・馬許！」

人人都鼓掌，馬許裝出害羞的樣子，喃喃道謝。

接著歐克利上前一步。「我也要宣布另一項升遷。由於他的許多傑出表現，在這件案子以及其他案子上，史巴克斯總督察從現在起就是史巴克斯警司了。」

歐克利領頭鼓掌，史巴克斯笑容滿面，上前一步，盛大地、過於誇張地鞠了一個躬。有人塞了只塑膠杯到愛芮卡的手裡，她轉頭看著摩斯和彼得森，兩人都一臉沮喪。

「我們來敬酒。敬我們的成果。」歐克利說。

「敬我們的成果。」人人都附和，舉高了塑膠杯。

「好，現在大家都盡情吃喝，開心一下吧！」歐克利說。

有人吹口哨，又一輪鼓掌，但是愛芮卡沒有加入。她氣炸了。她推開同事到馬許站的地方。

「長官，說句話。」她厲聲說。

「愛芮卡，不能等一下嗎？」馬許問。

「不能。」她大聲說。正在說話的歐克利和史巴克斯看著他們這邊。史巴克斯給了她一抹不懷好意的冷笑，向她舉杯。

馬許跟著愛芮卡走到事件室外，進了相鄰的一間無人的辦公室。

「那是怎麼回事？」她說。

「妳說什麼？」

「是我帶著你們查到席夢．馬修斯的。這件案子全是我一個人在跑腿。你要是沒忘記，長官，史巴克斯總督察——喔，抱歉，警司——因為無能而被調離了上一個重大的命案調查！這個案子是我破的！」

「歐克利做的決定我一點辦法也沒有。」

「可是你確實知道有一個升遷機會，不是嗎？你卻讓我看得到搆不著。把我調走，敷衍我，所有的骯髒活都讓我一個人幹！」

馬許也失控了。「妳知不知道看著妳做事有多讓人氣得跳腳嗎，愛芮卡？」

「別叫我愛芮卡，我們**不是**朋友！我是個警察——」

「妳是個了不起的警察，愛芮卡，真的很了不起，在從前。可是妳老是違抗命令，違反協議……現在妳只是……」

「我只是怎樣？」

馬許看著她好半晌。

「妳以為自己有這個了不起的直覺，其實純粹是運氣加愚蠢。妳是個自行其是的警察，妳只是在苟延殘喘，就因為如此，妳仍然是佛斯特總督察。有鑑於過往發生的事，妳的抗命，妳在我命令妳休假時拒絕聽命，我沒辦法推薦妳升遷。」

愛芮卡惡狠狠地瞪了馬許好長的一眼。「我不會留下來聽史巴克斯警司的命令。明天一大早你就會收到我要求調職的申請書。」

「等等……調職？愛芮卡！」馬許正要說話，她就已經轉身離開了辦公室，沿著走廊前行，走出了路易申街警察局。

後記

天氣晴朗，愛芮卡下了車，摘掉墨鏡，看著貝爾馬什監獄維多利亞式大鐵門上的小門。她倚著車頂，看到手錶上的時間是十一點十二分。他遲到了。

幾分鐘後，小門吱呀一聲打開來，艾塞克走了出來，左看右看，將澄藍的天空、四周的寂靜以及愛芮卡收入眼簾。

他一手拎著一只褐色紙袋，套裝外套披在另一隻臂膀上，走向她，穿過了大鐵門，走到街道上。兩人擁抱了好長一刻，默不作聲。

「所有的罪名都撤銷了，我就說嘛。」愛芮卡笑嘻嘻地說。

「妳才沒說呢，」他沒好氣地說。「而且為什麼拖這麼久？」

「鑑識科啊，你又不是不知道你們那些人是什麼德性，慢吞吞的。席夢．馬修斯全都招認了，可他們還是得確認在傑克．哈特的命案現場遺留的DNA是她的。摩斯和彼得森一直在通知我新的進度。」

「我一直在想，會有人出面告訴我他們犯了天大的錯誤，我是……」艾塞克單手遮著臉。

「沒事了，你洗刷冤情了。而且你的行醫執照也保住了。」

艾塞克站了一會兒，呼吸著新鮮空氣。然後他打開車門，坐了進去。愛芮卡繞到駕駛座那邊，也坐了進去。

「妳剛才是什麼意思，摩斯和彼得森一直在通知妳新的進度？」艾塞克問。「案子不是妳破的嗎？」

「是我。說來話長。短一點的版本是我申請了調職，現在正在休假。」

「調職。哪裡？」

「還不知道。馬許勸我打消主意，所以才叫我休假……多年來的第一次，我只想偷個懶。試一試怎麼當個普通人。」愛芮卡說。

「等知道了結果，告訴我一聲。」艾塞克挖苦地說。

兩人駕車離開，一路沉默。艾塞克把頭往後仰，閉上眼睛。一會兒之後，他發覺他們是沿著榭利的大街前進。

「我們為什麼走這個方向？」他問。

愛芮卡把車停在距離潘妮・蒙羅家前面一點的地方。潘妮正在前院裡站著，臉色蒼白，看著小彼得握著水管在澆草皮。他把拇指擋在水管口，水向後噴到母子倆，他開心地哈哈笑。

「他真是個好孩子。你覺得他會沒事嗎？」愛芮卡問。

「說真的，誰知道？邪不勝正，妳得有信心。」艾塞克說。

「他這麼小就失去了父親，現在對他舅舅的記憶也永遠毀了。」

艾塞克一手按著她的手。

「妳救不了全世界，愛芮卡。」

「可是我努力的話可以做得更好。」她說，擦掉一滴淚。

「妳救了我。我這輩子都會感激妳。」艾塞克說。兩人靜坐了幾分鐘，看著彼得拿水管噴潘妮，在花園裡追逐她，最後她噗哧一聲笑出來，抓住他猛親。

「妳打算要怎麼辦？」艾塞克問。

「我家裡多了一個新生兒，我又有個外甥女了。」

「恭喜。是妳在斯洛伐克的妹妹吧？」

「對，她把她取了跟我母親和我一樣的名字。我打算去看她們。」

「我一直都想去看看斯洛伐克。」艾塞克說。

「你想跟我一起去嗎？」愛芮卡問。「你可以見見我那個瘋子妹妹跟她的黑手黨老公，等我們受夠了他們，我們可以去高塔特拉山，泡溫泉，喝個爛醉，暫時忘掉一切。」

「聽起來真美好。」艾塞克笑嘻嘻地說。

愛芮卡換檔，汽車駛離，既不想過去也不想未來。這一次，就享受當下。

羅伯的話

首先，我要向選了《暗夜殺手》的你們說聲謝謝。如果你們喜歡，我會非常希望你們可以寫個書評，不必多長，幾句話就行，三言兩語就能有極大的不同，幫助新的讀者跟我的書第一次相遇。

我在前一本愛芮卡·佛斯特小說《冰裡的女孩》的後面寫道我很樂意聽聽你們的看法。謝謝你們寫了那麼多美妙的意見。每一則我都喜愛，知道你們有多喜歡角色，故事，你們希望未來這個系列如何發展。我尤其喜歡一位女士的風趣留言，她說她極喜歡這本書，但是對愛芮卡的抽菸習慣以及把菸蒂在茶杯裡捻熄的毛病不敢苟同！在這本書裡，可能的話，我盡量讓愛芮卡使用菸灰缸。繼續寫信來，還有謝謝你們。

你們可以用臉書、推特、Goodreads或是我的網站跟我聯絡，也就是www.robertbryndaz.com。我每一則留言都會看，而且一定會回覆。

未來還有很多書，所以我希望你們能陪著我一起馳騁！

羅伯·布林澤

P.S. 如果你們想收到電郵通知我的下一本書出版，可以使用下列連結加入我的郵件名單。你們的信箱絕不會外洩，而且也可以隨時退出：

www.bookouture.com/robert-bryndza

謝辭

感謝奧利佛．羅德茲以及Bookouture的傑出團隊。你們這些傢伙實在是太神了，能跟你們合作我真幸福。尤其要感謝克萊兒．波爾德，跟妳一起工作實在是太快樂了。妳挖掘出我最精華的部分，鞭策我當一名更好的作者。而且還有一個額外的好處，妳推薦了很棒的新電視節目！

感謝亨利．史德曼又設計出一個精采的封面。也感謝嘉伯莉．錢特那麼審慎地編輯我的手稿，再小的地方也不放過。多謝卡珞琳．米契爾回答我有關警方程序的問題，還有金．納許辛辛苦苦地促銷，在Bookouture宣傳我們的書。

特別要感謝南當斯領導與管理服務有限公司的總監葛拉漢．巴特利，他讀了我的稿子，在警方程序方面給了我極為珍貴的回饋，協助我在事實與虛構之間不會進退失據。如果有任何失真之處，都是我的錯。

萬千的感謝要給我的先生揚，沒有他的愛和支持，我是一個字也寫不出來的。你是最棒的。布林澤團隊萬歲！

最後，我要感謝我所有的讀者、所有的讀書會、部落客和書評家。我老是這麼說，但是口耳相傳真的是很強大的力量，沒有你們的辛苦和熱情，討論我的書，我的讀者不會有這麼多。

Storytella 157

暗夜殺手

The Night Stalker

暗夜殺手 / 羅伯.布林澤作 ; 趙丕慧譯. -- 初版. -- 臺北市 : 春天出版國際文化有限公司, 2023.06

面； 公分. -- (Storyella ; 157)

譯自 : The Night Stalker

ISBN 978-957-741-682-7(平裝)

873.57　　　112005157

版權所有・翻印必究

本書如有缺頁破損，敬請寄回更換，謝謝。

ISBN 978-957-741-682-7

Printed in Taiwan

Copyright © Robert Bryndza 2016

First published in Great Britain in 2016 by Bookouture, an imprint of StoryFire Ltd.

This Chinese edition is published by arrangement with Little, Brown Book Group, London through Big Apple Agency, Inc.,Labuan Malaysia

TRADITIONAL Chinese edition copyright:

2023 SPRING INTERNATIONAL PUBLISHERS, CO., LTD

All rights reserved.

作　者　羅伯・布林澤

譯　者　趙丕慧

總編輯　莊宜勳

主　編　鍾靈

出版者　春天出版國際文化有限公司

地　址　台北市大安區忠孝東路四段303號4樓之1

電　話　02-7733-4070

傳　眞　02-7733-4069

E－mail　bookspring@bookspring.com.tw

網　址　http://www.bookspring.com.tw

部落格　http://blog.pixnet.net/bookspring

郵政帳號　19705538

戶　名　春天出版國際文化有限公司

法律顧問　蕭顯忠律師事務所

出版日期　二〇二二年六月初版

定　價　460元

總經銷　楨德圖書事業有限公司

地　址　新北市新店區中興路二段196號8樓

電　話　02-8919-3186

傳　眞　02-8914-5524

香港總代理　一代匯集

地　址　九龍旺角塘尾道64號 龍駒企業大廈10 B&D室

電　話　852-2783-8102

傳　眞　852-2396-0050